月亮與六便士

毛姆

W. Somerset Maugham

The MOON And SIXPENCE

If you look on the ground in search of a sixpence,
you don't look up, and so miss the moon.

如果你終日低頭尋找地上的六便士，
便會錯過了天上的月亮

英國
最會寫小說的人

故事聖手 毛姆

月亮與六便士文學沙龍特輯

夢想與現實的衝撞

《月亮與六便士》是英國小說家毛姆最暢銷的長篇小說，也曾在一九四二年改編為同名電影。這本書的故事一說是取材於知名的法國印象派畫家——高更。高更跌宕起伏的生平充當了素材，經過毛姆之手演繹成主角史崔克蘭扣人心弦的故事，而且高更種種乖謬絕倫的舉動，在史崔克蘭身上統統得到合理的解釋：一切全是因為不受羈絆的藝術創作衝動和沉悶乏味的布爾喬亞生活之間有著不可調和的矛盾。

毛姆
（©New York Public Library Archives@Wikimedia Commons）

印象派畫家——高更自畫像
（©RMN (Musée d'Orsay) / Hervé Lewandowski@Wikimedia Commons）

《月亮與六便士》主角史崔克蘭原型——印象派畫家高更
（©Paul Gauguin@Wikimedia Commons）

書中主角史崔克蘭有時會待在蒙馬特區（Montmartre）的咖啡館。另一名主角斯特羅夫則曾在蒙馬特區開畫室。照片為一八八二年的蒙馬特區，即法國巴黎市十八區，圖中是正在建造的聖心堂。（©vergue@Wikimedia Common）

此張畫為法國印象派畫家畢沙羅（Camille Pissarro）於一八九七年創作的畫作〈蒙馬特大道〉，描繪他從旅館向外俯瞰的蒙馬特大道景色。蒙馬特區曾因房租便宜，生活成本較低，而成為大量藝術家的聚集地。
(©Hermitage Torrent@Wikimedia Common)

一八七四年，高更住在如圖中的巴黎第九區，經常到畢沙羅家中畫畫。
（©Own work：Tangopaso@Wikimedia Common）

書中提到的皮加勒廣場（Place Pigalle）在巴黎第九區，在克利希大道和皮加勒街交界處。（©Gronberg: Manet Retrospective@Wikimedia Common）

聖托馬斯醫院（St Thomas'Hospital）是倫敦市中心一家大型的教學醫院，創辦於一一〇〇年左右。一八九二年至一八九七年，毛姆曾在該院進修。
（©Internet Archive Book Images@Wikimedia Common）

小說創作背景

一九一六年底，毛姆和同性戀人赫克斯頓（Gerald Haxton）結伴雲遊，自舊金山出發，經夏威夷、薩摩亞、斐濟、東加、紐西蘭，最終抵達法屬玻里尼西亞群島的大溪地，一九一七年四月八日才揚帆返回美國。此次長達半年的南太平洋之旅催生了一部短篇小說集《一片葉子的顫動》（The Trembling of a Leaf）和一部中長篇小說，也就是《月亮與六便士》。

毛姆對南太平洋的興趣由來已久，其中部分源於各種描繪那片海域的文學作品，比如赫爾曼．梅爾維爾（Herman Melville）的《泰皮》（Typee）和羅伯特．路易斯．史蒂文森的《海島夜譚》（Island Nights, Entertainments）；部分來自他一九〇三年旅居巴黎時產生的對知名法國印象派畫家高更的生平及作品的癡迷。一九一八年春天，經過幾個月的治療，毛姆的身體大有起色，得到醫生的首肯之後南下英國，到倫敦附近的別墅休養。是年五月，他動筆創作《月亮與六便士》，用三個月完成了這部小說。

〈快樂的人〉收藏於奧賽美術館。高更於一八九二年所畫。主題是高更關注的題材之一——大溪地婦女。畫面上所安排兩位女性人物，她們的姿態恍若相互依偎的雕像，流露出女性之間的情誼。另外，前方的紅色小狗，出現在這宛如與世隔絕的畫面，象徵著與人類的和諧關係。

（©Musee d'Orsay, dist. RMN / Patrice Schmidt @Wikimedia Common）

故事主角原型：印象派巨匠畫家高更

高更（Paul Gauguin）一八四八年於法國巴黎出生，一歲喪父、單親家庭（外祖母是一名社會主義激進派作家，兒時的高更對母親與祖母相當依戀）。他七歲前在祕魯長大，青年時期當過海軍四處航行。二十五歲進入巴黎的證券交易所成為「金融新貴」，並與丹麥籍妻子結婚，不久之後有了第一個孩子。他擁有賢慧美麗的妻子與五個孩子，往後的十年，建立起穩固的中產階級生活。這段時間，他也開始頻繁接觸藝術，和印象派創始人畢沙羅學畫。

在一八七六年，高更的作品在沙龍中展出，之後連續五次參加印象派的畫展，便開始夢想成為一位畫家。三十四歲這年，一家人為了減少開支，一度搬去里昂、哥本哈根。三十七歲時，高更回到巴黎，和妻子分居，離開了五個小孩，結束了十二年的婚姻。

爾後，他一心想逃離文明，嚮往原始社會，也開始試圖脫離印象派，建立自己的畫風。四十三歲時，高更決定前往南太平洋的大溪地，追尋「融入自然，只與野蠻人交往和他們一起生活」的願望。

〈高更自畫像〉畫面中有蛇與智慧果的元素。於西元一八八九年畫，目前收藏於美國國家藝廊。

（©National Gallery of Art@Wikimedia Common）

〈黃色耶穌〉一八八九年畫。當時高更的畫作色彩強烈，而背景簡化成節奏起伏的形態。
（©Albright-Knox Art Gallery@Wikimedia Common）

這幅畫即是高更生平最大幅的作品〈我們從何處來？我們是什麼？我們往何處去？〉，當時的高更時常受到貧困與疾病的困擾，這幅畫彷彿是他對人生最深的疑惑。目前收藏於波士頓美術館。
（©Museum of Fine Arts Boston@Wikimedia Common）

成為畫家

一八九一年六月，高更到達大溪地。當地生活成為他靈感的泉源，繁茂的植物和鮮豔色彩的居民服飾，都幻化為他的畫中色彩。他的多數傑出畫作都在這一時期完成。

但在大溪地的高更，老問題卻日益突出，他花光了錢，甚至不得不用腐爛的果實做成的粉漿來作畫。他的身體也出現了問題，由於和土著女子接二連三的性行為，使他染上了梅毒，這種病在當時還是不治之症，在以後的一生中都為此而煩惱。此外，根據高更傳記的作家大衛・斯威特曼所述，高更也可能是在里約熱內盧時感染梅毒（但高更終身未承認患有此病）。這時的他時常得忍受經濟的貧困與身體的病痛，但他意志卻益發堅強而展現強韌的創作力。四十九歲的高更，完成了生平最大幅的經典作品〈我們從何處來？我們是什麼？我們往何處去？〉。五十四歲，於馬克薩斯群島逝世。

〈沙灘上的大溪地女人〉是高更晚期的作品。一八九一年高更初到大溪地時所繪製的。描繪在沙灘上的兩名婦女，用色鮮豔大膽，展現粗曠且健康的美，極富異域風情。（©The Yorck Project（2002）10.000 Meisterwerke der Malerei, distributed by DIRECTMEDIA Publishing GmbH @ Wikimedia Common）

一八九七年繪製的〈永不再來，大溪地〉。此幅畫是高更為了紀念最疼愛的女兒阿莉妮（Aline）所繪。

（©The Samuel Courtauld Trust，The Courtauld Gallery，London @ Wikimedia Common）

目錄 CONTENTS

導讀　以精彩的故事和出色的技巧感染讀者百年

李繼宏（本書譯者）

一九〇一年一月二十二日，在位超過六十年的維多利亞女王以八十一歲遐齡溘然長逝，其子威爾士親王當了多年王儲，終於得登大寶，如願加冕為愛德華七世；這意味著持續六十四載的維多利亞時代正式落下帷幕，以寫實主義為主要風格的維多利亞文學，也已走到窮途末路的尾聲。

一八三七年之前的喬治國王時代是浪漫主義文學的鼎盛期，在這百餘年間，雖然出現過亨利·菲爾丁、瑪麗·雪萊和珍·奧斯汀等少數名留青史的小說巨匠，但絕大多數享有盛譽的文學家，如羅伯特·伯恩斯（Robert Burns）、華茲華斯（William Wordsworth）、山繆·泰勒·柯立芝（Samuel Taylor Coleridge）、約翰·濟慈、拜倫和波西·雪萊等，無不以詩歌名世。小說很少受到當時文人的認真對待，甚至在有些作者心目中也無非是茶餘飯後的消遣而已。現在恐怕很少有讀者知道，像《科學怪人》這樣在後世有巨大影響的作品，原本竟然是幾個朋友無聊打賭的產物：一八一六年，波西·雪萊夫婦和他們的好友拜倫及約翰·波里多利（John Polidori）約定各自寫一個恐怖故事，看誰寫得最為成功，於是年方十八歲的瑪麗·雪萊在無意間變成了現代科幻小說的鼻祖。

及至維多利亞女王登基，詩歌的地位依舊崇高，但就社會影響而言，卻漸漸不如小說重要。十九世紀叱吒風雲的文壇鉅子，是查爾斯・狄更斯（Charles Dickens，《孤雛淚》作者）、威廉・梅克比斯・薩克萊（William Makepeace Thackeray，《浮華世界》作者）、喬治・艾略特（George Eliot，《織工馬南傳》作者）、湯瑪士・哈代（Thomas Hardy，《遠離塵囂》作者）、勃朗特三姐妹（Brontë family）和喬治・吉辛（George Robert Gissing）等小說家。而提及小說在維多利亞時代的流行，則不得不先談大不列顛帝國的蓬勃興起。

肇始自十八世紀中期的工業革命經過數十載演變，到十九世紀已然大功告成。蒸汽動力的廣泛應用帶動紡織、冶金、採礦、化工等行業迅速發展，工廠和煤礦如雨後春筍般在英國各地冒出來，大量勞動力從傳統的農牧業轉移到新興的工商業，許多小鎮化身為城市，城市間日益增長的人員與貨物流通促成了鐵路的誕生，後者反過來又加速了城市化的進程。孤懸海外的英國因而得以在人類歷史上率先邁過工業化門檻，其國力急劇增長到足以在國際上笑傲群雄的地步，最明顯的象徵莫過於一八五一年五月一日在白金漢宮門外不遠處海德公園揭幕的萬國工業博覽會。這場有第一次世界博覽會美譽的盛典為期五個多月，讓六百餘萬名觀眾見識了包括絕世巨鑽「光之山」在內的超過一萬三千件新奇玩意；展品來自大不列顛帝國本土和海外殖民地，以及四十四個歐洲和美洲國家，大有「九天閶闔開宮殿，萬國衣冠拜冕旒」的氣派。

國泰民安的盛世給維多利亞文學的蓬勃發展提供了必要的客觀條件，其中最重要的兩個是人口數量的暴增和識字率的猛漲。一八三一年，全英人口不足兩千四百萬，到一九〇一年已飆升至四千五百多萬。至於識字率方面，一八四〇年，英國只有百分之六十七的男人和百分之五十一的女人能夠在結婚登記時簽署自己名字；旨在推動基礎教育的《教育法案》於一八七〇年實施，僅僅三十年後，英國成年男女的識字率分別高達約百分之九十七和約百分之九十七。這意味著維多利亞時代潛在的文學圖書消費者比先前的喬治國王時代多出了兩倍有餘。

還有個幾乎同樣重要的因素是流通圖書館的興起。直到維多利亞時代中期，圖書仍然非常昂貴，三本小說的定價為三十一先令六便士（一英鎊等於一百新便士，在一九七一年幣制改制前，便士是最常用的貨幣單位，硬幣有：二分之一便士、一便士、三便士、四便士、六便士。十二便士等於一先令。），是中下等階層負擔不起的奢侈品，他們想看書只能去教會圖書館或者私人圖書館查閱。十九世紀中期，少數精明的生意人從中發現商機，創辦了流通圖書館，提供收費的圖書外借服務，其中的翹楚有穆迪圖書館（Mudie's Library）和威廉·亨利·史密斯父子公司（W. H.Smith&Son）等。以穆迪圖書館為例，讀者只需繳納一幾尼（Gainea）的年費，即可每次借閱一本圖書。這些流通圖書館降低了人們閱讀的代價，並拓寬了各種圖書的銷路。

迅速發展的印刷術也起到推波助瀾的作用。一八一四年，弗雷德里希·柯尼希和安德列斯·鮑爾成功說服倫敦《泰晤士報》購入兩台他們發明的滾筒印刷機，自此揭開工業印刷的序幕。兩位德國工程師隨後改良了這種蒸汽驅動的新型印刷機器，新增雙面同時印刷的功能，極大地提高印刷效率之餘，亦大幅拉低了生產成本。雖然圖書定價並沒有因為工業印刷普及而立竿見影地降下來，要直到一八八五年，新出版小說的價格才銳減到每部六先令，但另一種重要的文學載體卻應運而生，那就是雜誌。

得益於極低的生產成本，兼且沒有官方審查制度，維多利亞時期的雜誌層出不窮，某些年份新辦刊物多達百餘種，影響力較大的有《玉米山》（Cornhill）、《回音》（Echo）、《嘉言》（Good Words）等數十家。為了吸引讀者持續購買，絕大部分雜誌設置了固定的小說連載欄目。像狄更斯的《艱難時代》（Hard Times）和《雙城記》（A Tale of Two Cities）等代表作，最初均以連載的形式在雜誌上出現。狄更斯還曾先後編輯出版過兩份重要刊物：《家庭箴言》（Household Words）和《一年四季》（All the Year Round）。這些雜誌大多內容豐富，價格便宜。比如著名的《每週一刊》（Once a Week），每期十八至二十頁，配有五到七幅木刻插圖，售價僅為三便士；《家庭箴言》低至兩便士，《一年四季》的耶誕節特刊也不過四便士。由於定價低，維多利亞時代雜誌擁有的讀者群之廣大，完全是前人所不敢想像的。例如《一年四季》在一八五九年四月三十日上市，主辦方事先在英國各地散發三十萬份傳單和海報，預告即將連載狄更斯最新力作《雙城記》，於是創刊號熱銷十二萬五千冊，爾後獲得讀者持續追捧，以至於到當年七月，狄更斯不無得意地在給朋友的信中宣稱，他非但已經償清籌辦雜誌拆借的本息，銀行裡還多了五百英鎊的盈餘。

在上述幾個因素的共同作用之下，維多利亞時代的英國文學迎來了前所未有的盛世。詩歌的藝術繼續發展，丁尼生（Lord Alfred Tennyson）、羅伯特・布朗寧（Robert Browning）和阿諾德（Matthew Arnold）等傑出詩人引領風騷數十年。英國文學史爛熟於胸的讀者或許還記得，諸如柯立芝（Samuel Taylor Coleridge）、濟慈和拜倫之流的前朝墨客，也是在這個時代才登上聲譽的巔峰。但正如前文指出的，此時小說已經上升為最主要的文學體裁，其社會影響遠非詩歌所能望其項背。狄更斯的封筆之作《我們共同的朋友》（Our Mutual Friend）共分十九卷出版，第一卷在一八六四年五月推出時，短短三天便賣出了三萬冊；喬治・W・M・雷諾德斯（George W.M.Reynolds）的《軍嫂》（The Soldier's Wife）前兩卷在出版當天各賣了六萬冊；最驚人的莫過於來自大西洋彼岸的《湯姆叔叔的小屋》，這部聲討黑奴制度的作品在一八五二年至一八五三年間湧現了四十個版本，僅在英國及其海外殖民地便售出了一百五十萬冊之巨。

這裡面的原因並不難理解。新增的閱讀人口絕大部分是中下等階層，限於家庭出身、生活環境、知識水準和審美趣味，他們偏愛的當然不是需要深厚學養和仔細推敲方能理解和欣賞的詩歌，輕鬆易讀、可以滿足好奇心的小說，尤其那些有關犯罪和暴力的小說，才是他們首選的讀物。而主要購買力量來自中下等階層的市場環境，則反過來決定或者說至少影響了維多利亞小說的主要特徵。

維多利亞小說的主要特徵有如下幾個：首先，就人物角色而言，主角不再是高高在上的皇親國戚或者雄霸一方的貴族仕紳，而是奔波勞碌的販夫走卒或者命運多舛的鄉間農夫；其次，在背景設定方面，故事通常不再發生於古代或者某個虛構的空間，而是同時代某個真實存在的地方，尤其是當時世界首屈一指的大都會倫敦；再者，敘事情節不再追求聳人聽聞或怪誕離奇，而是偏重入情入理，對各種器物的描寫也細緻入微，旨在讓讀者覺得和現實生活所去不遠；最後，維多利亞小說往往帶有強烈的文以載道、匡扶道德的色彩，那些作者熱衷於告訴讀者，男主角或女主角也許出身貧寒，歷經挫折，但終將得到圓滿的結局，而這一切歸根到底是因為其擁有高尚的情操和正直的人品，又或者是因為其對上帝有著虔誠的信仰。當時及後世的評論家將無數維多利亞小說所共同呈現出來的這些特徵統稱為寫實主義。

寫實主義小說狂飆突進數十載，至十九世紀末期已然疲態畢現，慢慢走進了庸俗的死胡同。這主要是因為，相對於早期荒誕不經的哥德小說（例如《科學怪人》）、天馬行空的演義小說（如《撒克遜英雄傳》）和桑間濮上的愛情小說（如《傲慢與偏見》），描繪引車賣漿者流生活的故事無疑有著革命性的突破，但這種促使其大獲成功、備受歡迎的新穎手法，經過眾多良莠不齊的作家反覆運用長達半個世紀之後，變成了多少有點惹人生厭的陳腔濫調。當維多利亞女王在世紀之交退出歷史的舞臺，狄更斯、威廉·梅克比斯·薩克萊（William Makepeace Thackeray）和喬治·艾略特等寫實主義先驅久已魂歸道山，後繼中堅如湯瑪士·哈代和喬治·吉辛也邁入了風燭殘年，此時英國文壇可謂山雨欲來，一場現代主義的革命正在蓄勢待發。

現代主義文學包含了眾多不同的風格和流派，很難扼要地對其進行界定，但簡單地說，正如寫實主義是對浪漫主義的背棄，它也是對前者的反叛。總之在多數出生於十九世紀以後的英國文人看來，內在世界高於外在世界，意識活動高於故事情節；至於讓前輩作家小心翼翼、不敢越雷池半步的禮教觀念，尤其是各種嚴厲的性禁忌，因為佛洛伊德的精神分析理論所向披靡，更成為這些作家爭先恐後想要打破的桎梏。等到第一次世界大戰炮火正酣的時候，現代主義運動在大西洋兩岸已經蔚為大觀，諸如桃樂絲·理查森（Dorothy Richardson）的《尖尖的屋頂》（Pointed Roofs）、D·H·勞倫斯的《兒子與情人》、維吉尼亞·吳爾芙的《遠渡重洋》（The Voyage Out）和詹姆士·喬伊斯的《青年藝術家的畫像》之類新式小說均已付梓刊行。

和上述作家比起來，當時在英國本土和美國享有盛譽的威廉·薩默塞特·毛姆（William Somerset Maugham）有點像是異類。出生於一八七四年的毛姆年齡和他們約略相當，文學旨趣卻大相徑庭，更接近正統的寫實主義。他早期的作品，從《蘭貝斯的麗莎》（Liza of Lambeth），到《主教的圍裙》（The Bishop's Apron），再到帶有些許荒唐色彩的《通靈術士》（The Magician），都是典型的維多利亞小說。不過這些小說銷量平平無奇，社會反響幾乎可以忽略不計，毛姆在一戰塵埃落定前極高的知名度完全來自其成功的劇作。

自一八九七年處女作《蘭貝斯的麗莎》面世後，這位棄醫從文的作家一直堅定不移地走在繆斯的道路上，隨後十年出版了五部長篇小說和一部短篇小說集。然而長年累月的辛勞始終沒有換來豐衣足食的回報，微薄的版稅僅能勉強維繫捉襟見肘的日子。對由衷熱愛文學的創作者來說，經濟的困窘或可一笑置之，心血長久無人問津卻會造成致命的信心動搖，至少毛姆的情況便是如此。一九〇七年，他心灰意冷之餘決定重操舊業，準備返回聖托馬斯醫院進修，以便能夠當上一名遠洋輪船的隨船醫生，詎料突然蒙受命運女神遲來的眷顧：那部已經被十七個戲院經理拒絕過的劇本《佛瑞德里克夫人》（Lady Frederick），因為機緣巧合，居然得以在倫敦著名的皇宮大戲院（Royal Court Theatre）上演！

這部喜劇情節出人意料，對白詼諧有趣，十月二十六日首演過後轟動全城，各大媒體好評如潮，想要一睹為快的觀眾紛紛湧入戲院，竟至於其連續上演了四百二十二場之多。翌年，倫敦西區的戲院見證了一個史無前例的奇蹟：第一次出現某個劇作家有四部作品同時在演的盛況，而且除了《佛瑞德里克夫人》以外，其他三部的票房也很驚人，分別演出了四十八、兩百七十二和三百二十一場。毛姆因此搖身變為炙手可熱的名人，極具影響的《幽默畫報》（Punch）不失時機地刊登了一幅漫畫，畫上是愁容滿面的莎士比亞，妒忌地盯著一面牆壁，牆上貼滿了毛姆四部劇作的宣傳海報。

時來運轉的毛姆從此過上優渥的生活，但說起來也好玩，儘管備受觀眾群推崇和出版社看重，然而在他名聞遐邇以後，部分宵小之輩卻熱衷於用花樣百出的刻毒言語來攻擊其作品。這大部分是因為他這人口無遮攔，說過許多讓某些人聽起來如芒刺在背的話。比如他曾經公開宣稱：「創作劇本的難度向來被誇大，我自己腦裡總是有六、七部作品，只要想到合適的主題，我立刻便能將其分解成幾個場景，每一幕都會呈現在我面前，所以我寫完一部戲以後，可以毫不費力地立刻另起爐灶。」諸如此類的言論得罪了許多喜歡故作高深的同行，其中不少人專門在報刊上撰文對毛姆進行撻伐。各種接踵而來的惡意抨擊給毛姆造成了持久的困擾，以至於他到晚年依然無法釋懷，在一九三八年出版的回憶錄《總結》（The Summing Up）中仍不忘為自己辯護。

另外小部分原因在於，現代主義文學在愛德華時代方興未艾，毛姆卻拒絕隨波逐流，依舊固守著寫實主義的形式，自然難免被視為前朝的遺老遺少。比如一九一五年，拿了出版社多達五百英鎊預付金的毛姆在因為周遊列國而拖稿四年之後，終於將五百多頁的《人性枷鎖》（Of Human

Bondage）交由聲譽卓著的威廉・海恩曼公司（William Heinemann Ltd）付梓；僅僅幾天之後，也就是八月二十一日，倫敦最具影響力的文學雜誌《雅典娜神殿》（The Athenaeum）竟然刊登了一篇匿名的評論短文，該文極盡嘲諷之能事，給這部後來被公認為英國文學經典的巨著貼上了「腐朽的寫實主義」（sordid realism）的標籤。儘管以現在的眼光來看，這篇尖酸刻薄的書評顯得特別像跳樑小丑的胡言亂語，但話又說回來，《人性枷鎖》的寫實主義特徵確實非常突出，很容易讓讀者聯想起狄更斯的《塊肉餘生記》。

毛姆對寫實主義的堅持，絕非由於對新寫作技巧及理念缺乏瞭解而迫不得已採取的故步自封；恰恰相反，他常年在德國、法國、西班牙、義大利、俄羅斯等國家遊歷，除了精通這些國家的語言，亦諳熟歐美文學的歷史與現狀，現代主義的來龍去脈於他可謂瞭若指掌。毛姆從一開始便清楚地知道，現代主義和寫實主義、浪漫主義以及更早之前的理性主義一樣，無非是歷史發展到一定程度的產物而已；它誠然更為新穎，但這並不意味著其藝術價值高於其他流派。這可以從諸君正拿在手上這本《月亮與六便士》第二章裡看出來：

如今戰爭業已來臨，它帶來了新的風氣。年輕人信奉的是我們以前從未聽說過的神明，我們的後輩將要朝哪個方向走，現在也可以看出端倪了。躁動不安的年輕世代在意識到他們的強大之後早已登堂入室，這些人奪門而入，搶佔了我們的位子。空氣裡充滿了他們喧鬧的喊叫聲。有些為老不尊的長者滑稽地模仿年輕人的吵吵嚷嚷，想要證明屬於他們的時代尚未逝去；他們像最有活力的後生那樣振臂高呼，但喊出的口號是那麼的空洞；他們就像人老珠黃的蕩婦，試圖通過梳妝打扮和賣弄風情來重獲青春永駐的幻覺。那些較為聰明的前輩則大大方方地讓開道路。他們無奈的微笑中帶著些許寬容的嘲諷。這些人記得當初他們將躊躇滿志的前輩踩在腳下時，也正是如此大叫大嚷、出言不遜；他們還預見到這些高舉火炬的勇士終有一日也要讓出他們的位子。誰也不能夠一錘定音。哪怕是新福音，到尼尼微繁榮昌盛的時候不也已經變成舊福音。那些慷慨激昂的人自以為他們說的話是前人聞所未聞的，殊不知此類豪言壯語早已被說過上百遍，而且連說話的腔調也是大同小異。鐘擺甩過去又蕩回來。這個過程永遠往復無休。

這段話是在一九一八年五月寫下的。此前半年，因為不幸罹患曾經在他年幼時奪走其母親生命的肺結核，他一直在蘇格蘭的療養院治病。往前三個月，他充當英國軍方情報人員，旅居聖彼得堡，遊說孟什維克臨時政府總理亞歷山大·克倫斯基讓俄羅斯繼續留在協約國。再往前到一九一六年底，他和同性戀人傑拉德·赫克斯頓結伴雲遊，自舊金山出發，經夏威夷、薩摩亞、斐濟、東加、紐西蘭，最終抵達法屬波里尼西亞群島的大溪地，一九一七年四月八日才揚帆返回美國。此次長達半年的南太平洋之旅催生了一部短篇小說集《一片葉子的顫動》(The Trembling of a Leaf)和一部中長篇小說,也就是《月亮與六便士》。

毛姆對南太平洋的興趣由來已久,其中部分源於各種描繪那片海域的文學作品,比如赫爾曼·梅爾維爾的《泰皮》(Typee)和羅伯特·路易斯·史蒂文森的《海島夜譚》(Island Nights' Entertainments);部分來自他一九〇三年旅居巴黎時產生的對著名法國畫家高更的生平及作品的癡迷。一九一八年春天,經過幾個月的治療,毛姆的身體大有起色,得到醫生的首肯之後南下英國,到倫敦附近薩里郡一座佔地多達十七英畝有餘的別墅休養。是年五月,他動筆創作《月亮與六便士》,用三個月完成了這部尚不足七萬五千個單字的小說。

儘管《人性枷鎖》出版後備受攻訐,銷量乏善可陳,但毛姆這次並沒有更弦改轍,反而頑固地沿著寫實主義的道路前進。幾年前遭到的惡評,他明顯仍舊耿耿於懷,於是用上面那段引文活靈活現地描繪當時文壇的風氣,緊接著又以詩人喬治·克雷布(George Crabbe)自許,作出某種意義上的反擊:

> 有時候,一個人在屬於他的風雲歲月過去之後,還能活著進入全新的時代,這時好奇的人就能看到人間喜劇中最為奇特的場面。比如說,現在誰還會想起喬治·克雷布呢?他曾經是個著名

的詩人，當時所有人異口同聲地稱讚他的天才，這種現象在更為複雜的現代社會裡並不多見。他師法亞歷山大．波普（Alexander Pope）那個流派，用雙韻體撰寫了許多教化人心的故事。後來爆發了法國大革命和拿破崙戰爭，許多詩人唱起新的歌曲。克雷布先生依然用雙韻體寫他的教化人心的故事。我想他肯定讀過那些轟動一時的年輕人所寫的詩歌，我還想像他會認為那些詩寫得很差。當然，大多數確實寫得很差。但濟慈與華茲華斯的頌詩，柯立芝的少數詩篇，再加上雪萊的幾首名作，確實開闢了前人未曾探索過的精神境界。克雷布先生已經是明日黃花，但他依然用押韻雙韻體寫著他的教化人心的故事。我曾隨意翻閱過年輕一代的作品。也許他們當中會有更為激情澎湃的濟慈、更為超凡脫俗的雪萊，已經出版過將會流傳千古的名作。這我並不清楚。我欽羨他們優美的文筆，我讚美他們歡暢的風格。這些後生雖然很年輕，但已經取得很高的成就，再把他們視為初露鋒芒之輩會鬧笑話的。但儘管他們的作品很多（他們的詞彙量非常豐富，彷彿在搖籃裡就開始研讀羅傑特的《詞彙寶庫》），我卻沒有讀到新意：在我看來，這些人學識有餘，而涵養不足。我消受不起他們猛拍我後背的那種熱切和撲進我懷裡的那種激情，我覺得他們的情感有點蒼白，他們的夢想也有些乏味。我不喜歡他們。我已經是老古董。我會繼續用雙韻體撰寫教化人心的故事。但假如我這麼做除了自娛自樂以外，還有什麼別的指望，那我就是個無可救藥的大傻瓜。

這段夫子自道其實是理解《月亮與六便士》的關鍵所在，如果僅僅把它當成作者在第三章開頭所說的「題外話」，那麼很容易像許多評論家——包括不少毛姆專家——那樣，誤讀進而低估這部堪稱完美的寫實主義小說。

從表面上看，《月亮與六便士》講述的是一個離經叛道的故事。正如大多數讀者所知道的，故事主角查爾斯·史崔克蘭的原型是生極落魄、死備哀榮的後印象派畫家保羅·高更。儘管兩者存在太多的差異（比如前者是英國人，後者則是法國人；前者從來沒有「提起過風格和他大抵類似的畫家，比如說塞尚或者梵谷」，後者則與塞尚、梵谷是頗有酬酢往來的朋友；前者死於痲瘋，後者死於梅毒），但相同的地方也很多：兩人都曾在證券交易所賣過股票，都是人到中年方始立志獻身藝術，都曾在潦倒不堪之際接受朋友的扶持，爾後竟和對方的妻子暗通款曲，也都曾遠赴浩瀚大洋之中的大溪地並在該島了卻餘生。總而言之，高更跌宕起伏的生平充當了素材，經過毛姆的藝術加工，演繹成史崔克蘭扣人心弦的故事，而且高更種種乖謬絕倫的舉動，在史崔克蘭身上統統得到合理的解釋：一切全是因為不受羈絆的藝術創作衝動和沉悶乏味的布爾喬亞生活之間有著不可調和的矛盾。

毛姆本人謙稱寫這部小說只是「自娛自樂」，沒有「什麼別的指望」；其出版人威廉·海恩曼最初也持謹慎的態度。海恩曼學識淵博、眼光獨到，旗下作者既有康拉德、魯德亞德·吉卜林、約翰·高爾斯華綏、亨利·詹姆斯這樣威望尊崇的嚴肅作家，也有羅伯特·路易斯·史蒂文森和赫伯特·喬治·威爾斯之流紅極一時的通俗作家。但即便是他，在出版《月亮與六便士》之際，也萬萬沒有想到，毛姆即將壓倒上述馳名多年的小說家，成為其公司最暢銷的作者。

一九一九年四月，《月亮與六便士》率先與英國讀者見面，不出所料地遭到了媒體的譏諷和市場的冷落；但轉機很快在大西洋彼岸出現：其美國版在同年七月推出，首印五千本旋即售罄，到年底竟然賣掉將近十萬冊，進而讓沉寂數年的《人性枷鎖》重見天日，並最終在文學史上奠定了無可撼動的經典地位。正是由這個時候開始，毛姆才在成功劇作家的身份之外，再擁有暢銷小說家的頭銜。

奇怪的是，儘管《月亮與六便士》和《人性枷鎖》、《尋歡作樂》（Cakes and Ale）等作品一樣，極受幾代讀者歡迎，數十年來從未絕版，儘管這部作品在毛姆的小說家生涯中佔據著至關重要的地位，但它卻遭到長久的忽略。比如一九四〇年九月，《英語雜誌》（The English Journal）刊登了哈佛大學英文系副教授希歐多爾·史賓塞的綜述性文章「薩默塞特·毛姆」，該文第三部分宣稱「毛姆的小說家生涯大抵可分為兩個階段：第一個階段是從《蘭貝斯的麗莎》（一八九七）到《人性枷鎖》（一九一五），第二個階段是從《尋歡作樂》（一九三〇）到《聖誕假期》（一九三九）」，偏偏漏掉了一九一九年出版的《月亮與六便士》。甚至在二〇〇九年出版的《毛姆的隱祕人生》（The Secret Life Of Maugham）裡，作者薩麗娜・赫斯汀斯（Salina Hastings）對這部小說也是僅用寥寥數筆帶過而已。

《月亮與六便士》遭到低估乃至忽略的根源在於其自身的欺騙性。經過長達二十年不輟的筆耕，毛姆在這部小說中展現出爐火純青的敘事技巧和優美準確的遣詞造句，然而這種精熟的匠藝卻是一把雙刃劍。它一方面為讀者提供了行雲流水的快感，即便是那些故意站在毛姆對立面的吹毛求疵者，也無法否認他的作品——當然包括《月亮與六便士》——令人不忍釋卷；但另一方面，他巧妙埋藏的線索和用心良苦的寓意，卻消弭在這種流暢得幾乎無需動腦子的閱讀體驗裡。換句話說，無論是普通的讀者還是專業的學者，往往會因為這種高度易讀性而錯誤地將這部堪稱寫實主義典範的作品等同於平庸的通俗小說。

最常見的誤讀莫過於將保羅・高更的化身查爾斯・史崔克蘭當成小說的主角；就我看到的眾多文獻而言，絕大部分評論者都是這麼認為的。基於這個錯誤的假設，他們對《月亮與六便士》提出了兩種嚴厲的批評：史崔克蘭的人物形象並不真實，其捨棄家庭投身藝術的動機也沒有得到合理的解釋。然而毛姆無意為史崔克蘭立傳，他要做的是「繼續用雙韻體撰寫教化人心的故事」。

既然毛姆以喬治・克雷布自況，這裡的「雙韻體」，當然就是寫實主義。就人物角色、背景設定和敘事情節而言，《月亮與六便士》的維多利亞色彩並不難辨認。小說的角色是尋常的平民百姓：敘事者是懷才不遇的作家，德爾克．斯特羅夫是庸常蹩腳的畫家，尼科爾斯船長是離鄉背井的流民，緹亞蕾．強森是開門揖客的商人，至於查爾斯．史崔克蘭，原本是再平凡不過的股票經紀人，充其量只能算是中等階層，離開倫敦後主要以打零工為生，最終還淪落到依靠大溪地島上某個土著女子的祖產過日子的地步。小說的背景全都設定在真實的地方，如倫敦、巴黎、馬賽、大溪地等，書中關於這些地方的文字，無論是社會風氣還是地理景觀，均是現實的寫照；尤其是毛姆對倫敦生活、巴黎市井、馬賽妓院和大溪地景色的描寫，簡直就像歷史紀錄片般精確。敘事情節更是毫無突兀之處，整個故事隨著敘事者在倫敦、巴黎和大溪地之間輾轉而逐漸推進，跟作者本人的生活軌跡如出一轍。而且不僅查爾斯．史崔克蘭，其他人物的性格談吐，也都有真實的原型：露絲．華特佛取材於毛姆的好友維爾麗．漢特（Violet Hunt），德爾克．斯特羅夫則來自休夫．瓦波爾（Hugh Walpole）；至於可憐的布蘭琪．斯特羅夫喝草酸自絕於世，顯然是嫁接了毛姆的哥哥哈里的悲劇：這個鬱鬱不得志的文學愛好者在一九〇四年七月喝了硝酸自殺。《月亮與六便士》還有更多的細節來自毛姆的生活，限於篇幅，這裡就不繼續展開了。

正如前文已經指出，文以載道是寫實主義小說必備的特徵，不過《月亮與六便士》的寓意卻沒有那麼容易被發現。那些誤將查爾斯．史崔克蘭當成小說主角的評論者，有的覺得毛姆旨在闡明藝術創作和世俗生活的矛盾，有的認為小說揭示了唯有藝術才能真正永恆的道理，甚至還有人在羅列了史崔克蘭這個角色的種種「不足」之後，又自作多情地替毛姆開脫，宣稱「《月亮與六便士》的教訓是天才不可能用筆墨來形容」。如果沒有遭受蒙蔽，能夠避免過於流暢的閱讀體驗引發的粗心大意，仔細到小說中尋找作者精心設置的伏筆，我們將會發現，這個「教化人心的故事」所要講述的，其實是一個和毛姆一樣老派的道理。

要明白這個道理是什麼，首先必須釐清整部小說的結構和基調。《月亮與六便士》可以分為三個部分：第一部分從開篇到第十七章，主要講述敘事者在倫敦生活時所瞭解到的史崔克蘭；第二部分從第十八章到第四十四章，描繪了敘事者客居巴黎後和史崔克蘭的交往；第三部分從第四十五章到結束，著墨於敘事者遊歷大溪地期間所聽到的關於史崔克蘭死前幾年的情況。無論在哪個部分，敘事者都佔據了絕對核心的位置，史崔克蘭自始至終從未直接登場，他的生平事蹟和內心活動完全由「我」通過轉述、觀察、推測和解釋來呈現。換言之，小說的主角只能是第一人稱的敘事者。

這個敘事者的聲音，亦即小說的基調，是謹慎而克制的。我們可以看到，每當敘事者對某個人、某件事形成觀點或者判斷，他都會緊接著自我反省，甚至於說出「我所做的猜測都是毫無根據的」這樣的話來。《月亮與六便士》反覆證明了這種謹慎和克制的必要性。比如在小說的開頭，敘事者在沒有見過史崔克蘭以前，根據露絲・華特佛的轉述，錯誤地「把他想像成弱不禁風、其貌不揚的樣子」，見面後才發現「實際上他長得魁梧雄壯，手和腳都很大，晚禮服穿在他身上有點滑稽」。至於史克崔蘭太太，敘事者在第四章認為她「算是心地最純良的」，到第十五章卻發現這個貌似溫柔體貼的女子「竟然如此陰險歹毒」。又比如在第二十三章，敘事者覺得德爾克·斯特羅夫及其妻子的家庭生活「宛如悠揚的牧歌，別具一種獨特之美」，而他們之間不可彌補的裂痕要直到第四十一章才真相大白。當然最大的反差來自史崔克蘭這個角色：他外貌粗野、言行粗俗，相處多年的連襟把他當作不折不扣的惡棍，大溪地的白人視其為遊手好閒的混混，甚至連他自己的子女，在聽完他慘死的情狀之後，也認為其罪有應得；但他其實是個值得同情的偉大藝術家，為世人留下了許多別開生面的傑作。

諸如此類的強烈反差不僅僅是為了增加閱讀的快感，它們更主要的功能是為小說最後一段揭示的寓意進行鋪墊。在《月亮與六便士》的結尾，毛姆寫道：

> 有句《聖經》上的話來到我嘴邊，但我沒有說出來，因為我知道神職人員認為俗人侵犯他們的領地是有點褻瀆上帝的。我的叔叔亨利做過二十七年惠特斯特布爾的教區牧師，要是遇到這種情況，他往往會說，魔鬼總是隨心所欲地引用經文。他記得從前一個先令就能買到十三隻上等的牡蠣。

熟悉《聖經》的讀者應該能夠猜得到，敘事者沒有說出口的經文，顯然便是〈馬太福音〉和〈路加福音〉中那句「你們不要論斷人，免得你們被論斷」，又或者是〈約翰福音〉裡的「不要將表象作為判斷的根據」。《聖經》反覆告誡凡人不能彼此論斷是有道理的，因為人和人的相互瞭解往往膚淺、局限而片面，能夠做出公正的評判只有全知全能的上帝——假如這樣的上帝果真存在的話。

具體到《月亮與六便士》，艾美．史崔克蘭連同床共枕十七載的丈夫偷偷在倫敦學了兩年繪畫都不知情，所以會將決意為藝術獻身的查爾斯．史崔克蘭視為寡情薄幸的負心漢；羅伯特及其妹妹無從獲悉他們的父親內心承受了多少折磨和痛苦，對藝術更一竅不通，所以對史崔克蘭離家出走的行為恨之入骨，竟至於耳聞其悲慘下場以後完全無動於衷。小說中最有資格對其他人做出評判的當然是敘事者，但他是——用鮮花旅店老闆緹亞蕾．強森的話來說——「老成持重」的，無論對誰都是同情理解多於指責非難，哪怕是對他明明極其厭惡的艾美．史崔克蘭，也無非是善意諷刺了幾句而已。不要隨便評判別人這個來自《聖經》的古老道理遙遙呼應了毛姆在小說開頭「老古董」的自我定位。

從某種意義上來說，《月亮與六便士》是對當時那些評論者的回應，提醒他們不要急於言之鑿鑿地做出審判：既然乍看俗不可耐的查爾斯．史崔克蘭其實是個偉大的天才畫家，那麼同樣道理，貌似落入寫實主義窠臼的《人性枷鎖》及《月亮與六便士》，也可能是流芳後世的煌煌巨著。自一九一九年算起，將近一個世紀過去，至少從目前來看，光陰已經證明毛姆的謹慎和自信是正確的；從前種種針對這部小說的非議，連同那些非議者的名字，早被埋葬在舊紙堆裡，除了極少數文學史研究者，再也沒有人會去挖掘。

但不要隨便評判別人並不等於沒有自己的觀點和立場，**毛姆借由《月亮與六便士》所亮出的觀點是精神優於物質、個體大於社會；而這種反世俗、反傳統的立場，正是幾代讀者為之潸然淚下的關鍵所在**，因為普通讀者畢竟既不瞭解小說這種文學體裁的歷史演變，也不知道文壇的私人恩怨。

查爾斯·史崔克蘭毅然捨棄舒適的中等階層生活，甘願過著食不果腹、衣不蔽體的艱苦日子，在世人看來已經非常難以理解；他甚至還決絕地拋下妻兒、背叛朋友，按照傳統的道德觀念更是十足的混蛋；但到最後，他卻是一個得到作者和讀者的同情、在藝術領域奏響凱歌的大英雄。在小說的第五十章，敘事者講述了兩名師出同門然而命運截然相反的醫生的軼事：醫術高超的亞伯拉罕聽從內心的召喚，丟下倫敦的優職厚祿，到亞歷山大港當了樸素的檢疫員；技藝稍遜的卡邁克爾則幸運地頂替了亞伯拉罕留下的空缺，成為趾高氣揚的社會名流。敘事者在講完這個與史崔克蘭的傳奇有異曲同工之妙的故事之後，提出了兩個發人深省的問題：

難道做自己最想做的事，生活在讓你感到舒服的環境裡，讓你的內心得到安寧是糟践自己嗎？難道成為年入上萬英鎊的外科醫生、娶得如花美眷就算是成功嗎？

這些拷問人生終極意義的難題有兩個截然不同的答案，小說的名字正好再現了兩者之間的對立。《月亮與六便士》這個書名來自一九一五年八月十二日《泰晤士報文學增刊》上一篇持論較為公允的書評，該文作者稱《人性枷鎖》的主角菲力普「和許多年輕人一樣，為天上的月亮神魂顛倒，對腳下的六便士視而不見」。月亮象徵著崇高的理想追求和美妙的精神境界，也象徵著離開倫敦的史崔克蘭和遠赴埃及的亞伯拉罕所甘之如飴的清貧；六便士這種小面額的硬幣代表著世俗的雞蟲得失與蠅頭小利，也代表著卡邁克爾所引以為傲的豪奢。月亮與六便士之間理應如何取捨，敘事者並無定論，只是謹慎地說：

我想這取決於你如何看待生活的意義，取決於你認為你應該對社會做出什麼貢獻，應該對自己有什麼要求。

但千萬不要誤將毛姆當成亨利・梭羅的信徒，他其實並不反對、甚至非常講究物質的舒適。

因為幼失怙恃，毛姆早年的生活雖然談不上艱難，卻也相當清苦。很長一段時間裡，他在倫敦和朋友合租一套每週租金僅需一英鎊的兩房公寓，而且經常陷於入不敷出的窘境。一九〇七年聲名鵲起以後，日進斗金的他從此過著錦衣玉食的生活，經常在當年倫敦四大豪華酒店出沒，橫渡大西洋前往美國訪問時也非頭等艙不坐。三十六歲那年，他花八千英鎊（折合現在的新台幣約六百萬元）買下一座臨近海德公園的五層住宅，耗費鉅資修葺一新，爾後聘請了廚師、女傭和管家，他的朋友休夫．瓦波爾參觀後豔羨地稱其為「最理想的寫作地點」。至於他晚年定居那座位於法國南部的海濱別墅，更是占地廣達九英畝、隨時可以欣賞地中海萬頃碧波的頂級豪宅。

這也是毛姆的小說非常難以準確理解的重要原因。有些作家文如其人，筆下抒發的是真實的胸臆；有些作家深藏不露，作品發出是杜撰的心聲。但毛姆總是遊刃有餘地在虛實之間來回切換，不經過細緻考證和深入探求，你永遠不知道某段貌似簡單的文字，到底蘊藏著多少深意。比如小說第四十六章寫道：

仁慈的上帝指定世間某些男子必須過著單身的生活，但他們有些人由於自身的原因，或者由於他們無法抗拒的外部因素，竟然違背了這種旨意。世上再也沒有比這種結了婚的單身漢更值得同情的人。

這段文字看似慨歎尼科爾斯船長的不幸，但又何曾不是毛姆的顧影自憐。寫下這段文字的一年之前，也就是一九一七年五月，與同性戀人赫克斯頓攜手同遊的南太平洋之旅剛剛結束，毛姆屈服於良心的約束，勉強和離婚不久的西麗・貝納多共結連理。他們相識於一九一三年，有過幾次逢場作戲的露水姻緣。由於性情志趣迥然有別，最初的相見恨晚慢慢變成了同床異夢。但西麗使計兩次懷上毛姆的孩子，執意生下他們的女兒麗莎，最後如願與前夫離婚，毛姆無奈之下只得就範。這段未曾開始便注定要破裂的婚姻持續到一九二八年，男方以兩處倫敦豪宅、一輛勞斯萊斯轎車和每年三千英鎊贍養費的代價恢復了自由身。「仁慈的上帝指定世間某些男子必須過著單身的生活」這句話也是意味深長。如今在歐美蔚為風尚的同性婚姻對毛姆那一代人來說不啻天方夜譚；當年同性戀是大逆不道的罪行，著名作家奧斯卡・王爾德即因為龍陽之癖敗露而聲名掃地。嗜好斷袖的毛姆畢生如履薄冰，結婚時曾被西麗用這個把柄要脅過，難免會覺得單身是最好的選擇。

但將毛姆登峰造極的文字藝術體現得最為淋漓盡致的，莫過於前面已經引用過的一段文字，也就是《月亮與六便士》最後兩句話：

我的叔叔亨利做過二十七年惠特斯特布爾的教區牧師，要是遇到這種情況，他往往會說，魔鬼總是隨心所欲地引用經文。他記得從前一個先令就能買到十三隻上等的牡蠣。

我相信絕大多數讀者和我一樣，從未見過還有哪部小說的結尾如此突兀。說其突兀，既因為亨利叔叔這個人物在前文只出現過一次，也因為這兩句話和上文貌似沒有任何關聯。我也相信，當你首次翻讀這部小說，一口氣看到最後這些文字時，很有可能會像我最初一樣熱淚盈眶，然而又不知道自己何以如此感動。祕密便埋藏在毛姆非常高明的小說技藝裡。

一八八四年，毛姆的父親在巴黎亡故，年僅十歲的他隨即被其叔叔亨利．毛姆接到惠特斯特布爾。惠特斯特布爾是倫敦東南肯特郡出產各種海鮮的小鎮，全盛時每年輸送往倫敦的牡蠣超過六千萬隻，因而有「牡蠣之都」（Oysteropolis）的美譽。維多利亞時代初期的牡蠣很廉價，一打只賣四便士，是貧困工人階級補充蛋白質的重要來源。但一八七五年以後，產量下降促使其價格逐漸上升，每個售價漲至大約一便士。在毛姆撰寫《月亮與六便士》的一九一八年，倫敦市場的牡蠣零售價是每個四便士。「一個先令就能買到十三隻上等牡蠣的日子」，就是一八七五年到一八八五年之間那段歲月。

他叔叔亨利．毛姆早在一八九七年去世，在一九一八年「懷念」那段日子的只可能是作者本人。因而這個突如其來的結尾有著兩層重要的涵義。第一層涵義是呼應開篇；那十年恰恰是維多利亞文學如日中天的巔峰期，這段文字再次強調了毛姆對寫實主義的珍重和堅持，從而為整部充滿懷舊氣息的小說劃上了完美的句號。第二層涵義則是順應上文；前面幾段文字描繪了艾美．史崔克蘭及其子女的天性是多麼的無情，作者在同情史崔克蘭缺乏家人關愛之餘，不禁感懷自己的身世也幾乎同樣孤苦；他懷念一個先令就能買十三隻上等牡蠣的日子，是因為當時他的父母尚在人世，那是他畢生中唯一享受到家庭幸福的光陰。也就是說，毛姆成功地將懷舊和淒涼灌注在這個奇峰突起的結尾裡。最令人讚歎不已的是，它和上文的結合極其巧妙，以至於敏感的讀者縱然不知究竟，也會深深受到感染。

從出版至今，《月亮與六便士》以其精彩的故事和出色的技巧感染了讀者將近百年；而毛姆當初的預言早已實現，曾經高舉火炬的現代主義勇士終究拱手讓出了他們的位子，他們的信條和寫實主義一樣，也變成了歷史的陳跡。我想起在一九四〇年，評論界普遍認為毛姆頂多算是個出色的通俗作家，希歐多爾．史賓塞曾經說過：「毛姆能否永垂不朽，取決於批評家和公眾之間哪個是對的。」在七十五年後的今天，答案是顯而易見的，親愛的讀者，你覺得呢？

1

坦白說，最早認識查爾斯．史崔克蘭的時候，我根本不覺得他有什麼出類拔萃的地方，然而現在很少有人會否認他的偉大。我說的偉大並不是那種官運亨通的政客或者戰功赫赫的軍人所能得到的，那些人的光環來自他們的職位，而非自身的本事；等到時過境遷，他們將會變得微不足道。人們常常發現，卸任的總理原來只是個能言善辯的口舌之士，卸職的將軍也無非是個軟弱可欺的市井之徒。查爾斯．史崔克蘭才是真正的偉大。你也許不喜歡他的藝術，但無論如何很難不對它產生興趣。他發人深省，他引人注目。他被嘲笑的時代早已過去，為他進行辯護不再是標新立異的舉動，對他加以推崇也不再是離經叛道的表現。他固然有種種缺點，但在世人看來已經是瑕不掩瑜。他的藝術地位或許尚待爭論，崇拜者對他的讚揚或許就像貶抑者對他的抨擊，都是信口開河的胡說，但有一點毋庸置疑，那就是他擁有天賦。依我之見，藝術中最有意思的莫過於藝術家的人格。藝術家哪怕有上千個缺點，但只要有著特立獨行的個性，那就是可取的。比如說，我認為維拉斯凱茲[1]的繪畫技巧比艾爾．格列柯[2]更為高明，但世人對他的評價卻不如後者高，因為那個來自克里特島的格列柯生性放蕩，命途多舛，又不憚將其靈魂的祕密和盤托出，彷彿那是永恆的獻祭。藝術家、畫家、詩人和音樂家——主要是通過對現實進行拔高或者美化來滿足人們的審美意識，但有的藝術家也將其個性赤裸裸地袒露在他的作品中。探索這種藝術家的祕密是很有樂趣的，跟閱讀偵探小說差不多。他的作品就像無言的宇宙，充滿了有待發現的奧祕。史崔克蘭最無足輕重的作品也透露出他那奇特、痛苦而複雜的個人經歷，所以有些人雖然不喜歡他的畫，卻不能等閒視之；也正是由於這個原因，人們才對他的生平和性格充滿極其濃厚的興趣。

直到史崔克蘭亡故四年之後，莫里斯·修瑞才撰寫了那篇刊登在《法國信使》[3]雜誌上的文章，使這位原先籍籍無名的畫家不致湮沒於世，並開闢了那條讓許多跟風的作家緊隨而來的道路。長久以來，莫里斯·修瑞是法國聲譽最隆的評論家，他給出的評價又是那麼高，所以給人留下了深刻的印象。他的讚美顯得有些誇大其辭，但後繼的評論家卻證實他所言非虛，而查爾斯·史崔克蘭在當今的聲望，也是牢牢地建立在他奠定的基礎之上的。史崔克蘭的聲名鵲起是藝術史

1 維拉斯凱茲（Diego Rodriguez se Silva y Velázgnez），西班牙宮廷畫家。
2 艾爾·格列柯（El Greco），西班牙文藝復興時期的畫家、雕塑家和建築師，出生於希臘的克里特島。
3《法國信使》（Mercure de France），創刊於西元一六七二年，原名《文雅信使》（Mercure Galant），是法國著名的文學評論雜誌。

上極具浪漫色彩的事件。但我並不打算分析他的作品，除非那些作品涉及他的性格。我無法苟同某些畫家的看法，他們倨傲地宣稱門外漢根本不懂繪畫，要對他們的作品表示欣賞，最好的辦法是默默地遞上支票本。這種認為藝術無非是某種手藝，只有內行人才能完全理解的觀點其實是荒唐的誤解，因為藝術是情感的流露，而情感所說的語言，則是每個人都懂的。但我也承認，對技巧沒有實際認識的評論家確實很難做出真正有價值的評論，而就繪畫而言我又是極其無知的。幸好我沒有必要去冒這個險，因為我的朋友愛德華·萊格特先生既是才華橫溢的作家，也是備受推崇的畫家，他已經在那部短小精悍的著作[4]裡詳盡地探討了查爾斯·史崔克蘭的作品。這部著作文筆之華麗堪稱典範，可惜這種文風總的來說在英國已經式微，不如在法國流行。

莫里斯·修瑞那篇著名的文章扼要地講述了查爾斯·史崔克蘭的生平，他有意借此來引起讀者的好奇心。由衷熱愛藝術的他真心希望那些有識之士能夠注意到一位極具獨創性的藝術天才，但他是個非常出色的炒作高手，知道只要引起人們的興趣，他這個目標就會更容易實現。等到許多在從前和史崔克蘭有過接觸的人——有些是在倫敦就認識他的作家，有些是在蒙馬特區[5]的咖啡館和他相遇的畫家——吃驚地發現當初他們眼裡那個窮困潦倒的畫家原來是個名副其實的天才，而他們竟然失之交臂以後，法國和美國的報刊上就出現了許多文章，既有回憶和他的交往的，也有表達對他的讚賞的，這讓史崔克蘭的名氣變得更為響亮，卻滿足不了公眾的更深入地瞭解他的欲望。有關這方面的文章不計其數，勤奮的維特布雷契特—洛索爾茲在他那本令人肅然起敬的專著[6]中列出了許多信實可靠的篇章。

編造神話是人類的天性。如果超群出眾的人物在其生涯中遇到某些令人感到驚奇或者神祕的事情，人們就會極其貪婪地抓住不放，將其演繹成一段傳說，然後狂熱地深信不疑。這是人們對平淡生活提出的浪漫抗議。傳說裡的軼事變成了英雄晉身不朽境界最可靠的通行證。有幽默感的哲學家在想起沃爾特・雷利爵士[7]時難免會啞然失笑，因為他之所以留駐在人類的記憶裡，竟然是由於他曾經解下披風供伊莉莎白一世踏足用，而不是由於他打著英國的旗號去過許多尚未廣為人知的國度。查爾斯・史崔克蘭的事蹟流傳不廣。他的仇敵不少，朋友卻不多。所以可想而知，為他樹碑立傳的作家自然只能用活靈活現的想像來增補吉光片羽的回憶；人們對他的生平所知甚

4《當代藝術家查爾斯・史崔克蘭作品評析》，愛德華・萊格特著，馬丁・塞克爾出版公司，一九一七年。

5 蒙馬特區，即今巴黎第十八區。曾因房租便宜，生活成本較低，而成為大量藝術家的聚集地，保羅・高更當時住在巴黎第九區，經常到畢沙羅家中畫畫。（此為作者注）

6《查爾斯・史崔克蘭的生平和藝術》，雨果・維特布雷契特—洛索爾茲博士著，施威格爾和漢尼詩出版公司，德國萊布尼茨，一九一四年。（此為作者注）

7 沃爾特・雷利爵士（Sir Walter Raleight），英國探險家、作家和詩人。

少，這顯然給胡編亂造提供了很好的機會；於是在這些人的筆下，他的生活是古怪而可怕的，他的為人是孤僻而乖張的，而他的命運則是催人淚下的。沒隔多久，這些天花亂墜的描寫就變成了明哲保身的歷史學家不敢輕易質疑的傳奇。

但羅伯特．史崔克蘭牧師偏偏不是明哲保身的歷史學家。他宣稱世人對他父親的後半生有許多曲解之處，他撰寫那部傳記[8]就是為了「消除流傳甚廣的誤會」，還說這些誤會「給生者帶來了很大的痛苦」。很顯然，民間有關史崔克蘭生平的傳聞確實有不少會讓一個有頭有臉的家庭感到尷尬。我閱讀這本書的時候覺得很好笑，並為此而十分佩服自己，因為這本書是很單調沉悶的。史崔克蘭先生描繪的是一個出色的丈夫和父親，一個和藹、勤勉又正派的君子。精研那門叫做解經的學問的現代神職人員固然均已掌握塗脂抹粉的驚人本領，但羅伯特．史崔克蘭牧師竟然能夠如此「詮釋」他父親生平中那些他作為兒子不便記住的事實，這種文過飾非的本事假以時日定能讓他在教會中平步青雲。我已經看見他結實的小腿緊緊地裹著主教的綁腿[9]。這件事是有害的，儘管去做它可能顯得很勇敢，其實史崔克蘭的聲譽之所以與日俱增，很大程度上得益於世人普遍接受的那個傳說；因為很多人被他的藝術吸引，要麼是由於他們很討厭他的性格，要麼是由於他們很同情他的慘死；兒子好意的舉動等於在父親的崇拜者頭上澆了冷水。就在史崔克蘭先生這部傳記出版並引起爭議之際，佳士得（Christie's）拍賣了他父親的重要作品〈撒瑪利亞的女人〉[10]，成交價居然比九個月前降低了兩百三十五英鎊（當時買下它的是個著名的收藏家，但那收藏家後來突然死亡，所以這幅畫又回到了拍賣行），這絕對不是沒有緣故的。光靠查爾斯．史崔克蘭的能力和原創性，也許並不足以挽回頹勢，除非熱衷於編造神話的人們能夠迫不及待地摒棄這個打破他們對非凡人物的幻想的故事。幸虧維特布雷契特—洛索爾茲博士及時撰寫了那部著作，於是所有藝術愛好者終於放下了心頭的大石。

維特布雷契特—洛索爾茲博士所屬這個流派的歷史學家不僅相信人性本來就是惡的，而且還要糟糕得多；有些惡趣味的作家喜歡將浪漫的偉大人物描繪成道貌岸然的偽君子，相形之下，反倒是這個流派的歷史學家能給讀者帶來更多的樂趣。就我個人來說，我是很不樂意認為安東尼和克麗奧佩脫拉七世[11]之間只存在經濟關係的；而要感謝上帝的是，目前尚沒有足夠的證據可以說服

8《史崔克蘭的為人和作品》由其子羅伯特．史崔克蘭著，海恩曼出版社，一九一三年。（此為作者注）

9 綁腿，依照英國聖公會的服裝制度，只有主教和大主教才能穿綁腿。這些高級神職人員因為經常需要騎馬，所以其教袍長度僅至膝蓋，又用筒狀綁腿收束褲管，便於日常行動。

10 佳士得的拍賣目錄對這幅畫的介紹如下：「一個裸體的女人，社會群島上的原住民，平臥在溪邊的草地上。她身後是熱帶景色，有棕櫚樹、香蕉樹等。一五二公分×一二一公分。」（此為作者注）

11 克麗奧佩脫拉七世（Cleopatra VII），埃及托勒密王朝最後一任法老，與羅馬皇帝凱撒、羅馬將領馬克．安東尼之間的浪漫情事，在許多藝術作品都可見到，後世稱「埃及豔后」。

我相信提貝里烏斯・尼祿[12]就像英王亨利五世[13]那樣，也是一世明君。在論及羅伯特・史崔克蘭那部天真的傳記時，維特佈雷契特—洛索爾茲博士極盡尖酸刻薄之能事，讓人讀起來很難不對那位倒楣的牧師產生同情。他的知而不言被定義為裝聾作啞，他的諛美之詞被抨擊為謊話連篇，就連他的為尊者諱也被指責為背信棄義。就因為這些從作者的角度固然應該受到譴責、以兒子的身份卻是情有可原的缺點，整個盎格魯撒克遜民族竟然也慘遭株連，被維特佈雷契特—洛索爾茲博士指摘為假裝正經、言不由衷、虛偽狡詐，令人大倒胃口。我個人覺得史崔克蘭先生有點不擇手段，比如說為了反駁那種認為其父母之間頗有「齟齬」的觀點，他舉例說查爾斯・史崔克蘭曾在巴黎寫信稱其太太為「厲害的女人」；維特佈雷契特——洛索爾茲博士居然有本事原樣複印了那封信，其實信上寫著的是：「上帝懲罰我的妻子吧，她是個厲害的女人。我真希望她下地獄啊。」在其勢力如日中天的年代，教會也是這樣處理不受歡迎的證據的。

維特佈雷契特——洛索爾茲博士狂熱地崇拜著查爾斯・史崔克蘭，但你無須擔心他會對其進行美化。他目光犀利，能看到那些貌似天真無邪的行為背後隱藏著卑鄙可恥的動機。他既是精神病理學家，也是藝術研究者，潛意識對他來講毫無祕密可言。他比神祕主義者更能從普通的事物看出深刻的意義。神祕主義者看到的是難以言喻的奧妙，而精神病理學家看到的是不可明說的隱祕。這位博學多聞的作者如此費盡心機地去搜羅每個能讓他的偶像蒙羞的事蹟，真是叫人歎為觀止。每當舉出冷酷無情或者鮮廉寡恥的例子，他就對其偶像滿懷同情之瞭解；每當利用久遭遺忘的逸事來摧毀羅伯特．史崔克蘭牧師的孝順之心，他就像衛道士審判異教徒那樣興高采烈。他的勤奮程度是很令人稱奇的。再微不足道的瑣事他也絕不放過，假如查爾斯．史崔克蘭有筆洗衣帳單尚未付款，那肯定會被詳細地記錄下來；假如他借了人家半克朗[14]沒有償還，雙方經手的每個細節都不會被忽略，這一點讀者絕對可以放心。

12 提貝里烏斯．尼祿（Tiberius Claudius Nero），羅馬帝國的第二任皇帝，在歷史上以殘暴荒淫著稱。

13 亨利五世，英國國王，一九一〇年登基。毛姆創作這部小說是在一九一八年，這段話是對當時在位的亨利五世的恭維。

14 克朗（crown）：英國的舊貨幣單位，一克朗等於四分之一英鎊、五先令或是六十便士。

2

既然有關查爾斯・史崔克蘭的文獻已經如此豐富，我似乎不應再來湊熱鬧了。畫家的作品就是他的紀念碑。和大多數人比起來，我和他的關係確實較為密切：我最早認識他時，他尚未成為畫家；他落魄巴黎艱難度日那幾年，我跟他的會面也不能說不頻繁；但如果不是動盪的戰局促使我遠走大溪地[1]，我想我應該不會寫下我的回憶。眾所周知，他生命中最後的歲月，正是在大溪地度過的；我在那裡遇到不少和他頗有往來的人。我發現我可以向大家講述他的悲劇人生中最不為人所知的這幾年。假如大家的觀點沒錯，史崔克蘭確實很偉大，那麼由和他有過親身交往的人寫下的文章就不太可能是多餘的。倘使有個人和艾爾・格列柯的交情就像我和史崔克蘭這麼深厚，那麼只要能讀到他寫的回憶錄，有什麼代價是我們不捨得付出的呢？

但我並不想把這些作為自己的藉口。我忘記是誰曾經說過，每天做兩件自己討厭的事對靈魂是有好處的。說這話的顯然是個聰明人，我一絲不苟地遵從他的建議，因為我每天早上都會起床，晚上也都會睡覺。但我天生有點苦行主義的傾向，每個星期我還會讓自己的肉體承受一次更為嚴重的折磨。我一期不落地追看《泰晤士報文學增刊》。這真是有益身心健康的鍛鍊，因為我發現有那麼多的書被寫出來，有那麼多的作者滿懷希望地看著它們出版，可是等待著這些書的命運又是那麼的慘澹。這些圖書能有多少機會從浩如煙海的同類產品中嶄露頭角呢？哪怕確實脫穎而出了，也無非是各領風騷三、五月而已。天知道作者要花費多少心血、承受多少苦難、絞盡多少腦汁，讀者才能夠得到幾個小時的休憩，或者驅趕旅途的沉悶。如果我能根據書評作出判斷，那麼這裡面有很多是言之有物的好書，作者在寫作時付出了很多思考，有些甚至是窮畢生精力才寫就的。由此我得到了這個教訓：作家追求的回報應該是揮灑文字的快樂和傳播思想的愜意，至於其他的，那就隨便吧，別去在意讚美或詆毀、失敗或成功。

如今戰爭[2]業已來臨，它帶來了新的風氣。年輕人信奉的是我們以前從未聽說過的神明，我們的後輩將要朝哪個方向走，現在也可以看出端倪了。躁動不安的年輕世代在意識到他們的強大之後早已登堂入室，這些人奪門而入，搶佔了我們的位子。空氣裡充滿了他們喧鬧的喊叫聲。有些為老不尊的長者滑稽地模仿年輕人的吵吵嚷嚷，想要證明屬於他們的時代尚未逝去；他們像最有活力的後生那樣振臂高呼，但喊出的口號是那麼的空洞；他們就像人老珠黃的蕩婦，試圖通過

---

1 大溪地位於南太平洋，法屬玻里尼西亞向風群島中最大的島嶼，是政治、文化和經濟中心，也是著名的旅遊度假勝地。

2 指一九一四年爆發的第一次世界大戰。毛姆創作這部小說時，戰爭尚未結束。

梳妝打扮和賣弄風情來重獲青春永駐的幻覺。那些較為聰明的前輩則大大方方地讓開道路。他們無奈的微笑中帶著些許寬容的嘲諷。這些人記得當初他們將躊躇滿志的前輩踩在腳下時，也正是如此大叫大嚷、出言不遜；他們還預見到這些高舉火炬的勇士終有一日也要讓出他們的位子。誰也不能夠一錘定音。哪怕是新福音[3]，到尼尼微城[4]繁榮昌盛的時候不也已經變成舊福音。那些慷慨激昂的人自以為他們說的話是前人聞所未聞的，殊不知此類豪言壯語早已被說過上百遍，而且連說話的腔調也是大同小異。鐘擺甩過去又蕩回來。這個過程永遠往復無休。

有時候，一個人在屬於他的風雲歲月過去之後，還能活著進入全新的時代，這時好奇的人就能看到人間喜劇中最為奇特的場面。比如說，現在誰還會想起喬治．克雷布[5]呢？他曾經是個著名的詩人，當時所有人異口同聲地稱讚他的天才，這種現象在更為複雜的現代社會裡並不多見。他師法亞歷山大．波普[6]那個流派，用押韻雙韻體[7]撰寫了許多教化人心的故事。後來爆發了法國大革命[8]和拿破崙戰爭，許多詩人唱起新的歌曲。克雷布先生依然用雙韻體寫他的教化人心的故事。我想他肯定讀過那些轟動一時的年輕人所寫的詩歌，我還想像他會認為那些詩寫得很差。當然，大多數確實寫得很差。但濟慈[9]與華茲華斯[10]的頌詩[11]，柯立芝[12]的少數詩篇，再加上雪萊[13]的幾首名作，確實開闢了前人未曾探索過的精神境界。克雷布先生已經是明日黃花，但他依然用押韻雙韻體寫著他的教化人心的故事。我曾隨意翻閱過年輕一代的作品。也許他們當中會有更為激情澎湃的濟慈、更為超凡脫俗的雪萊，已經出版過將會流傳千古的名作。這我並不清楚。我欽羨他們優美的文筆，我讚美他們歡暢的風格。這些後生雖然很年輕，但已經取得很高的成就，再把他們視為初露鋒芒之輩會鬧笑話的。但儘管他們的作品很多（他們的詞彙量非常豐富，彷彿在搖籃裡

3 泛指《希伯來聖經》中的先知書，尤指屬於《小先知書》中的《約拿書》。

4 尼尼微城（Nineveh）是古代亞述帝國的首都，約在公元前七百年達到全盛時期。考古研究表明，尼尼微城是當時世界最大的城市。

5 喬治·克雷布（George Crabbe），英國詩人。

6 亞歷山大·波普（Alexander Pope），英國詩人和翻譯家，以雙韻體或稱雙行體詩歌馳名，翻譯荷馬詩作《伊利亞德》和《奧德賽》也取得了巨大的成功。

7 雙韻體是英文詩歌中的一種形式，由兩個韻律的句子組成，有押韻和不押韻兩種。早期英文詩歌多為押韻雙韻體，克雷布也多採用這種形式。

8 法國大革命發生於一七八九年至一七九九年，對歐洲的影響極其深遠，它標誌著君主制、封建制和羅馬天主教在歐洲的衰落，以及民主制和民族主義的興起，所以下文說「許多詩人唱起新的歌曲」。

9 約翰·濟慈（John Keats），英國浪漫主義詩人。

10 威廉·華茲華斯（William Wordsworth），英國浪漫主義詩人。

11 頌詩，是起源於古希臘的一種詩歌形式，原初是用來配樂詠唱的。

12 山繆·泰勒·柯立芝（Samuel Taylor Coleridge），英國浪漫主義詩人。

13 波西·雪萊（Percy Bysshe Shelley），英國浪漫主義詩人。他和濟慈、華茲華斯、柯立芝等人被視為英國浪漫主義文學的開拓者和代表人物。

就開始研讀羅傑特的《詞彙寶庫》[14]），我卻沒有讀到新意：在我看來，這些人學識有餘，而涵養不足。我消受不起他們猛拍我後背的那種熱切和撲進我懷裡的那種激情，我覺得他們的情感有點蒼白，他們的夢想也有些乏味。我不喜歡他們。我已經是老古董。我會繼續用雙韻體撰寫教化人心的故事。但假如我這麼做除了自娛自樂以外，還有什麼別的指望，那我就是個無可救藥的大傻瓜。

14 《詞彙寶庫》（Roget's Thesaurus）是英國神學家、辭典學家彼得．馬克．羅傑特編撰的分類辭典。西元一八五二年出版，收錄一萬五千個英文單詞，是第一部英文分類辭典。

3

但前面那些都是題外話。

我在非常年輕的時候就寫了第一本書。幸運的是，它引起了關注，因此有許多人想和我結交。最早踏進倫敦的文學世界時，我心裡既忐忑又期待。回憶起當初的種種情狀，真是不無物是人非的感慨。我久已遠離那個世界，假如各種小說對其現狀的描寫是準確的，那麼如今的情況有所改變。活動的場所和以前不同。切爾西和布魯姆斯伯里業已取代了漢普斯塔德、諾丁山門、高街和肯辛頓[1]。就拿參加活動的人來說，從前四十歲以下顯得卓爾不群，但現在超過二十五歲就要被當成笑話。我覺得我們當年比較矜持，而且也不敢表現得過於目中無人，因為害怕遭人指謫。

1 切爾西位於倫敦西區西南部，在十九世紀末、二十世紀初有許多藝術家和作家居住在當地。布魯姆斯伯里位於倫敦西區東北部，雲集著許多文化藝術機構。漢普斯塔德在倫敦西區東北，是著名的文化勝地，佛洛伊德故居也在當地；諾丁山門、高街和肯辛頓都位於倫敦市中心，在肯辛頓公園（Kensington Gardens）附近。

我並不認為那批放浪形骸的文人雅士有多麼潔身自愛，但在我的印象裡，那時候的風流韻事確實不如現在這樣司空見慣。我們不覺得由於愛惜羽毛而對離經叛道的行為保持沉默是虛偽的表現。我們說話沒有那麼粗魯莽撞。當年的婦女也沒有完全獨立。

那時我住在維多利亞車站附近，我記得我常常乘坐很久的公共汽車，去拜訪那些熱愛文學又殷勤好客的家庭。我總是畏首畏尾地在街道上徘徊，半天才能鼓起勇氣按響門鈴，然後懷著極其緊張的心情跟著迎賓走進空氣沉悶、高朋滿座的客廳。主人介紹我認識這位貴客那位嘉賓，而那些人則對拙作大加吹捧，讓我感到渾身不自在。我感覺到他們希望我說幾句幽默機智的話，可惜直到聚會結束，我還是一句都沒能想起來。為了掩飾尷尬的心情，我幫忙端茶倒水，把麵包切得亂七八糟，塗上奶油端給眾人享用。我希望沒有人來注意我，那我就可以暗自觀察這些社會名流，專心聆聽他們的佳言妙語。

我記得當年有幾位個子高大、神態孤傲的女士，她們有著高聳的鼻子和飢渴的眼睛，衣服穿在她們身上就像是士兵的盔甲；也有幾個身材嬌小、獐頭鼠目的老處女，她們有著輕柔的聲音和溜滑的眼神。這些女士堅持戴著手套吃奶油吐司的怪癖讓我稱奇不已，而她們趁別人不注意時在椅子上偷偷把手指揩擦乾淨的壯舉更是令我敬佩萬分。這對傢俱來說肯定是不好的，但我想女主人到她這些朋友家裡做客時，應該會以其人之道，還治其人之椅子。她們有些打扮得花枝招展，而且會理直氣壯地說，寫過小說也未必非要把自己弄得不修邊幅；既然擁有苗條迷人的身材，那就應該展示出來；給小腳穿上漂亮的鞋子又不會導致「東西」被編輯拒絕。但也有些人覺得這樣太過輕佻，她們會穿著「藝術的裝束」，戴著具有原始風情的珠寶首飾。男賓則很少有奇裝異服的。他們儘量打扮得不像個作家。他們想要裝出精明強幹的樣子，無論走到哪裡都會被人當成某家公司的管理人員。他們總是顯得有點累。以前我並不認識什麼作家，我發現這些人非常奇怪，反正我覺得他們實在是太過裝腔作勢。

我記得當年總覺得他們的對話妙趣橫生，那些作家當面稱兄道弟，但轉身就會用尖酸刻薄的言論相互挖苦，我常常聽得瞠目結舌。藝術家和其他人相比有個優勢，他不僅可以取笑朋友們的長相或性格，而且可以嘲弄他們的作品。我苦恨自己才思不如他們敏捷，口齒也不如他們伶俐。那個年代的作家還比較講究說話的藝術，機敏的回答比鍋底下柴火的劈啪聲[2]更令人讚賞，名言妙語也尚未變成愚笨者附庸風雅的工具，而是隨意閒談中的點睛之句。可惜這些靈光乍現的話我都沒能記住。但我想那時候大家聊得最為起勁投契的，莫過於和我們所從事的藝術相關的行業的種

2 原文取自《聖經》〈傳道書〉第七章第六節：「愚昧人的笑聲，好像鍋下燒荊棘的爆聲，這也是虛空。」此句用來比喻虛有其表。

種細節。每當評鑑過最新作品的優劣之後，我們自然會好奇這本書賣了多少冊，作者已經拿到多少預付金，他總共能賺到多少錢。接著我們聊起這個或那個出版社，誰比較慷慨，誰又比較吝嗇；我們討論是把書稿交給支付優厚版稅的出版社好呢，還是去找行銷宣傳不遺餘力的出版社好。有些出版社不懂做行銷，有些則做得很好。有些比較現代，有些比較老派。然後我們說起經紀人，他們為我們爭取到什麼樣的報價；還有編輯，他們每千字開出多少稿費，付款的速度是快還是慢。對我來說，這一切都是非常浪漫的。它讓我有置身於某種神祕兄弟會的親切感。

4

當時對我最友善的莫過於露絲．華特佛。她既有男性的聰明才智，也有女性的蠻橫任性。她創作的小說獨出機杼，讀來讓人牽腸掛肚。我正是在她家裡遇到了查爾斯．史崔克蘭的太太。那天華特佛小姐在家舉辦茶話會，狹小的客廳裡來的客人比平常要多。大家都聊得很高興，我安靜地坐著，覺得有點尷尬，但那些人很起勁地談論他們的私事，我也不好意思插口。華特佛小姐是個很稱職的主人，發現我的窘態之後，她趕緊走到我身邊。

「我想請你跟史崔克蘭太太聊聊，」她說，「她很癡迷你的作品。」

「她是做什麼的？」我問。

我知道自己孤陋寡聞，史崔克蘭太太說不定是個名聞遐邇的作家，我想最好還是先弄清楚再跟她說話。

為了讓她的回答產生更好的效果，露絲．華特佛故意莊重地低眉說：

「她專門請人吃午飯。你只要隨便奉承她幾句，她就會邀請你的。」

露絲．華特佛是個玩世不恭的人。她把生活當成寫小說的機會，而芸芸眾生則是她的素材。

有些讀者對她的才華讚不絕口，曾禮數周到地宴請過她，她時不時會投桃報李地邀請他們到家裡做客。她覺得這些人崇拜名流的心理實在好笑，但又樂於以傑出女文學家的派頭和他們應酬。

我被領到史崔克蘭太太身邊，跟她聊了十來分鐘。我發現她除了聲音悅耳動聽，並無其他特別之處。她在威斯敏斯特[1]有套公寓，正對著尚未完工的大教堂[2]，由於住在相同的區域，這無形中拉近了我們的關係。陸軍和海軍百貨公司是泰晤士河與聖詹姆斯公園之間所有居民的感情紐帶。史崔克蘭太太問我要了住址，幾天之後，我收到了午宴的請帖。

我的約會並不多，於是很高興地答應赴宴。由於擔心到得太早，我先繞著大教堂走了三圈，走進她家時稍微有點晚，其他人都已經到齊。賓客中有華特佛小姐，還有傑伊太太、理查·特維寧和喬治·洛德。我們都是作家。那是個春光明媚的好日子，大家的興致都很高。我們聊了許多事情。華特佛小姐早些年喜歡身穿灰綠裙子、手持黃水仙去參加宴會，後來變得較為成熟則喜歡穿高跟鞋和巴黎式長裙，那天她的打扮素雅風韻兼而有之，還戴了頂新的帽子。這頂新帽子讓她意氣風發。我以前還沒聽過她那麼刻薄地暗損我們共同的朋友呢。傑伊太太明白污言穢語是機智幽默的要訣，所以她用大家幾乎聽不到的聲音說了許多足以讓雪白的桌布泛出紅暈的黃色笑話。理查·特維寧誇誇其談地發表了許多謬論，而喬治·洛德知道他的辯才出色早已眾所周知，不屑再做展示的他只在吃東西時才張開嘴巴。史崔克蘭太太的話不多，但她有種令人愉快的本事，就是讓每個人都參與到對話中來；遇到冷場的時候，她總能找到合適的話題讓大家繼續聊下去。她是個三十七歲的婦女，個子很高，身材也相當豐腴，但是並不胖；她算不上漂亮，但她的臉龐看上去很舒服，可能主要是因為她有雙動人的棕色明眸。她的膚色有點偏黃。她的頭髮是黑色的，梳著複雜精緻的髮型。在座三個女人只有她沒化妝，和另外兩個比起來顯得樸素而自然。

餐廳的裝潢按照當時的眼光來看是很有格調的。它非常莊重。牆上貼著很高的白色實木壁板和綠色牆紙，還掛著幾幅惠斯勒[3]的銅版畫，裝裱在很漂亮的黑框裡。窗簾是綠色的，印著孔雀的圖案，筆直地垂下來；地毯也是綠色的，畫著幾隻白兔在枝繁葉茂的樹林裡玩耍，很有威廉·莫里斯[4]的風格。壁爐架上有件臺夫特青花瓷器[5]。當年倫敦採用這種裝修風格的餐廳至少有五百

1 威斯敏斯特（Westminster）是倫敦最核心的區域，白金漢宮、國會、首相府等重要權力機構的所在地。

2 即威斯敏斯特主座教堂（Westminster Cathedral），不是著名的威斯敏斯特大教堂（Westminster Abbey）。該教堂是英國最大的天主教堂，興建於一八九五年，一九〇三年落成。

3 詹姆斯·惠斯勒（James Abbott McNeill Whistler, 1834～1903），是十九世紀著名的印象派畫家。

4 威廉·莫里斯（William Morris, 1834～1896），英國詩人、作家、翻譯家和布料花紋設計師。莫里斯設計的布匹以用料上乘、風格復古和崇尚自然著稱，在十九世紀末、二十世紀初很受英國上層階級和中產階級歡迎。

5 臺夫特（Delft）是荷蘭城市，在鹿特丹以北、海牙以南，歷史上以出產高品質的青花瓷器聞名。

家。這種餐廳既簡潔又雅致，就是有點沉悶。

告辭之後，我是和華特佛小姐結伴走的，由於天氣宜人，而且新帽子讓她心情很好，所以我們決定沿著聖詹姆斯公園慢慢走回去。

「這次聚會非常好。」我說。

「你覺得飯菜很美味吧？我跟她說過，如果想和作家交往，就得讓他們吃得好。」

「你的建議很高明，」我說，「但她為什麼想跟作家交往呢？」

華特佛小姐聳了聳肩膀。

「她覺得他們有意思。她想迎合潮流。我發現她的頭腦很簡單，可憐的人，她以為我們都是很優秀的。反正她喜歡請我們去吃午飯，這對我們也沒有害處。我喜歡她就是因為這個緣故。」

當年有許多人熱衷於結識名流，從漢普斯塔德的深宅大院到崔尼街[6]的寒酸畫室，均可見到他們追逐知名人士的身影。回想起來，我覺得史崔克蘭太太在這些人當中算是心地最純良的。她在鄉下度過了安靜的青春歲月，她從穆迪圖書館[7]借閱的圖書不僅講述了許多浪漫的故事，也給倫敦增添了浪漫的色彩。她是真正熱愛閱讀的（在她這類人中很罕見，這些人大多數感興趣的是作家而不是小說，是畫家而不是畫作），她創造了虛幻的世界，高高興興地在裡面生活，享受著她在日常世界得不到的自由。認識諸多作家之後，她覺得自己彷彿登上了從前只能隔著腳燈仰望的舞臺。她像看戲似的觀察著這些人，確實感到她的生活圈子擴大了，因為她既宴請他們，也到他們壁壘森嚴的家裡去做客。她並不排斥這些作家遊戲人生的態度，但根本沒想過要依照他們的標準來調整自己的行為。這些人離奇的道德觀念，連同他們的怪異的裝束和荒誕的謬論，都讓她感到非常有趣，但對她為人處世的信念卻沒有絲毫的影響。

「史崔克蘭先生還在嗎？」我問。

「在啊，他在城裡也是個人物。我相信他是個證券經紀人。他那人很無聊的。」

「他們感情好嗎？」

「他們彼此相愛。如果到他們家去吃晚飯，你就會遇見他。但史崔克蘭太太很少請人去吃晚飯。她先生的話非常少，對文學藝術簡直毫無興趣。」

「為什麼優秀的女人總是嫁給愚鈍的男人呢？」

---

6 崔尼街（Cheyne Walk）位於倫敦切爾西，許多畫家、作家曾經生活在那裡，如惠斯勒、喬治．艾略特和亨利．詹姆斯等。

7 穆迪圖書館是英國出版社和圖書銷售商查爾斯．愛德華．穆迪（Charles Edward Mudie，1818～1890）在一八四二年設立的。由於當時圖書價格昂貴，公立圖書館極少，穆迪很快把圖書館開到了伯明罕、約克、曼賈斯特等城市。許多英國人閱讀新出版的小說都到穆迪圖書館去借。

「因為聰明的男人不肯迎娶優秀的女人。」我想不到反駁她的話，所以問起史崔克蘭太太是否有孩子。

「有啊，她有個兒子，還有個女兒。他們都在上學。」這個話題已經沒什麼好說的了，我們開始談起了別的事情。

5

那年夏天我和史崔克蘭太太的見面不能說不頻繁。我時不時到她的公寓去吃簡單而可口的午餐，也參加那些更加美妙的茶話會。我們彼此很投緣。我非常年輕，她喜歡我，也許是因為可以替初步踏上艱難文學道路的我指引方向；而對我來說，能有個人願意側耳傾聽我的心事，並且還會給出合情合理的忠告，總歸是值得高興的事情。史崔克蘭太太天生很有同情心。饋贈同情是一種令人愉快的本領，但經常遭到那些知道自己擁有這種本領的人濫用：他們要是發現朋友遇到倒楣的事，就會迫不及待地猛撲上去施展渾身解數，這種勁頭實在是有點像食屍鬼。他們的同情宛如油井般噴湧而出，這種毫不吝嗇的揮灑有時候會讓被同情者感到很尷尬。如果別人的胸膛已經有太多的淚水，我就不忍心再灑上幾滴。史崔克蘭太太在運用她這種特長時很講究策略。接受她的同情之後你會滿懷感激。當初年輕衝動的我曾向露絲．華特佛說起這回事，結果她說：

「牛奶誠然非常好喝，加上幾滴白蘭地就更美味啦，但乳牛卻巴不得讓它趕緊流走。乳房脹著畢竟是非常難受的。」

露絲．華特佛特別尖嘴薄舌。如此辛辣的話換作別人是說不出口的，但換作別人也不會說得如此漂亮。

我喜歡史崔克蘭太太還有個別的原因。她家的環境佈置得很淡雅。她的公寓總是乾乾淨淨，擺著鮮花，讓人看著心情就好；客廳裡那些印花棉布的圖案略嫌呆板，但明亮又美麗。到雅致的小餐廳裡用餐也是種享受，餐桌的款式很大方，兩個女傭苗條而漂亮，食物又是那麼的可口。人們很難看不出來史崔克蘭太太是個出色的家庭主婦。你肯定還會覺得她是個值得敬佩的母親。客廳裡有她兒子和女兒的照片。兒子——名字叫做羅伯特——那年十六歲，正在拉格比中學[1]念書，你能看見他穿著格子衣服、戴著板球帽，還有張照片是他穿燕尾服和豎領襯衫拍的。他和他母親長得很像，都有著飽滿的額頭和深邃的眼睛。他的樣子顯得乾淨、健康又端正。

有一天，我正看著那張照片，史崔克蘭太太說：「我覺得他不是很聰明，但我知道他是個乖孩子。他的性格很討人喜歡。」女兒當時十四歲。她的頭髮又黑又密，很像她母親，瀑布般落在肩上，那和藹可親的面容與淡定清澈的目光也神似她母親。

「他們兩個長得都像你。」我說。

「是啊，我覺得他們像我多過像他們的父親。」

「你為什麼不讓我見他呢？」我問。

「你想見他啊？」

她笑著說，她的笑容真的非常甜美，她的臉有點紅；到了她這個年紀還如此容易臉紅的女人是很少見的。也許這份天真正是她最迷人的地方。

「你知道嗎，他根本不懂文學，」她說，「他是個庸俗的小市民。」她說這句話時並沒有責怪的意思，反而充滿了憐愛的口氣，彷彿說出他最大缺點的用意，是希望他免遭自己朋友嘲笑似的。

「他在股票交易所做事，是個典型的經紀人。你可能會覺得他無聊透頂的。」

「你覺得他無聊嗎？」我接著問。

「你知道的呀，我嫁都嫁給他啦。我非常喜歡他。」她羞澀地笑了起來，我想她可能擔心我會調侃幾句，這種真情流露的話讓露絲·華特佛聽到肯定是要大肆嘲笑的。她猶豫了片刻，眼睛裡滿是柔情。

「他從來不冒充天才。雖然在股票交易所上班，可是賺的錢也不多。但他的為人非常善良。」

「我想我會非常喜歡他的。」

「等改天人不多的時候，我請你來吃晚飯，但我要提醒你，是你自己要冒這個險的，如果那天晚上你覺得非常無趣，那可不能怪我。」

1 拉格比中學（Rugby School）位於瓦立克郡拉格比鎮，是英國最著名、學費也最貴的學校之一。

6

後來我終於見到了查爾斯．史崔克蘭，但當時的場合並不允許我跟他深談，所以只是泛泛地打了個照面。那天早晨，史崔克蘭太太派人送信來，說她準備在當晚興辦宴席，正好有個客人臨時變卦。她讓我去填補空缺。她寫道：

我要事先提醒你，你會無聊到死的。這次晚宴早已注定會極其無趣，但如果你能來的話，我是異常感激的。你我畢竟還能彼此聊聊。

我覺得卻之不恭，便接受了邀請。在史崔克蘭太太介紹我時，她的丈夫漫不經心地跟我握了握手。她高興地轉過身去，想要跟她丈夫說句俏皮話。

「我請他來是要向他證明我真的有個丈夫。我想他先前是有點懷疑的。」

史崔克蘭露出禮貌的笑容，就是那種人們聽到笑話又覺得不好笑時會擠出的笑臉，但他並沒有開口。又有新來的賓客需要主人去招呼，於是我就沒人管了。等到所有客人到齊之後，我和那位由主人安排給我「照顧」的女士閒聊著等待開席，同時心裡忍不住想，文明人的行為真是奇怪，居然願意把短暫的生命浪費給這些無聊的應酬。在這種宴席上，你會奇怪女主人為什麼要不嫌麻煩地邀請許多客人，那些客人為什麼又不嫌麻煩地來赴宴。當天賓主共有十位。他們相遇時態度寡淡，分別時如釋重負。這當然純屬禮尚往來的敷衍。史崔克蘭夫婦「拖欠」人家幾頓飯，所以儘管對這些人毫無興趣，但還是邀請了他們，而他們居然也來做客。這是為什麼呢？也許是為了避免總是夫妻兩人吃飯的無聊，或者為了讓他們的傭人可以休息，也可能是由於他們沒有理由拒絕，或者由於他們被「拖欠」了一頓晚飯。

餐廳人滿為患。在座有某位御用大律師[1]偕夫人，某位政府官員及其太太，史崔克蘭太太的姐姐和姐夫麥克安德魯上校，還有某位國會議員的妻子。正是這位議員發現他在國會有事不能來，我才得以叨陪末座。這些客人的身份都很尊貴。幾位女士見慣了大場面，所以並沒有盛裝打扮，而且她們向來養尊處優，也犯不著去取悅誰。幾位先生則顯得莊重大方。反正他們全都擺出志得意滿、顧盼自雄的派頭。

所有人都想讓宴席的氣氛活躍起來，說話的音量比平常稍微偏高，於是餐廳裡變得很喧鬧。但是沒有大家都參與的共同話題。每個人都只顧和他的鄰座聊天，喝湯、吃魚和小菜時跟右邊的

1　御用大律師（King,s Counsel 或者 Queen,s Counsel）是英國律師一種僅有榮譽性質的頭銜，通常頒發給資深大律師，並不附帶為王室提供法律服務的權利和義務。

人談，吃主菜、甜點和開胃點心時跟左邊的人談。他們涉及的話題包括政局和高爾夫球、他們的子女和最新的戲劇、皇家學院[2]展覽的畫作、天氣和他們的度假計畫。交談從未中斷過，喧鬧聲越來越響。史崔克蘭太太也許暗自慶幸她的宴會竟然如此成功。她的丈夫得體地扮演了男主人的角色。他可能不是很健談，我發現晚餐快結束時，坐在他身邊那兩位女士的臉上頗有倦容。她們肯定覺得他很缺乏情趣。史崔克蘭太太的目光曾有一兩回很擔心地落在他身上。

用餐完畢之後，她站起身帶著那幾位女士走出餐廳。史崔克蘭在她們走後把門關上，走到餐桌的頂端，在御用大律師和那個政府官員中間坐下來。他又給大家倒了葡萄酒，並遞上雪茄菸。御用大律師對葡萄酒讚不絕口，史崔克蘭告訴我們這酒是在哪裡買到的。接著我們聊起了紅酒和香菸。御用大律師跟我們介紹了他正在辦理的案件，上校說了點馬球的事情。我沒什麼好說的，只好安靜地坐著，禮貌地裝出對他們聊天的內容很感興趣的樣子；我知道根本沒有人會來注意我，所以放心地打量起史崔克蘭。他比我原來想像的要高大，不知道為什麼，我以前把他想像成弱不禁風、其貌不揚的樣子；實際上他長得魁梧雄壯，手和腳都很大，晚禮服穿在他身上有點滑稽。他給人的印象就像穿著正裝的車夫。他當時四十歲，長得不算英俊，但也不醜陋，因為他的五官都很端正，但它們比普通人的五官要大一些，所以有些五大三粗的感覺。他的鬍子刮得很乾淨，那張大臉光溜溜的看上去很不舒服。他的頭髮是紅色的，剪得非常短；他的眼睛很小，是藍色的或者灰色的。他的外貌很普通。我終於明白史崔克蘭太太談起他來為什麼總是有些不好意思了，對一個想要在文學藝術的世界裡謀取一席之地的女人來說，他確實沒什麼值得誇耀的地方。他顯然是不善交際的，但這不是人人必備的本領，他甚至也沒有迥然有別於普通人的怪異癖好，他只是個善良、無趣、誠實的普通人。人們也許會敬仰他高尚的道德品質，但是會敬而遠之。他毫無可取之處。他也許是個安分的良民、體貼的丈夫、慈祥的父親和誠實的經紀人，但在他身上人們找不到值得交往的理由。

2 即皇家藝術學院（Royal Academy of Arts），在倫敦市中心皮卡迪利街，成立於一七六八年，經常舉辦各種展覽。

7

那年的社交季節漸漸落下帷幕，我認識的每個人都在安排外出。史崔克蘭太太準備和她的家人去諾福克海岸[1]，讓她的孩子親近大海，讓她的丈夫去打高爾夫球。我們互道珍重，約好秋天再聚。但在離開市區的前夕，我從陸軍和海軍百貨公司走出來，碰到她帶著她的兒子和女兒，原來她和我一樣，也是在離開倫敦前來這裡購買需要的東西，我們兩個人都是又熱又累。我提議大家都到公園裡去吃冰塊。

我想史崔克蘭太太肯定很高興讓我見識她的子女，因為她不假思索地接受了我的邀請。兩個孩子比照片上更加可愛，她確實有理由為他們感到自豪。由於我年紀也不大，所以他們並沒有很害羞，而是快樂地談論了許多事情。他們是異常乖巧、健康朝氣的孩子。我們在樹蔭下度過了美好的辰光。

一個小時後，他們擠上馬車回家了，我也不緊不慢地向俱樂部走去。也許是因為有點寂寞吧，想起剛才有幸窺見的那種幸福的家庭生活，我居然感到很是羨慕。他們說著外人聽不懂的私家笑話，笑得前俯後仰。如果以口齒伶俐作為判斷智力的重要標準，那麼查爾斯・史崔克蘭也許是愚笨的；但就他所處的生活環境來說，他的聰明才智是很管用的通行證，不僅能讓他踏入成功的境界，還能使他邁進幸福的領地。史崔克蘭太太是個風韻猶存的女人，並且很愛他。在我的想像中，他們誠實而體面，過著無災無難的日子；兩個純良又可愛的孩子顯然也必將繼承他們的社會地位，這樣的生活不能算微不足道了。他們將會在不知不覺中慢慢變老，他們將會看到兒子和女兒長大成人，來到適宜嫁娶的年齡——其中一個將出落成美貌動人的少女，也許是幾個健康孩子的母親，另外一個將成長為英俊陽剛的少年，可能是立志報效國家的士兵；接著他們將會體面地退休，過著衣食無憂的生活，備受子孫後代崇敬；在度過這段並非無用的快樂人生之後，他們將會壽終正寢，入土為安。

這肯定是人世間無數對夫妻的故事，這種生活模式有一種簡單之美。它讓你想起平靜的涓涓細流，蜿蜒流淌過翠綠的牧場和宜人的樹蔭，最終湧入浩瀚的海洋；但大海是如此平靜，如此沉默，如此漠然，乃至你突然感到莫名的焦躁。或許是我的想法比較奇怪吧，反正早在那個時候，我就強烈地感覺到絕大多數人共有的這種生活是不完美的。我承認這種生活有其社會價值，我明

1 諾福克（Norfolk）是英國的一個郡，在英國東海岸中部，和林肯郡、劍橋郡、蘇福克郡交界，因瀕臨北海，夏季氣候涼爽宜人，是避暑勝地，有許多海濱度假村。

白循規蹈矩未必不是幸福。但血氣方剛的我想踏上更為狂野不羈的旅途。我認為我應該提防這些安逸的歡樂。我心裡渴望過上更危險的生活。我隨時願意奔赴陡峭險峻的山嶺和暗流洶湧的海灘，只要我能擁有改變——改變和意料之外的事物帶來的刺激。

8

回頭翻看前面對史崔克蘭夫婦的描寫，我發現他們的面目顯得很模糊。我把他們寫得毫無個人風采可言，而那是使書中人物形象生動的關鍵所在；我懷疑這要怪我自己，於是我冥思苦想，試圖憶起某些能讓他們躍然紙上的獨特之處。我想要是能描繪幾種他們慣用的語氣或者特殊的習慣，那應該能夠突出他們的特點。現在他們就像古舊掛毯裡的人像，和背景沒有什麼區別，如果你站在遠處，恐怕連輪廓都看不清，只能見到一團漂亮的顏色。我僅有的藉口是，他們給我留下的正是這種印象。其實許多人的面目都是這麼模糊的，他們生活在社會有機體之內，又跳不出體制的窠臼，慢慢地也就泯然眾人矣。他們很像身體裡的細胞，重要是很重要，但只要是健康正常的細胞，就會被巨大的總體吞沒而顯露不出來。史崔克蘭的家庭是普通的中產階級之家。妻子是個和藹可親、熱情好客的普通婦女，有著癡迷於結交文人墨客的無傷大雅的愛好；丈夫是個呆板無趣的普通男人，克勤克儉地過著仁慈的上帝安排給他的生活；兩個孩子外貌漂亮，身體健康。這樣的家庭再尋常不過了。我不知道他們身上有什麼值得獵奇者關注的地方。

回想起後來發生的種種情狀，我不禁捫心自問：當年的我是不是太過愚魯，竟然看不出查爾斯·史崔克蘭有何過人之處？或許是。從那時到現在許多年過去了，我想我對人情世故已經具備相當的瞭解，但即使我在最早認識史崔克蘭夫婦時擁有如今的閱歷，我相信我對他們的看法也不會有所不同。可是因為我早已知道人心難測，如今的我應該不會像當年初秋回到倫敦時那樣，因為獲悉那道消息而驚詫萬分了。

我回去尚不到二十四小時，就在傑明街[1]遇見露絲·華特佛小姐。「你看上去心情非常好啊，」我說，「有什麼值得高興的事？」

她笑了起來，眼睛裡流露出我早已熟悉的幸災樂禍的神色。這意味著她又聽到她某個朋友的糗事，這位有名的女作家的消息是很靈通的。

「你是見過查爾斯·史崔克蘭的，對吧？」不僅是她的面孔，她渾身上下都洋溢著歡天喜地的氣息。我點了點頭。我想那可憐的傢伙不是在股票交易所虧蝕得血本無歸，就是被公共汽車碾壓得死無全屍。

「很讓人吃驚吧？他丟下他老婆跑掉啦。」

華特佛小姐肯定覺得把她的大好話題浪費在傑明街的人行道上實在太過可惜，所以她很有藝術家派頭地把核心事實拋給我，然後宣稱她對細節並不知情。我呢自然也不能小瞧她的口才，竟至於認為她在這種無關重要的場合會變得笨嘴笨舌，但她就是不肯說。

後來被我問得急了，她不耐煩地回答：「跟你說過我什麼都不知道啦！」接著裝作無可奈何地聳了聳肩膀說：「我相信城裡某家茶館有個女孩把工作給辭掉了。」

她朝我笑了笑，又說她趕著去看牙醫，隨即揚長而去。我的好奇之心多過悲傷之情。那時候我親身經歷的事情還很少，我感到很興奮，因為以前只從書裡讀到的故事，居然在我認識的人身上發生了。坦白說，這些年來我在熟人間已經見慣了這種事情。但那時我是有點吃驚的。史崔克蘭先生肯定已屆不惑之年，到了這種歲數竟然還談情說愛，我覺得這實在是叫人噁心。年輕時我不知天高地厚，貿然斷定那些到三十五歲仍在花前月下徘徊的人都是愚不可及的大傻瓜。這道新聞也給我個人造成了小小的困擾，因為我在鄉下時給史崔克蘭太太寫過信，跟她說了我回城的日子，又說如果沒接到她來信另作安排，我將會在某個日子到她家裡喝茶。那個日子就是這一天，而且我並沒有接到史崔克蘭太太的回信。她到底想不想見我呢？她完全有可能在心煩意亂中把我信裡的約定忘得乾乾淨淨。或許我還是不去為妙。但她也可能希望這件事能夠祕而不宣，而我卻露出馬腳，表明已經獲悉這道奇怪消息，那就過於草率了。我拿不定主意，既擔心不去或許會傷害這位太太的感情，也害怕去了可能會徒增她的煩惱。我想她肯定是很傷心的，我不願意看見那

1 傑明街（Jermyn Street）在倫敦威斯敏斯特區，臨近皮卡迪利街，有許多高級成衣店。

種我幫不上忙的痛苦，但說來慚愧，我又發自內心地想去看看她是怎麼處理這件事的。我不知道該怎麼辦才好。

最後我想了個主意：我裝作若無其事地去登門拜訪，到門口再請女傭進去問史崔克蘭太太是否方便接見我。這樣她就有把我打發走的機會。但在對女傭背出那套早就準備好的說辭時，我感到萬分尷尬；而在陰暗的走廊裡等待答覆的時候，我鼓起了所有的勇氣才沒有臨陣脫逃。女傭走回來了。從那女傭的舉止看，心緒不寧的我覺得她已經完全知道這樁家庭慘劇。

「請跟我來好嗎，先生？」她說。

我跟著她走進客廳。窗簾半拉著，免得客廳裡太亮，史崔克蘭太太背對光線坐在椅子上。她姐夫麥克安德魯上校則站在沒有生火的壁爐之前烘烤他的脊背。我發覺自己來得真不是時候。我想我的突然蒞臨必定讓他們倍感意外，史崔克蘭太太肯讓我進來，只是因為她忘記和我另約時間。我覺得上校很討厭我這個不速之客。「不知道你是否記得我今天會來。」我不動聲色地說。

「當然記得啊。安妮馬上就把茶端來。」

儘管客廳裡光線很暗，我還是看得出史崔克蘭太太的眼睛都哭腫了。她的皮膚本來就不好，現在更是變成土灰色了。

「你記得我姐夫的，對吧？你們在晚宴上見過的，就是度假前那次。」

我們握了手。我正猶疑著不知道該說些什麼好，但史崔克蘭太太解救了我。她問我夏天都做了什麼事，我趕緊接著話頭說了幾句，直到女傭把茶水端過來。上校要了杯威士忌蘇打。

「你最好也喝一杯，艾美。」他說。

「不，我還是喝茶吧。」

這是第一個暗示發生了倒楣事的跡象。我假裝沒發現，儘量和史崔克蘭太太東拉西扯。上校仍然站在壁爐前，什麼話也不說。我尋思再過多久告辭才合乎禮節，我很奇怪史崔克蘭太太究竟為什麼讓我進來。客廳裡沒有鮮花，各種夏天時收起的裝飾品也沒有重新擺出來，這個向來令人愉悅的房間瀰漫著淒清寂寞的氣氛，它讓你產生一種奇怪的感覺，彷彿有個死人就躺在牆壁那邊似的。我把茶喝光。

「你想抽根菸嗎？」史崔克蘭太太問。

她張望著要找菸盒，但沒看到。

「我家恐怕是沒有菸了。」

她突然失聲痛哭，匆匆跑出了客廳。

我當場目瞪口呆。現在我已經明白，香菸原本都是她丈夫買的，找不到香菸促使她想起她的丈夫；她發現自己正在失去先前習以為常的安逸，這種新感覺給她帶來突如其來的心痛。她意識到原本的生活已經結束，再也不可重來。所以她無法繼續泰然自若地和我應酬。

「我想我是該走啦。」我邊對上校說邊站起身。

「你大概聽說過那個混蛋拋棄她的事吧。」他怒氣沖沖地說。

我猶豫了片刻。

「你知道人們喜歡說閒話的，」我回答說，「有人含糊其辭地跟我說出事了。」

「他跑掉了。他帶著女人私奔到巴黎去。他丟下了艾美，一個便士也沒留下。」

「我感到非常難過。」我不知道還能說些什麼。

上校猛然喝掉他的威士忌。他高高瘦瘦的，大概有五十歲，留著兩撇下垂的小鬍子，頭髮是灰白的。他有著淡藍色的眼珠和薄薄的嘴唇。自從上次和他見面後，我就記得他那張傻乎乎的臉，也記得他當時很驕傲地說，他在離開部隊之前有十年每週都打三次馬球。

「我想我還是不要繼續打擾史崔克蘭太太了，」我說，「你能跟她說我感到很難過嗎？如果有事情需要我幫忙，我會很樂意效勞的。」

他對我的話置若罔聞。

「我不知道她將來該怎麼辦。還有兩個孩子呢。他們喝西北風嗎？十七年啊。」

「什麼十七年？」

「他們結婚已經十七年，」他憤憤地說，「我從來沒喜歡過他。當然，他畢竟是我的連襟，我總歸能忍就忍。你認為他算是有教養的人嗎？她本來就不應該嫁給他。」

「沒有挽回的餘地嗎？」

「現在她只有一件事可做，那就是和他離婚。這就是你進來的時候我跟她說的話。『把離婚的文件送出去吧，親愛的艾美，』我這樣對她說，『為了你自己，為了孩子，你都要這麼做。』他最好別再讓我碰見。否則我會把他打個半死。」

我心裡忍不住想，麥克安德魯上校估計很難完成這次盛舉，因為史崔克蘭的體格之雄壯曾經讓我很吃驚，但我嘴上什麼都沒有說。如果你遭遇令人切齒的事情，卻不能以武力對罪人施加直接的懲罰，那肯定是會悲憤不已的。就在我正想再次告辭的時候，史崔克蘭太太回來了。她已經擦乾眼淚，給鼻子補了粉。

「不好意思，我剛才失態了，」她說，「我很高興你還沒走。」

她坐了下來。我根本不知道該說什麼。我怯於談論和我沒有關係的事情。當時我並不知道女人有種根深柢固的惡習，就是只要有人願意聽，她們就熱衷於談論自己的私事。史崔克蘭太太似乎已經很努力地約束自己了。

「大家有說起這件事嗎？」她問。

我有點吃驚，她居然以為我早就知道她家裡的變故。

「我剛剛回來啊。我唯一見過的人是露絲・華特佛。」

史崔克蘭太太合起了雙手。

「告訴我她到底是怎麼說的。」看到我欲言又止，她催促說，「我特別想知道。」

「你也知道的，人們喜歡捕風捉影。她說話不是很可靠，對吧？她說你丈夫離開你了。」

「沒有了嗎？」

我不打算說出華特佛小姐臨走時那句提到茶館女孩的話。我騙她說沒有了。

「她沒有說他是跟什麼人走的嗎？」

「沒有。」

「我就是想知道他是跟什麼人走的。」

我有點困惑，但無論如何我現在應該走了。跟史崔克蘭太太握手時，我對她說如果有需要幫忙的地方儘管開口。她擠出虛弱的微笑。

「非常感謝你。除了你，我不知道還有誰願意來幫我。」

我不好意思表達我的同情，於是轉身想要跟上校告別。他沒有握住我的手。

「我也要走了。如果你要經過維多利亞路，那我就跟你一起走。」

「好的，」我說，「走吧。」

9

「這件事很糟糕。」我們剛走到馬路上，他立刻就說。

我終於明白他跟我一起走，原來是為了繼續討論他已經跟他的小姨子討論過幾個小時的事情。「我們不清楚那個女的是什麼人，」他說，「我們只知道那混蛋去了巴黎。」

「我原本以為他們感情很融洽。」

「是很融洽。哼，你來之前艾美還說他們結婚這麼多年從來沒吵過架。艾美這人你是瞭解的。全世界找不到比她更好的女人。」

既然他都跟我推心置腹了，我想提幾個問題應該無妨。「但你的意思是她完全沒想到嗎？」

「是啊。那混蛋八月份和她還有兩個孩子在諾福克。他的表現和平常完全相同。我們也到那邊玩了兩三天，我妻子和我，我還跟他打過高爾夫球。他九月份回到城裡，方便他的合夥人去度假，艾美繼續待在鄉下。他們租了六個星期的房子，租約快到期時，艾美寫信告訴他哪天回到倫敦。他從巴黎回了信。他說他已經決定不再和艾美一起生活。」

「他是怎麼解釋的呢？」

「親愛的朋友，他沒有任何解釋。我看過那封信。它還不到十行。」

「這件事太奇怪啦。」

說到這裡我們正好要過馬路，往來的車輛打斷了我們的談話。麥克安德魯上校剛才對我說的話真叫人難以置信，我懷疑史崔克蘭太太出於某種考慮向他隱瞞了部分事實。結婚十七年的男人顯然不會無緣無故地離家出走，肯定有什麼事情導致她懷疑他們的婚姻生活並沒有那麼美滿。上校從後面趕了上來。

「當然，他沒什麼好解釋的，除非願意承認他跟某個女人私奔。估計他是想讓艾美自己去發現吧。他就是這種貨色。」

「史崔克蘭太太接下來怎麼辦呢？」

「嗯，首先我們要拿到證據。我準備親自去趟巴黎。」

「他的工作呢？」

「這就是他奸詐的地方。他從去年開始減少交易量。」

「他沒跟合夥人說過他要走嗎？」

「半個字都沒提。」

麥克安德魯上校對炒股票的事情不是很在行，我更是完全不懂，所以並不是很清楚史崔克蘭當初為何會洗手不幹。反正我瞭解到的情況是，那個被拋棄的合夥人勃然大怒，威脅要告到法院。好像等到塵埃落定之後，他總共損失了四五百英鎊。

「幸虧公寓裡的傢俱都記在艾美名下。她至少還能擁有那些東西。」

「你剛才說她身無分文，是真的嗎？」

「當然是真的。她只有兩三百英鎊和那套傢俱。」

「她怎麼生活下去呢？」

「那只有上帝才知道。」

這件事似乎變得越來越複雜，罵不絕口、義憤填膺的上校非但沒把事情講清楚，反倒讓我越聽越糊塗。好在讓我很高興的是，他在看到陸軍和海軍百貨公司的大時鐘之後，突然想起早就跟人約好去俱樂部打牌，於是和我分道而行，走進了聖詹姆斯公園。

10

過了一兩天，史崔克蘭太太派人送來字條，問我能否在吃過晚飯後到她家裡去。我發現她家裡就她一個人。她那條樸素得近乎肅穆的裙子暗示著她的淒涼遭際，當時少見多怪的我感到非常吃驚，在傷心欲絕的情況下，她居然還能夠依照她對衣著打扮的理解給自己不得不飾演的角色配上合適的服裝。

「你說過如果我有事求你幫忙你會答應的。」她說。

「我確實說過。」

「你能去巴黎找查爾斯嗎？」

「我啊？」

我大吃一驚。我記得我只見過他一次。我不知道她想要我做什麼。

「弗雷德準備去。」弗雷德就是麥克安德魯上校。「但我肯定他不是合適的人選。他只會讓事情變得更糟糕。我不知道還能請誰幫忙。」

她的聲音有些顫抖，我覺得我哪怕遲疑片刻也是全無心肝的表現。

「但我跟你丈夫還沒說過十句話。他並不認識我。他很可能會叫我滾蛋。」

「那你也沒什麼損失。」史崔克蘭太太笑著說。

「你到底想要我做什麼呢？」

她並沒有直接回答。

「我覺得他不認識你反而是個有利條件。你知道嗎，他從來沒有真正喜歡過弗雷德，他認為弗雷德是個笨蛋，他不瞭解軍人。弗雷德會暴跳如雷，他們會吵起來，事情不會改善，只會變得更糟糕。如果你說你是受我所托，他不會拒絕跟你談談的。」

「我認識你的時間也不長啊，」我回答說，「我不認為有誰能夠處理這種家庭糾紛，除非他瞭解所有的細節。我又不願意打探和我無關的事情。你自己為什麼不去找他呢？」

「你忘記了，他不是一個人。」

我沒有繼續往下說，我看見我自己去拜訪查爾斯．史崔克蘭，遞上我的名片；我看見他走進房間，用食指和拇指捏著它。

「請問你有何貴幹？」

「我來找你談談你太太的事。」

「是嗎？等你再年長幾歲，你就會懂得別多管閒事的好處。如果你願意稍微把頭朝左邊轉的話，你會看到那邊有扇門。再見。」

可以預料的是，我這次很難體面地全身而退，我真希望自己晚幾天回倫敦，等到史崔克蘭太太解決了她的困難再回來。我偷偷瞟了她一眼。她正在沉思。這時她剛好抬起頭來看我，她深深地歎了口氣，然後又露出了微笑。

「我真是想不到，」她說，「我們結婚十七年了。我做夢也沒想到查爾斯會是那種被愛情沖昏頭腦的人。我們的感情向來很好。當然，我有許多愛好和他不同。」

「你有沒有發現那個」——我不知道該怎麼說才好——「那個和他一起走的是什麼人？」

「沒有。沒有人知道這回事。真是奇怪。男人要是跟女人好上了，通常會有人看到他們一起吃午飯啊什麼的，總會有幾個朋友來告訴他的妻子。但沒人提醒過我——從來沒有。他的信就像晴天霹靂。我原本還以為他跟我在一起很幸福呢。」

她哭了起來，可憐的人，我替她感到非常難過。但過了片刻她的情緒慢慢平息了。

「我不能讓自己丟人現眼，」她擦乾眼淚說，「我要趕緊決定到底應該怎麼辦。」

她接著說下去，說得有點顛三倒四，忽而談到最近的事，忽而提起他們初次相遇和結婚的情形，但我慢慢對他們的生活有了完整的瞭解。我發現我原來的猜測並沒有錯得很離譜。史崔克蘭太太的父親在印度當過文官，告老還鄉之後住在偏遠的鄉村地區，但他每年八月總要帶著家人到伊斯特本去換換空氣；正是在那裡，在二十歲那年，她遇到了史崔克蘭。那年他二十三歲。他們一起玩耍，一起到海邊散步，一起聽流浪的黑人唱歌；在史崔克蘭求婚之前的一個星期，她已經決定非此人不嫁。婚後他們搬到倫敦，最早住在漢普斯塔德，後來他賺的錢越來越多，就搬到市中心了。他們養育了兩個孩子。

「他向來非常喜歡他們的。我原本以為他就算厭倦了我，也不會忍心拋棄兩個孩子的。這件事真讓我不敢相信。直到今天我還不相信這是真的。」

最後她把史崔克蘭寫的信拿給我看。其實我早就想看了，只是不好意思提出來而已。

親愛的艾美：

我想你會發現家裡的一切均已安排妥當。你吩咐的事情我都轉告安妮了，你和孩子回家就有晚飯吃。我不能在家迎接你們啦。我已經決定要和你分開，今天早上我會去巴黎。到了那邊我就把這封信寄出，我不會再回來的。我的決定不會改變。

永遠屬於你的　查爾斯·史崔克蘭

「完全沒有解釋或道歉。你覺得這人很沒良心吧？」

「考慮到你們的情況，這封信確實很奇怪。」我回答說。

「只有一種解釋，那就是他變了。我不知道讓他鬼迷心竅的女人是誰，但這女人已經將他變成另外一個人。他們顯然已經偷偷摸摸地交往了很長時間。」

「你有什麼證據嗎？」

「是弗雷德發現的。我丈夫每週有三四個晚上會說他要去俱樂部玩橋牌。正好弗雷德認識那俱樂部的一個會員，他曾經跟那人提起查爾斯很喜歡打橋牌。那人很意外。他說他從來沒在牌室見到過查爾斯。事情現在水落石出了，當我以為查爾斯在俱樂部的時候，他其實正在和那女人鬼混。」

我沉默了半晌。然後我想到了他們的孩子。

「這件事肯定很難向羅伯特解釋清楚。」我說。

「唉，我沒有跟他們兩個人說起這件事。你知道嗎，我們回到城裡第二天他們學校就開學了。我假裝什麼事也沒發生，我對他們說父親到外地去出差了。」

她懷裡揣著從天而降的祕密，卻能夠安之若素，裝出高高興興的樣子，而且還要把各種事務都打點好，讓兩個孩子舒舒服服地去上學，這應該不是很容易做到的事情。史崔克蘭太太又是泣不成聲。

「這兩個可憐的孩子將來怎麼辦呢？我們靠什麼生活呢？」

她拚命想讓自己鎮定下來，我看見她兩隻手忽而握拳，忽而又鬆開，像抽筋似的。她的心情真是極度痛苦。

「我當然願意到巴黎去，如果你認為我能幫得上忙的話，但你必須告訴我，你到底要我去幹什麼？」

「我想要他回來。」

「我聽麥克安德魯上校說你已經決定要跟他離婚。」

「我不會跟他離婚的，」她突然激動地說，「請把我這句話說給他聽。他永遠別想跟那女人結婚。我就像他那麼固執，我永遠不會和他離婚。我必須為我的孩子著想。」

我想她補充最後這句話是為了向我解釋她的態度，但我覺得她不肯離婚是出自天生的妒忌，而不是母愛的關切。

「你還愛著他嗎？」

「我不知道。我想要他回來。如果他肯回來，我會既往不咎的。畢竟我們是十七年的老夫老妻了。我是個寬宏大量的女人。他做這種事只要別讓我知道，我是不會介意的。他必須認識到他的熱戀是持續不久的。如果他願意現在就回來，事情還有挽救的餘地，還能掩蓋起來不讓別人知道。」

史崔克蘭太太到這個時候竟然還如此在意流言蜚語，這真是讓我渾身發涼，因為那時候我還不知道在女人的生活中，別人的看法發揮著至關重要的作用。這讓她們最深摯的感情也蒙上了不真誠的陰影。

史崔克蘭的住址倒不是祕密。他的合夥人寫了言辭激烈的信，寄到他開戶的銀行，指責他像縮頭烏龜般躲起來。史崔克蘭回了封陰陽怪氣的信，光明磊落地把他的住址告訴了他的合夥人。他顯然是住在酒店裡。

「我沒聽說過這家酒店，」史崔克蘭太太說，「但弗雷德很瞭解。他說那家酒店很貴。」

她氣得滿臉通紅。我猜想她彷彿看到她丈夫在豪華的酒店套房裡安頓下來，到一家又一家的漂亮飯店去用餐。她想像她丈夫過著白天賽馬、晚上看戲的浪蕩生活。

「他都這把年紀了，不能老這樣啊，」她說，「他畢竟四十歲了。如果他是年輕人，那我還能理解，可是我覺得他歲數這麼大，孩子都快成年了，居然還做這樣的事情，實在是太可怕了。他的身體也撐不住啊。」

她心裡悲憤交加。

「請跟他說我們的家呼喚他回來。家裡一切還是原來那樣，但也跟以前不一樣了。沒有他我活不下去。我很快就會自尋短見。跟他說說我們的過去，我們共同度過的那些年。如果孩子問起他，我該怎麼對他們說呢？他的房間還是他走的時候那樣。他的房間正在等他回來。我們都在等他回來。」

她把我該說的話都教我了。她設想了史崔克蘭可能會說出的每句話，並教我怎麼巧妙地給予回應。

「你會盡力幫我的吧？」她可憐兮兮地說，「告訴他我現在是什麼狀態。」

我看得出來她希望我用盡渾身解數去打動他的同情心。她涕淚滂沱地哭著。我感到異常難受。史崔克蘭的冷酷無情讓我滿腔義憤，我承諾會儘量把他帶回來。我同意第二天就出發去巴黎，事情沒有眉目絕不回來。然後，由於天色已晚，而且我們兩個人都已身心俱疲，我就離開她家了。

11

我在旅途中仔細地考慮了這樁差事，心裡不無顧慮。因為看不見史崔克蘭太太那副痛不欲生的樣子，現在我能夠更冷靜地看待這件事。我發現她的舉手投足頗有自相矛盾之處，這讓我感到大惑不解。她確實非常悲傷，但為了激起我的同情，她竟然會將悲傷表演給我看。她的痛哭流涕顯然是經過精心準備的，因為她在身邊放了大量的手帕，我特別佩服她的深謀遠慮，但回想起來，這也許會讓她的眼淚沒有那麼動人。我無法確定她希望她的丈夫回家，是因為還愛著她丈夫，還是因為害怕人言物議。我忍不住懷疑在她支離破碎的心裡，除了夫妻反目造成的酸楚，是否也混雜著虛榮心受損帶來的痛苦——這種動機在年輕的我看來是很可恥的。那時候我尚未明白人性是多麼的悖謬，我還不知道真摯誠懇底下也許埋藏著矯揉造作，高風亮節背後可能隱匿著卑鄙無恥，也不知道無賴惡棍心裡或許存留著良善之意。

但我這次旅行不無激動人心之處，隨著巴黎越來越近，我的情緒逐漸高漲起來。我也站在演戲的立場上看待自己，我很喜歡我飾演的角色：一個肩負重托的朋友，準備將誤入歧途的丈夫帶回去，交給豁達大度的妻子。我決定第二天傍晚再去見史崔克蘭，因為我出自本能地感覺到和他見面的時間必須經過精挑細選。打動別人感情的事放到午飯之前做是很難見效的。反正當年我自己總是沉浸在愛情的幻象裡，但只有喝過下午茶之後，我才能想像結為連理的幸福。

我在自己留宿的酒店打聽查爾斯．史崔克蘭住的地方。它叫做比利時酒店。但讓我意外的是，門房居然從沒聽說過。據史崔克蘭太太所說，那是一家奢華的大酒店，坐落在里沃利大道[1]後面。我們在導遊圖裡找。唯一叫那個名字的酒店在莫納街。那個區域不是很時髦，甚至不是很體面。我搖搖頭。

「我敢肯定不是這家。」我說。

服務生聳了聳肩膀。巴黎沒有第二家酒店叫那個名字。我突然想到，史崔克蘭終歸還是不想讓人得知他的住址。他把我知道的這個地址告訴他的合夥人，也許只是想跟那人開個玩笑。不知道為什麼，我隱隱覺得這種幽默的行為很符合史崔克蘭的作風：把一個怒火沖天的股票經紀人引來巴黎，騙他到某條破落街道上某家聲名狼藉的旅館去出盡洋相。雖則如此，我覺得最好還是去看個究竟。隔日下午六點，我叫了輛馬車前往莫納街，但在路口就下了車，因為我想步行到那家酒店，先在門口打探一番再進去。那條街有許多為滿足窮人的需求而開設的小店，大概在街道的中段，在我前進方向的左邊，就是比利時酒店了。我住那家酒店已經夠普通的，但和這家比起來簡直是金碧輝煌。比利時酒店是一座破敗的高樓，外牆看上去應該有許多年沒粉刷過，因為它非常骯髒邋遢，周圍的房子反倒顯得乾淨整潔。那些落滿灰塵的窗戶緊閉著。查爾斯．史崔克蘭和那位勾引他捨棄名譽責任的無名美女肯定不會在這樣的地方逍遙快活。我非常惱火，因為我覺得自己被耍了，我差點轉身就走。我走進去詢問，只是為了能夠告訴史崔克蘭太太我確實盡力了。

酒店的大門在一家店鋪旁邊。它是開著的，進門就能看到一塊牌子：前臺在二樓。我沿著狹窄的樓梯爬上去，上樓之後發現有個類似盒子的小房間，用玻璃隔起來，裡面擺著一張桌子和兩把椅子。外面有條長凳，估計門房的漫漫長夜就是在這上面度過的。我看不到人影，但有個電鈴下方寫著「接待員」。我按了鈴，服務生馬上出現了。他是個賊眉賊眼、面目可憎的年輕人。他穿得很隨便，腳上趿拉著室內拖鞋。

我不知道我為什麼要盡可能以大大咧咧的口氣去詢問。

「史崔克蘭先生住在這裡嗎？」我問。

「三十二號房。在七樓。」我驚詫莫名，半晌說不出話來。

「他在嗎？」服務生看了看前臺裡一塊木板。

---

1 里沃利大道（Rue de Rivoli）是巴黎市中心重要的街道，和塞納河平行，兩側有協和廣場、杜伊勒里公園、羅浮宮等名勝和許多豪華酒店。

「他沒把鑰匙留下。你自己上去看看吧。」我想不如趁機再問他一件事。

「太太也住這裡嗎？」

「只有先生一個人。」

服務生狐疑地目送我上樓。樓梯光線陰暗，空氣沉悶。到處瀰漫著難聞的黴味。爬到五樓時有個穿著睡衣的女人把門打開，她頂著亂蓬蓬的頭髮，默默地看著我走過。最後我終於爬到七樓，敲了敲三十二號房的門。房間裡傳來一陣響動，房門被打開了一半。查爾斯・史崔克蘭站在我面前。他沒有說話。他顯然沒有認出我是誰。

我報上了自己的姓名，儘量裝出輕鬆隨意的樣子。

「你不記得我啦。今年七月我曾在你家吃過晚飯。」

「請進，」他高興地說，「我很高興見到你。進來坐啊。」

我進去了。裡面空間非常小，擺了幾件法國人所謂的路易・菲力普風格[2]的傢俱，顯得特別擁擠。那張木頭床倒是很大，上面擺著鼓鼓囊囊的紅色鴨絨被；此外還有一個大衣櫥、一張圓桌、一個很小的洗漱台，和兩張裹著紅色布面的沙發椅。所有物品都是骯髒破敗的。麥克安德魯上校言之鑿鑿地描述的那種奢靡浮華原來連個影子都沒有。史崔克蘭把堆在一張沙發椅上的衣服丟到地板上，我坐了上去。

「你找我有什麼事呢?」

在那個小房間裡他顯得甚至比我記得的還要高大。他穿著破舊的諾佛克外套[3],鬍子應該有好幾天沒刮了。上次我見到他時,他整個人儀表堂堂,但顯得非常不自在;現在他蓬頭垢面,神態卻非常自如寫意。我不知道他聽見我那套精心準備的說辭會有什麼反應。

「你的妻子托我來探望你。」

「我準備出去喝杯酒,然後再吃晚飯。你也跟我去吧。你喜歡苦艾酒[4]嗎?」

「我能喝一點。」

「那就走吧。」

---

2 路易·菲力普(Louis Philippe, 1773～1850)原是法國貴族奧爾良公爵之子,後來因風雲際會,在一八三〇年加冕為國王,直到一八四八年退位,共統治法國十八年。路易·菲力普風格傢俱,是指法國在此期間流行的傢俱,用料較為考究,只用紅木、黃檀木、胡桃木等深色木材,樣式簡單,線條圓潤,較少或沒有裝飾,桌面和櫃面通常覆蓋著大理石板。

3 諾佛克外套(Norfolk Jacket)是一種寬鬆的中款外套,單排扣,有腰帶。

4 苦艾酒是一種利用植物藥材(包括苦艾、甜茴香、綠茴芹等)釀製的高烈度酒精飲料,其酒精含量可達百分之七十四,起初是用於治病的藥酒,但十九世紀開始在巴黎流行起來,受到各個社會階層的青睞。據考證,到了一九一〇年,法國人每年消費的苦艾酒多達三千六百萬升。

他戴上一頂需要清洗的圓禮帽。

「我們可以一起吃晚飯。你欠我一頓晚飯，這你知道的。」

「沒問題。你就一個人嗎？」

我很佩服自己居然能夠如此不著痕跡地提出這個重要問題。

「是啊。實際上我已經三天沒跟任何人說過話了。我的法語說得不是特別好。」

當先走下樓梯時，我在想那個茶館女郎不知道出了什麼事。他們鬧翻了嗎？或者他的激情已經消失？他不太可能整整籌備了一年，破釜沉舟地衝到巴黎來，只是為了過上我看到的這種生活。我們走上克利希大道，選了家大咖啡館，從人行道上許多桌子中隨便挑了一個位置坐下。

12

克利希大道在這個時段很是熱鬧，想像力豐富的人不難從過往的行人中認出許多庸俗愛情小說中的角色。這裡有許多小職員和女售貨員，有也許剛從巴爾扎克[1]的小說裡走出來的老傢伙，還有從事各種利用人類的弱點賺錢的行當的男男女女。巴黎幾個窮困地區的街道上總是熙熙攘攘，湧動著讓人熱血沸騰的活力，時刻都有讓人意想不到的情況發生。

「你對巴黎很瞭解吧？」我問。

「沒有。我們在這裡度的蜜月。然後我就再也沒來過。」

「你是怎麼會找到那家酒店呢？」

「有人介紹的。我想找個便宜的地方住。」

1 巴爾扎克（Honoré de Balzac, 1799～1850）是法國寫實主義作家，其寫作風格是儘量依照現實世界中的人物去刻畫筆下的角色。

苦艾酒來了，我們裝模作樣地用水把白糖澆化。[2]

「我覺得我最好還是趕緊說出我來找你的原因。」我不無尷尬地說。

他眼睛一亮。「我想遲早會有人來的。艾美寫了很多信給我。」

「那你應該很清楚我要說什麼話囉？」

「我沒看那些信。」

我點了根香菸，讓自己有時間思考。我並不是很清楚如何完成我的使命。我準備的那套義正詞嚴的聲討似乎不適合在克利希大道上說出來。他突然呵呵地笑了。

「你的任務很棘手，對吧？」

「不知道該怎麼說。」我回答說。

「好啦，看著我，你有話趕緊說，說完我們今晚好好玩。」

我沉吟著。

「你有沒有想過你的妻子現在非常難受？」

「她會好起來的。」

我無法用筆墨形容他說出這句話時是多麼的絕情寡義。這讓我很反感，但我儘量不流露出來。我借用了亨利叔叔以前常用的口氣。

亨利叔叔是個牧師，他在勸親戚給牧師促進協會[3]捐款時總是用這種口氣。

「你不介意我坦率地跟你談談吧？」

他搖搖頭，臉上帶著笑容。

「她犯了什麼使得你非這樣對她不可的錯嗎？」

「沒有。」

「你對她有什麼不滿嗎？」

「沒有。」

「那麼，在同床共枕十七年之後，你還是挑不出她的毛病，卻這樣把她扔下，這難道不是很可惡嗎？」

「是很可惡。」

我倍感意外地看著他。他友好地贊同我說的每句話，我反倒不知該如何是好。這讓我的處境

---

2 苦艾酒的烈度很高，飲用時需加水。傳統的方法是在裝有苦艾酒的玻璃杯上放一把專門設計的漏勺，漏勺上放一塊方糖，用冰水將方糖澆化，讓糖水流進杯子裡，水和酒的比例是一比三或五，攪勻後便可飲用。

3 牧師促進協會（Additional Curates Society）是英國的慈善組織，成立於一八三七年。

變得很複雜，甚至有點荒唐可笑。我本來準備說服他、感動他、規勸他、責備他、告誡他，有必要的話甚至還會臭罵他，朝他大發雷霆，大加嘲諷；但如果罪人對他犯下的罪行直認不諱，想勸他洗心革面的人還能有什麼話說呢？我沒有這方面的經驗，因為我自己做錯事之後總是矢口否認一切。

「你還有什麼話說？」史崔克蘭問。

我鄙夷地朝他噘了噘嘴。

「好吧，既然你都已承認，那似乎也沒什麼好說的了。」

「我想也是。」

我覺得我真是有辱使命。我非常生氣。

「無論怎麼說，你總不能一分錢也不留就把老婆給甩了。」

「為什麼不能？」

「你讓她怎麼活下去？」

「我養了她十七年。她為什麼不改變一下，自己養活自己呢？」

「她養活不了。」

「讓她試試看。」

我當然有很多道理可以反駁他這句話。我可以談談女人的經濟地位，談談男人結婚後應該承擔的道義和責任，還有其他許多，但我覺得真正重要的只有一點。

「難道你不在乎她了嗎？」

「完全不在乎了。」他回答說。

這種事無論對誰來說都是極其嚴肅的，但他的回答卻充滿了幸災樂禍、恬不知恥的意味，乃至我不得不咬緊嘴唇才沒有笑出來。我提醒自己他這種行為是很可惡的。我努力讓自己進入憤懣不平的狀態。

「你要想想你兩個孩子啊。他們從來沒有讓你傷心難過。他們沒有主動要求被帶到這個世界來。如果你這樣捨棄一切，他們會淪落街頭的。」

「他們已經過了好多年舒服的日子。大多數孩子都沒有享過這種福。再說，會有人照顧他們的。假如有必要的話，麥克安德魯夫婦會替他們交學費。」

「但你就不喜歡他們了嗎？他們是多麼乖巧的孩子啊。你是說你再也不想跟他們有任何聯繫了嗎？」

「他們小時候我是很喜歡的，但現在他們長大了，我對他們沒有什麼特殊的感情。」

「你太沒人性啦。」

「我完全同意。」

「你臉皮真的很厚。」

「是很厚。」

我改變了策略。

「每個人都會覺得你是頭如假包換的豬。」

「隨便他們。」

「你是說別人的厭惡和鄙視對你來說無所謂嗎？」

「是啊。」

他簡明扼要的回答充滿了不屑，讓我那些再自然不過的問題顯得很荒謬。我思考了一兩分鐘。

「我想知道的是，如果一個人知道親朋好友都在譴責他，他是否還能心安理得地活下去？你敢肯定你不會為此煩惱嗎？每個人多少都有點良心，你的良心遲早會出現的。假設你老婆死了，難道你不會感到懊悔嗎？」

他沒有回答，我花了很長時間等他開口。最後我不得不自己打破沉默。

「對我剛才的話，你有什麼想說的？」

「我只想說你是個大傻瓜。」

「不管怎麼樣，法院可以強制你撫養你的老婆和孩子，」我惱怒地反駁說，「我相信法律是會保護他們的。」

「法律能讓石頭流血嗎？我沒有什麼錢了。我只有大概一百英鎊。」

我比先前更加感到迷惑了。從他住的酒店看，他的狀況確實是很窘迫的。

「你把錢花光之後怎麼辦呢？」

「再去賺。」

他的態度極其冷淡，眼裡滿是嘲弄的神色，彷彿我說的每句話都愚蠢透頂。我歇了片刻，在想接下來說什麼比較好。但這回他先開口了。

「艾美為什麼不改嫁呢？她還年輕，相貌也並不難看。我可以推薦她，她是個很好的妻子。假如她想跟我離婚，我不介意製造她需要的理由。」

這下輪到我發笑了。他非常狡猾，但這顯然就是他的最終目的。他完全有理由隱瞞他跟某個女人私奔的事實，他未雨綢繆地遮蓋了那女人的行蹤。我堅定地給予了回擊。

「你妻子說無論你怎麼做她都不會跟你離婚。她已經拿定主意啦。你就死了這條心吧。」

他很吃驚地看著我，那詫異的神情肯定不是偽裝的。他的笑容消失了，他用十分嚴肅的口氣對我說：「但我無所謂，親愛的朋友。無論她想不想離婚，跟我一點關係都沒有。」

我哈哈大笑。

「你還是算了吧，你千萬別把我們想得那麼蠢。我們碰巧知道你是帶著女人走的。」他愣了一下，隨即爆發出爽朗的笑聲。他的笑聲非常響亮，乃至坐在我們附近的人都扭頭看過來，有幾個還傻乎乎地跟著笑了。

「我不明白這有什麼好笑的。」

「可憐的艾美。」他樂不可支地說。

然後他臉上的表情變得非常鄙夷。

「女人的頭腦真是太可憐了！愛情。她們就知道愛情。她們以為男人離開的唯一原因就是移情別戀。你認為我有那麼蠢嗎，會再去做我已經為一個女人做過的事情？」

「這麼說你不是因為別的女人離開你的妻子囉？」

「當然不是。」

「你敢發誓嗎？」

我不知道我為什麼提這個要求。我說這句話的時候完全沒有經過大腦。

「我發誓。」

「那麼，你到底為什麼離開她呢？」

「我想畫畫。」

我盯著他看了很久。我無法理解。我認為他瘋了。要知道的是，當時我年紀還很輕，在我眼裡他已經是個中年人。我當時驚訝得什麼都忘記了。

「但你已經四十歲了。」

「所以我才覺得要趕緊開始。」

「你以前畫過畫嗎？」

「我從小就想當畫家，但我父親逼我學做生意，因為他說搞藝術賺不到錢。我開始畫畫是在差不多一年前。從去年以來我一直在夜校學習。」

「史崔克蘭太太以為你在玩橋牌的時候，你其實在上課？」

「是的。」

「你為什麼不告訴她呢？」

「我不想讓別人知道。」

「你學會了嗎？」

「還沒有。但我能學會的。這就是我來這邊的原因。我在倫敦學不到我想要的知識。在這裡也許可以。」

「你認為一個人從你這個年紀開始學畫能學得好嗎？大多數人從十八歲就開始畫了。」

「如果我今年十八歲，我可以學得快一些。」

「你為什麼認為你有繪畫的天賦呢？」

他沒有馬上回答。他的目光落在過往的人流上，但我認為他什麼也沒看到。他的回答算不上回答。

「我必須畫畫。」

「難道你這不是冒著很大的風險嗎？」

他望著我。他的眼光有點奇怪，所以我覺得十分不舒服。

「你今年多大？二十三？」

在我看來這個問題毫無意義。我要是去做有風險的事，那是很自然的，但他是個早已不再年輕的人，是個地位尊崇的股票經紀人，有妻子，還有兩個孩子。一條道路對我來說自然而然的，對他來說就完全是荒唐的。我希望讓他明白這個道理。

「當然，也許會有奇蹟發生，你也許會成為偉大的畫家，但你必須承認，這種機率不到百萬分之一。假如到最後你不得不承認你是個失敗的畫家，那這筆買賣就太不划算了。」

「我必須畫畫。」他重複了剛才的話。

「假如你充其量只能成為三流畫家，你還會覺得為此拋棄一切值得嗎？畢竟在其他行業你就算不是非常出色也不要緊，只要水準還可以，那你就能過得相當舒服，但對藝術家來說情況並不同。」

「你真是個大傻瓜。」他說。

「我不明白你為什麼這樣說，除非說出顯而易見的道理是在幹傻事。」

「我跟你說過我必須畫畫。我控制不住自己。假如有人掉進水裡，那麼他游泳的本事高明也好，差勁也好，都是無關緊要的：他要麼掙扎著爬出來，要麼就被淹死。」

他的聲音飽含著真正的熱情，我情不自禁地被感動了。我似乎感覺到某種猛烈的力量正在他體內掙扎，我覺得這種力量非常強大，壓倒了他的意志，牢牢地控制住他。我無法理解。他好像真的被魔鬼附體了，我覺得那魔鬼很可能突然反過來把他撕成碎片。然而他看上去很是尋常。我好奇地盯著他看，他絲毫不覺得難為情。我想知道陌生人看見他坐在那裡，穿著諾福克獵裝外套，戴著髒兮兮的圓禮帽，會怎麼看待他；他的褲管太過寬大，他的雙手並不乾淨；至於他的面孔，由於下巴滿是紅色的鬍碴，眼睛特別小，鼻子又大得咄咄逼人，他的面孔顯得狂放而粗野。他的嘴巴很大，他的嘴唇很厚，看上去有點荒淫好色。不，我無法斷定他是什麼樣的人。

「你不回去找你的妻子嗎？」我最後說。

「永遠不回去。」

「她願意不計前嫌，重新開始。她一句責備你的話也不會說。」

「讓她見鬼去吧。」

「你不介意別人把你當成徹頭徹尾的大混蛋嗎？你不介意她和兩個孩子淪落到街頭去要飯嗎？」

「那關我屁事。」

我故意沉默了片刻，以便增強我接下來要說的這句話的力度。我逐字逐句地說：

「你真是個無可救藥的臭流氓。」

「好啦，你鬱積在心裡的話終於一吐為快了，我們去吃晚飯吧。」

13

我敢說比較合乎常理的做法是拒絕他的提議。我想也許我應該好好展示我確實感受到的憤慨，假如我回去以後能向大家彙報我是如何理直氣壯地拒絕和這個品行低劣的敗類同桌用餐，那麼至少麥克安德魯上校會對我刮目相看。但由於總是擔心自己哪天也會胡作非為，我向來是不敢以正人君子自居的。具體到這件事來說，我知道我再怎麼慷慨陳詞，史崔克蘭肯定都會無動於衷，所以我就更不好意思把冠冕堂皇的話說出口了。只有詩人或聖徒才會堅定不移地相信在瀝青路上澆水能種出百合花來。

我掏錢付了酒帳，跟他沿路找了家便宜的餐館，在人聲鼎沸中高高興興地吃了晚飯。我們胃口都很好，我是因為年紀尚輕，他則是因為毫無良心。然後我們到酒吧去喝咖啡和利口酒[1]。

關於促使我前來巴黎的這件事，要說的話我均已說完。雖然我覺得這樣半途而廢有點對不起史崔克蘭太太，但面對他的滿不在乎，我實在是無可奈何。只有女人才有本事以永不衰竭的熱情

1 利口酒（liqueur），正餐後飲用的酒，給男士喝的是烈酒，給女士喝的是甜味果酒。

把相同的話說上三遍。我聊以自慰地想，或許瞭解史崔克蘭的精神狀態對我來說也不無用處。而且這也是讓我更感興趣的事情。但這件事情做起來頗不容易，因為史崔克蘭不是能說會道的人。他很難表達自己的想法，彷彿他的思維不是靠語言來運轉的；你只能透過常人所慣用的說法、粗鄙不堪的俚語和含混模糊的手勢去猜測他靈魂的意圖。但儘管說不出什麼有意義的話，他身上卻有某種東西讓他顯得沒有那麼乏味。那也許是真誠的性格吧。他雖然是初次來到巴黎（我沒把他度蜜月那次算進去），但似乎對這裡毫無興趣，無論看到什麼對他來說肯定很新鮮的景象，他都完全不感到驚奇。我到巴黎已經有上百次，每次都會覺得興奮異常，每當走在巴黎的大街小巷上，我總有正在探險獵奇的感覺。但史崔克蘭完全不為所動。如今回想起來，我認為史崔克蘭當年對一切都是視若無睹的，只看得見他靈魂裡某種躁動的景象。

後來發生了一件相當荒唐的事情。酒吧裡有好幾個妓女，有些陪著男人，有些獨自坐著，我很快發現有個妓女總是朝我們這邊看。當她遇上史崔克蘭的目光時，她露出了笑臉。我不覺得史崔克蘭看見她了。她隨即走出酒吧，但很快又走進來，走到我們的桌子旁邊，非常客氣地問我們能不能請她喝酒。她坐下來了，我開始跟她聊天，但顯然令她動心的是史崔克蘭。我解釋說他懂的法語單字不超過兩個。她試著和史崔克蘭交談，一邊打手勢，一邊模仿外國人說著口音不正的法語，大概是認為這樣他更容易聽懂吧。她還會說十來句英語。每當遇到不得不說法語的時候，她就請我做翻譯，並熱切地問史崔克蘭的回答是什麼意思。史崔克蘭脾氣很好，也挺幽默詼諧，但顯然對她沒有什麼興趣。

「我覺得你迷倒她了。」我笑著說。

「這有什麼好說的。」

換作我是他的話，我會很難為情的，不會這麼鎮定。她有著含笑的明眸和性感的嘴巴。她非常年輕。我想不通她為什麼會對史崔克蘭如此著迷。她根本不掩飾她的欲望，讓我如實翻譯她的話。

「她想要你把她帶回家。」

「我誰也不帶。」他說。

我儘量委婉地轉達他的回應。在我看來，拒絕這樣的邀請有點不識抬舉，我把他的拒絕解釋為沒有錢。

「但我喜歡他，」她說，「跟他說我不要錢，那是因為愛情。」

我翻譯了這句話之後，史崔克蘭不耐煩地聳了聳肩膀。

「叫她滾。」他說。

他回答時神態已經把意思表現得很清楚，那女孩大驚失色，把頭突然往後一仰。她那化了妝的臉可能漲得通紅。她站了起來。

「這位先生真沒禮貌。」她說。

她走出了酒吧。我有點生氣。

「我完全看不出來你有羞辱她的必要，」我說，「畢竟她這麼做是相當看得起你的。」

「那種事情讓我噁心。」他粗聲粗氣地說。

我好奇地看著他。他臉上的表情真的很厭惡，然而這卻是一張粗野而充滿色欲的臉。我想那個女人大概就是被他這種野蠻氣質所吸引。

「要搞女人我在倫敦搞就可以了。我來這裡不是為了這個。」

14

返回英國途中，我想了很多有關史崔克蘭的事。我試圖理清我要對他妻子說的話。此行並不圓滿，我不敢妄想她會滿意我的表現，我自己也不滿意。史崔克蘭讓我感到很迷惑。我無法理解他的動機。我曾問他最初是怎麼想到要當畫家的，他說不出個所以然來，也可能是不願意說。我完全搞不清楚。我試圖這樣說服自己：有一種模糊的反叛意識慢慢在他那遲鈍的頭腦裡冒出了苗頭。但這種解釋是站不住腳的，因為毫無疑問的事實是，他從來不曾對他那平淡單調的生活流露出厭煩的情緒。假如他只是厭倦了千篇一律的沉悶生活，想要透過當一名畫家來擺脫各種令人心煩意亂的束縛，那這事就很容易理解了，而且也是很尋常的，但我恰恰覺得他不是一個尋常的人。到最後，因為我這人很有浪漫精神，我設計出一套解釋，我承認這套解釋有點牽強，但這是唯一能夠令我滿意的。它是這樣的：我懷疑他的靈魂裡是否深埋著某種創作本能，那種本能雖然受他的生活環境所抑制，卻像腫瘤在活體器官中膨脹那樣頑強地生長著，最終控制了他整個人，迫使他不由自主地採取行動。就好像布穀鳥把蛋產到其他鳥類的巢裡[1]，新生的小鳥破殼而出之後，就把牠的兄弟姊妹擠出去，最後還會破壞那個收容牠的鳥巢。

但非常奇怪的是，那種創作本能竟然纏上了這個魯鈍的股票經紀人，造成幾個依靠他的人身陷慘境不說，也許還將會讓他身敗名裂。然而最奇怪的莫過於上帝之靈對達官貴人的糾纏，經過一番鍥而不捨的苦苦追逐之後，那些人終於徹底臣服，捨棄塵世的歡樂和女人的愛慕，投身修道院，過著粗茶淡飯、淒寂冷清的生活。皈依有許多種形式，它的實現方式也有許多種。有些人需要外來的催化因素，宛如巨石被奔騰的激流沖成碎塊；但有些人的皈依來得很慢，就好像經年累月的水珠滴穿了堅硬的石頭。史崔克蘭擁有盲信者的率真和佈道者的狂熱。

但在講求實際的我看來，這種讓他失魂落魄的激情是否能夠產生足以讓他揚名立萬的作品，那仍有待觀察。我曾問起他在倫敦上夜校時，其他同學如何看待他的繪畫技巧，他笑著說：

「他們把它當成笑話。」

「你開始走訪這邊的畫室了嗎？」

「開始了。那個蠢貨今天早上還找過我——我說的是畫室的主人。他看到我的畫之後，只是揚揚眉，話也沒說就走了。」

史崔克蘭哈哈大笑起來。他並沒有垂頭喪氣。他完全不在乎他人的看法。

這正是我在和他打交道時最感到頭痛的一點。有的人也號稱他們不在意別人的看法，但他們多半是在自己騙自己。總的來說，這些人只有在相信沒人能發現他們的逾規越矩之處時才敢為所欲為。他們頂多就是因為有了幾個親朋好友的讚許，願意去做一些與大多數人的觀點相悖的事情。假如你的離經叛道無非是你這類人的慣用伎倆，那麼在世人面前表現得離經叛道並不是很困難的事情。這會讓你對自己肅然起敬。你既可以標榜自己勇氣過人，又無須冒什麼實際的危險。但渴望得到認可也許是文明人最根深柢固的本能。哪怕是最不守婦道的女人，若是輿論紛紛指責她傷風敗俗，她也會趕緊跑去求某個德高望重的人士為她主持公道。如果有人告訴我他們完全無視別人的看法，那我是不相信的。這是一種無知的虛張聲勢。這些人的意思無非是，他們不怕由於一些微不足道的過失而受到指責，因為他們自信沒有人能發現。

但史崔克蘭這個人確實不介意人們對他有什麼看法，所以綱紀倫常根本約束不了他。他就像渾身塗滿油的角鬥士，你永遠抓不住他，這給了他一種讓人火冒三丈的自由。我記得我對他說過：

「喂，要是每個人都像你這樣，這個世界就完蛋啦。」

「你這句話說得太蠢了。不是每個人都願意像我這樣的。絕大多數人做著普普通通的事情就

1 布穀鳥，亦即大杜鵑（Cuculus canorus），是典型的巢寄生鳥類，母杜鵑會把卵產在其他鳥類的巢裡讓對方代孵。

心滿意足了。」

我很想挖苦他一下。

「你顯然並不遵守規矩：做人要循規蹈矩，要讓自己的行動符合普遍法則。」

「我從來沒聽說過這句話，但這是胡說八道。」

「這句話可是康德[2]說的。」

「我管誰說的？反正這就是胡說八道。」

像這種人，你跟他談良知也是沒有用的。那就像沒有鏡子而想看到自己的容貌。我認為良知是心靈的衛兵，它守護著各種社會賴以存續的規則。它是駐紮在每個人心裡的員警，監督我們不要為非作歹。它是安插在自我意識最深處的間諜。人太過渴望得到別人的認可，太過害怕遭受別人的責難，所以親自把敵人迎進了家門；於是間諜持續地監視著他，警惕地捍衛著其主人的利益，無情地摧毀任何剛露出端倪的、不服管束的欲望。良知迫使他把社會利益置於個人利益之上。它是強韌的紐帶，聯結著個體和整體。而他在說服自己相信社會利益比個人利益更為重要之後，就難免會淪為良知這個監督者的奴隸。他將其供奉起來。到最後，就像宮廷弄臣因為肩膀上扛著皇帝的權杖而感到光宗耀祖那樣，他會因為自己對良知非常敏感而覺得無比自豪。然後當遇到不受良心約束的人，他就會張惶失措、啞口無言，因為身為社會成員，他清楚地意識到面對這種人他完全是無可奈何的。發現史崔克蘭確實不在意他的舉動會招致非難之後，我只能惶恐地落荒而逃，好像我撞見的是不成人形的怪物。

那天晚上我向他道別時，他最後跟我說的話是：

「告訴艾美最好別來找我。我很快就要換旅館了，所以她就算來了也找不到我。」

「我個人認為她能擺脫你反倒是件好事。」我說。

「老兄，我只希望你能讓她明白這個道理。可惜女人是非常愚蠢的。」

2 康德（Immanuel Kant, 1724～1804），德國哲學家，上文提到的那句話出自康德的《道德形上學基礎》。

15

返回倫敦之後，我發現家裡有封急信，要我用過晚餐趕緊去找史崔克蘭太太。我在她家見到了麥克安德魯上校和他的妻子。史崔克蘭太太的姐姐和她長得挺像，但更為蒼老。她一副唯我獨尊的氣概，彷彿整個大英帝國都是她的囊中之物。有些高官的太太明白自己屬於上等階級，所以總是散發出這種目中無人的神氣。她舉手投足很是乾淨俐落，待人接物也顯得很有教養，可惜言談之間不無偏見，如果你不是軍人，那你在她心目中就跟百貨商店售貨員差不多。她討厭皇家御林軍[1]，覺得他們自視過高，也不屑談論這些軍官的太太，認為她們出身貧賤。她穿的衣服又難看又昂貴。

史崔克蘭太太顯然很緊張。

「好啦，跟我們說說你的經歷吧。」她說。

「我和你丈夫見過面。我擔心他已經下定決心不回來了，」我稍作停頓，「他想畫畫。」

「你說什麼？」史崔克蘭太太失聲說，顯得極為震驚。

「你從來不知道他有這種愛好嗎？」

「他肯定是徹底瘋了。」上校大聲說。

史崔克蘭太太皺起了眉頭。她正在苦苦搜索她的記憶。

「我記得我們結婚前他經常擺弄顏料盒。但他畫得很糟糕。我們常常取笑他。他絕對沒有做那種事情的天賦。」

「這當然只是個藉口。」麥克安德魯太太說。

史崔克蘭太太沉思了很久。顯然我說的話讓她摸不著頭腦。她已經把客廳收拾整齊，看來家庭主婦的本能還是戰勝了悲傷苦悶的心情。這裡不再像我在出事後第一次來那麼淒清寂寞，彷彿是有待出租的精裝修房子。但在巴黎見過史崔克蘭之後，我發現他和這個家庭的環境格格不入。我想他們要是發現史崔克蘭現在有多麼邋遢，肯定很難不感到吃驚。

「但他如果想當藝術家，為什麼不跟我說呢？」史崔克蘭太太終於開口了，「我想我應該是最不會反對他追求這種——這種志向的人吧。」

麥克安德魯太太抿緊了嘴巴。我估計她向來就不是很贊成她妹妹結交那些風流雅士。提到「文化藝術」她總是嗤之以鼻的。

1 皇家御林軍（Royal Guards），指守衛白金漢宮的部隊，有騎兵和步兵兩種。

史崔克蘭太太繼續說：「不管怎麼說，只要他在那方面有天分，我肯定第一個站出來鼓勵他。我不介意做出犧牲。和嫁給股票經紀人相比，我更願意當畫家的妻子啊。如果不是為了兩個孩子，我什麼都不會在乎的。哪怕住在切爾西的破落畫室裡，我也會像住在這套公寓一樣快樂。」

「親愛的，我忍不住要說你啦，」麥克安德魯太太生氣地說，「難道你真的相信這套騙人的鬼話嗎？」

「但我認為這是真的。」我心平氣和地說。

她善意地瞪了我一眼。

「四十歲的人是不會為了成為畫家而拋妻棄子的，除非是有女人在裡面搞鬼。我認為他可能是遇到了你哪個——哪個藝術家朋友，被她迷昏了頭。」

史崔克蘭太太蒼白的面龐突然泛起一抹紅暈。

「她是什麼樣的人？」

我有點猶豫。我知道我即將宣佈的消息就像威力巨大的炸彈。

「沒有女人。」

麥克安德魯上校和他的妻子露出了難以置信的表情，史崔克蘭太太則乾脆跳了起來。

「你是說你沒有見到她嗎？」

「沒有人可見啊。他就一個人。」

「這真是荒謬絕倫。」麥克安德魯太太叫著說。

「我就知道我應該親自去，」上校說，「我敢跟你們打賭，我馬上就能把她給揪出來。」

「我倒是希望你去，」我有點不客氣地說，「那你就會發現你的假設全是錯的。他沒有住豪華酒店。他住的是最骯髒的小旅館。就算他拋棄了家庭，那也不是為了去過花天酒地的日子。他幾乎快沒錢了。」

「你覺得他是不是瞞著我們做了什麼壞事，生怕被員警抓住，所以找個藉口躲起來？」這個假設讓他們的胸膛裡燃起了希望的光芒，但我認為毫無根據。

「假如是這樣的話，他不會蠢得把地址留給他的合夥人，」我針鋒相對地反駁說，「反正我可以保證一件事情，他沒有跟任何人私奔。他沒有愛上誰。他壓根就沒想到這種事。」

他們默默地思考著我說的話。「嗯，如果你說的是實情，」麥克安德魯太太終於說，「那事情並沒有我想像的那麼糟。」

史崔克蘭太太看了她一眼，但沒有說話。她變得面無血色，她低著頭，漂亮的前額烏雲密布。我無法讀懂她的表情。麥克安德魯太太接著說：

「如果只是一時異想天開，他會清醒過來的。」

「你為什麼不去找他呢，艾美？」上校提議說，「你完全可以去巴黎和他住上一年。我們會照顧兩個孩子的。我敢說他很快會玩膩的。他遲早會迫不及待地回到倫敦來，不會有什麼大損失的。」

「要是我就不那麼做，」麥克安德魯太太說，「我會讓他想怎樣就怎樣。他總有一天會夾著尾巴灰溜溜地回家，然後繼續過他的舒服日子。」說到這裡麥克安德魯太太冷冷地看了她妹妹一眼，「可能有時候你對待他不是很明智。男人是奇怪的動物，你必須懂得如何駕馭他。」

麥克安德魯太太的看法和大多數女性相同，認為男人都是拋棄癡心女子的負心漢，但如果男人真的忘恩負義，更應該受到譴責的卻是女人。這就像法國諺語說的，情感有著理性無法領會的理由。[2]

史崔克蘭太太慢慢地掃視著我們。

「他永遠不會回來了。」她說。

「啊，親愛的，你要記住我們剛才說的話。他過慣了舒服的日子，也習慣有人照顧他。你想在那種破爛的旅館，住那種破爛的房間，他能住多久還不厭倦呢？再說他也沒有錢。他非回來不可。」

「如果他是跟某個女人跑掉的，那我覺得還有機會。我不相信那種事情會有結果。他不用三個月就會覺得那女人煩得要死。但他如果不是因為愛情跑掉的，那就一切都完了。」

「哎呀，我覺得你說的這些太玄啦。」上校說，史崔克蘭太太這種微妙的情感是軍人出身的他所不能理解的，他對這種情感的蔑視都蘊涵在「玄」這個詞裡了。「你別這麼想啊。他會回來的，桃樂西剛才說得對，讓他偶爾放縱幾天也不是什麼大不了的事情。」

「但我不想要他回來了。」她說。

「艾美！」

讓史崔克蘭太太激動起來的是憤怒，她臉上的蒼白是冷酷和暴怒的蒼白。她快速地說出下面這番話，快得有點上氣不接下氣。

「如果他是瘋狂地愛上某個人，帶著她跑掉，那我可以原諒他。我認為那是很正常的事。我不會真的去責怪他。我會認為他是受到了勾引。男人的心腸是那麼軟，女人的心機又是那麼深。但這是另外一回事。我恨他。我永遠不會原諒他。」

麥克安德魯上校和他的妻子不約而同地開始勸解她。他們很吃驚。他們說她這麼想很瘋狂。他們無法理解。史崔克蘭太太絕望地向我轉過身來。

---

2 這句話出自法國思想家巴斯卡（Blaise Pascal, 1623～1662）的《沉思錄》（Pensées）第四卷。

「你明白我的心情嗎？」她叫著說。

「我不知道啊。你的意思是說，如果他為了女人離開你，你能原諒他；但如果他為了理想拋棄你，你就不能了，對吧？你認為你爭得過別的女人，但鬥不過他的理想，是這樣嗎？」

史崔克蘭太太不是很友好地瞪了我一眼，但沒有回答。也許我戳到她的痛處了。她繼續顫抖著低聲說：

「我從來沒想過我會像恨他這樣去恨誰。你們知道嗎，我總是安慰自己說，無論這件事持續多久，到最後他還是要我的。我想在他臨終的時候，他會派人來叫我去，我也準備去；我會像母親那樣照料他，最後我還會告訴他一切都沒有關係，我始終是愛著他的，我原諒他所有的過錯。」

女人總喜歡在愛人彌留之際擺出漂亮的姿態，她們這種激情向來讓我有點看不慣。我覺得有時候她們寧願愛人早點死掉，免得耽誤了演出這幕好戲的機會。

「但是現在——現在什麼都完了。我對他就像對陌生人，已經完全沒有感情。我希望他死的時候窮困潦倒，眾叛親離。我希望他染上噁心的疥瘡，渾身發爛。我跟他算是恩斷義絕了。」

我想趁這個機會正好說出史崔克蘭的建議。

「如果你想跟他離婚，他很願意為你製造一切機會。」

「我為什麼要讓他自由呢？」

「我覺得他不需要這種自由。他只是覺得離了婚對你來說比較方便。」

史崔克蘭太太不耐煩地聳了聳肩膀。我想當時我對她有點失望。那時候我不像現在，總以為人性是很單純的，發現一個如此溫柔體貼的女子竟然如此陰險歹毒，我感到很難過。我尚未明白人性是多麼錯綜複雜。現在我清楚地認識到，卑鄙和高尚、兇惡和仁慈、憎恨和愛戀是能夠並存於同一顆人類的心靈的。

我不知道我能否說幾句安慰的話，以便緩解痛苦萬分的史崔克蘭太太心中的屈辱。我想我應該試試。

「你知道嗎，我不確定你的丈夫是否應該為他的行動負責。我覺得他是身不由己。在我看來，他好像被某種力量控制了，那種力量有自己的目標要催促他去實現，而他就像掉進蜘蛛網的蒼蠅那樣，根本沒有反抗的力量。他好像是中了別人的魔咒。這讓我想起了那些人們有時候會聽到的奇怪故事，就是有的靈魂會進入別人的身體，並將那個人原有的魂魄趕走。靈魂在軀殼內是很不穩定的，可能會產生神祕的變化。如果在從前，我們會說魔鬼上了史崔克蘭的身。」

麥克安德魯太太扯了扯她裙子的下襬，幾個金鐲子滑到她的手腕上。

「這套解釋在我看來未免過於牽強，」她刻薄地說，「艾美可能有點忽略了她的丈夫，這我不否認。如果她不是總忙著自己的事情，我不相信她不會懷疑事情已經有點不對勁。如果艾列克[3]有件心事藏了一年或更久，我肯定會知道得清清楚楚。」

上校的眼神很鎮定，非常泰然自若。我想知道是否還有誰的胸懷能像他這麼坦蕩。

「但這改變不了事實，反正查爾斯．史崔克蘭就是沒有良心的畜生，」她嚴厲地看著我，「我可以告訴你他拋棄自己妻子的原因——那是純粹的自私，沒有別的了。」

「這肯定是最簡單明瞭的解釋。」我說。但我認為這其實什麼也沒解釋。然後我說我累了，站起來要走，史崔克蘭太太絲毫沒有挽留的意思。

3 艾列克（Alec）是「佛萊德」（Fred）這個名字的暱稱，如同「查理」是「查爾斯」的暱稱。佛萊德，即是麥克安德魯上校。

16

後來發生的事情表明史崔克蘭太太是個堅強的女人。再大的痛苦她也隱藏得不著痕跡。她是很機靈的，明白反覆訴苦很久就會讓人厭煩，所以她刻意避免在別人面前流露悲戚的心情。每當出門做客——她的朋友都很同情她的不幸，所以樂於招待她——她的言談舉止非常得體。她勇敢而不放肆，高興而不忘形；她寧願傾聽別人的煩惱，而不訴說自身的憂愁。但凡提及她的丈夫，她總是帶著憐憫的口氣。她對史崔克蘭的態度起初讓我百思不解。某天她對我說：

「你知道嗎，我相信你搞錯了，查爾斯不是一個人。根據某個可靠的人所說的話，這人是誰我不能告訴你，他不是獨自離開英國的。」

「假如是這樣的話，那他在隱藏行蹤方面是個天才。」

她不敢看著我，臉上有點發紅。

「我的意思是說，如果有人跟你說起這件事，當他們說他跟某個女人私奔時，你不要反駁他們。」

「我當然不會。」

她隨即換了話題，彷彿剛才說的那件事對她來講毫不重要。我很快發現有個奇怪的故事在她的朋友圈子裡流傳。他們說查爾斯・史崔克蘭曾經去帝國劇院看芭蕾舞劇，當時迷上了某個法國舞女，然後隨著她去了巴黎。我搞不清這個故事是怎麼傳開的，但足夠奇怪的是，它居然為史崔克蘭太太贏得了許多同情，同時也給她增添了不少的名望。這對她已經決定要開始的事業不無助益。麥克安德魯上校當初說她身無分文倒是沒有誇大其詞，她確實需要儘快賺錢養活她自己。她打算利用她和許多作家的交情，於是片刻也不耽擱地學會了速記和打字。她的教養和學識使得人們以為她的效率可能會比普通打字員更高，而她的淒涼遭遇則讓她更加受到顧客的歡迎。許多作家朋友答應把活都交給她，還不忘把她推薦給他們的朋友。

麥克安德魯夫婦沒有子女，生活又很優渥，所以承擔了照顧兩個孩子的重任，史崔克蘭太太只要養活自己就可以。她把她的公寓租出去，傢俱也都賣掉。她在威斯敏斯特找了兩個小房間安頓下來，重新面對世界。從她做事的效率那麼高來看，她的事業肯定會大獲成功。

17

大概過了五年，我決定到巴黎去暫住。倫敦我是待得很膩煩了。我厭倦了每天都做同樣的事情。我那些朋友都過著沒有故事的平靜生活，他們再也不能讓我感到驚奇了，每次相遇不用開口我就知道他們要說的是什麼，就連他們的婚外私情也是無聊而老套。我們就像在起點站和終點站之間往返的電車，連車上有多少個乘客也可以算得八九不離十。這種生活太過井然有序。我感到憋得慌。我放棄了那間小公寓，賣掉為數不多的傢俱，決意開始新的生活。

離開之前我去拜訪了史崔克蘭太太。我很久沒有和她見面，發現她有了不少變化：她顯得更加蒼老和瘦弱，皺紋也變得更多；不僅如此，我感覺她的性格也變了。她的生意非常興隆，如今把辦公室設到了法院巷[1]；她雇用了四個女孩，自己很少打字，主要把時間用於校正她們的打字稿。她想讓列印稿顯得很精美，所以大量採用藍色和紅色墨水；她包裝稿件用的是各種淺色的牛

1 法院巷（Chancery Lane）：在十九世紀末、二十世紀初，英國公共檔案博物館就在法院巷上，許多作家和研究人員會去那裡查詢資料。

皮紙，看上去很像帶波紋的絲綢；她已經樹立了整潔和準確的聲譽。但她始終認為自食其力是不光彩的事情，總是不忘讓你知道她的家世有多麼顯赫。她在聊天時會忍不住提起某些大人物的名字，讓你明白她的社會地位並沒有下降。她有點羞於提及她過人的勇氣和出色的經商能力，但樂於談論第二天晚上要去南肯辛頓某位御用大律師家赴宴。她會興高采烈地說她的兒子在劍橋讀書，也會面帶微笑地講到剛成年的女兒在各種舞會上如何風靡眾生。我想我當時問了一句很蠢的話。「她也準備做打字的工作嗎？」我問。「不會啦，我不會讓她做這種事，」史崔克蘭太太回答說，「她長得多漂亮啊。我認為她肯定會嫁得很好。」

「倒也是，到時你就輕鬆多啦。」

「有幾個人建議她應該去演戲，但我當然不會同意。所有重要的劇作家我都認識，我隨時能讓她有角色可演，但我不喜歡她跟九流三教的人混在一起。」

史崔克蘭太太這種自命清高的態度真叫我直打冷顫。

「你有你丈夫的消息嗎？」

「沒有，從來沒聽說過他的事。我估計他已經死掉了。」

「我去巴黎也許會遇見他。你希望我讓你知道他的情況嗎？」她沉吟了片刻。「如果他真的很慘，我願意給他些許幫助。我會給你寄一筆錢，你可以慢慢給他，假如他有需要的話。」

「你的心地真是很善良。」我說。

但我知道她提出這件事並非出自善心。痛苦使人高尚這種說法並不符合事實，幸福偶爾會使人高尚，但至於痛苦，在大多數情況下，只會使人卑鄙和惡毒。

18

實際上，我到巴黎還沒兩個星期就見到了史崔克蘭。

我很快在達美路某座公寓樓的六樓租了間小房子，又花了兩三百法郎在舊貨店購買了幾件必需的傢俱，把房間佈置得適宜居住。我請門房每天早晨給我煮咖啡，還有幫忙打掃衛生。然後我就去看望我的朋友德爾克・斯特羅夫。

德爾克・斯特羅夫是那種會給不同性格的人留下不同印象的傢伙，你想起他也許會輕蔑地發笑，或者困惑地聳聳肩膀。造化讓他成為滑稽可笑之人。他是個畫家，但他的畫作非常糟糕，我是在羅馬認識他的，直到今天還記得他那些作品。他非常熱衷於描繪平凡的人物和景象。他的靈魂由於熱愛藝術而悸動著，催促他來到西班牙廣場，把那些在貝尼尼的臺階[1]上流連的義大利人當作模特，嘔心瀝血地描摹他們獨特的形貌和神態；他畫作裡的人物基本上都是留著小鬍子、長著大眼睛、戴著尖頂帽的農民，渾身破破爛爛的街頭頑童，還有穿著漂亮裙子的女人。這些人物有時候懶散地於教堂門口的臺階上佇立，有時候快樂地在藍天下的柏樹林中嬉鬧，有時候在文藝復興風格的水井邊做愛，有時候趕著牛車從美麗的原野走過。這些畫的線條和色彩都是非常考究。

就算是照片也不會更加逼真。梅第奇別墅[2]有個畫家稱他為「巧克力盒大師」[3]。看了他的作品，你很可能會認為莫內[4]、馬奈[5]和其他印象派畫家從來沒有出現過。

「我知道我不是偉大的畫家，」他曾經說，「我不是米開朗基羅[6]，不是的，但我有我的風

---

1 即西班牙臺階（The Spanish Steps）。這些臺階是由義大利建築師亞歷山德羅．斯佩齊（Alessandro Specchi, 1668～1729）和法國斯科．德．桑克提斯（Francesco de Sanctis, 1679～1731）設計的，和濟安．洛倫佐．貝尼尼（Gian Lorenzo Bernini, 1598-1680）並沒有關係。西班牙廣場中間的雕塑破船噴泉（La Fontana della Barcaccia）則是由濟安．貝尼尼和他的父親彼得羅．貝尼尼（Pietro Bernini, 1562～1629）完成的。毛姆混淆了這裡面的關係。

2 梅第奇別墅（Villa Medici）位於義大利羅馬，山上天主聖三教堂附近，曾是義大利豪門梅第奇家族的別墅，一八〇三年以後法國羅馬學院的所在地。法國羅馬學院是法國重要的藝術機構，專供法國藝術家到羅馬進修之用。

3 巧克力盒子上通常有一些人物生動、場景精美、色彩豐富的畫。

4 莫內（Claude Monet, 1840～1926），法國印象派繪畫的先驅，印象派這個術語來源於他的代表作《日出，印象》（Impression,soleil levant）。

5 馬奈（édouard Manet, 1832～1883），法國畫家，在法國繪畫從寫實派向印象派的轉變中發揮了重要的作用，其代表作有《草地上的午餐》（Le déjeuner sur l'herbe）、《杜伊勒里公園的音樂會》（La Musique aux Tuileries）等。

6 米開朗基羅（Michelangelo di Lodovico Buonarroti Simoni, 1475～1564），義大利文藝復興時期傑出的畫家、雕塑家、建築師和詩人，代表作有雕塑《大衛像》、梵蒂岡西斯汀教堂穹頂的壁畫《創世紀》等。

格。我的畫很暢銷。我把浪漫的情調送進各種人的家裡。購買我的畫作的不僅有荷蘭人，還有挪威人、瑞典人和丹麥人，你沒想到吧？買家大多數是商人，以及有錢的工匠。你無法想像那些國家的冬天是多麼的漫長、黑暗和寒冷。他們喜歡我筆下的義大利。那正是他們所期待的。那也是我來到這裡之前心目中的義大利。」

我想這種他多年以來始終保留著的幻覺模糊了他的眼睛，讓他看不清真相；他完全不顧擺在眼前的事實，執意把義大利幻想成有著浪漫盜賊和風景優美的廢墟遍地的國度。他畫下的其實是他的理想——雖然這種理想很差勁，既普通又陳腐，但畢竟也算是理想，這讓他具備了獨特的人格魅力。

我正因為這麼想，所以才沒有像其他人那樣，僅僅把德爾克．斯特羅夫視為嘲弄譏笑的目標。有些同行毫不掩飾他們對其作品的鄙視，不過，他賺了很多錢，而他們用起他的錢來也毫不手軟。他為人慷慨大方，那些人缺錢了就會厚顏無恥地跟他借，背地裡又嘲笑他是個傻子，因為他很天真，總是對那些憑空捏造的悲慘故事深信不疑。他很重感情，但他的感情太輕易就會被打動，所以常常造成這種荒唐的情況：你接受了他好心的資助，卻對他毫無感激之情。從他手裡拿錢就像把小孩的東西搶走那麼容易，就是因為他這麼愚蠢，你反倒會瞧不起他。我想假如有個疏忽大意的貴婦把裝滿珠寶首飾的名牌皮包忘掉在馬車裡，以身手敏捷自豪的扒手肯定會覺得這是對他的侮辱。造化讓他成為笑料，卻又拒絕給他遲鈍的心靈。人們不停地拿他開玩笑，無論善意的還是惡意的，都讓他煩惱不堪，然而他又總是提供讓人取笑的機會，倒好像主動要這麼做似的。他不斷地被人傷害，但他善良的心產生不出怨恨：他可能會挨毒蛇咬，但從來不知吸取教訓，傷口痊癒不久又會憐憫地把它揣進懷裡。他的生活就是一齣笑料百出的鬧劇。因為我從來不曾嘲笑他，他很是領我的情，常常把他多不勝數的煩惱傾倒進我同情的耳朵裡。這些煩惱的最可悲之處在於它們總是荒唐可笑的，他說得越是淒惻，你就越是忍不住想笑。

但他雖然是個糟糕的畫家，鑑賞藝術的眼光卻十分獨到，和他去逛畫廊絕對是難得的享受。他的熱情是真摯的，他的點評是準確的。他對各種流派一視同仁。他對古代的大師有著由衷的欽佩，對現代的畫家也有著瞭解之同情。他善於發現天才，毫不吝嗇自己的讚賞。我想我從來沒遇到哪個人的判斷比他更精準。他的學識也比大部分畫家淵博得多。和大多數畫家不同，他對各種藝術不乏認識，他在音樂和文學上的造詣使得他對繪畫有著深刻而多方面的理解。對於我這樣的年輕人來說，他的忠告和指點具有無與倫比的價值。

離開羅馬之後，我和他保持著信件往來，大概每兩個月就會收到他用稀奇古怪的英文寫成的長信，每次讀他的來信，他談話時那種口沫橫飛、雙手亂舞的熱切神態總是呼之欲出地浮現在我眼前。我來巴黎之前不久，他娶了個英國女人，在蒙馬特區開了個畫室。我已經四年沒見過他，也從未見到他的妻子。

19

我事先並沒有告訴斯特羅夫我要到巴黎來。我直接跑到他的畫室去按門鈴，開門的是他本人，剛開始他沒有認出我是誰。但他隨即喜出望外地喊叫起來，連忙把我拖進屋裡。受到如此熱烈的歡迎真讓人高興。他的妻子正坐在爐邊做針線活，看到我進去趕緊站起身。他介紹了我的身份。

「你還記得嗎？」他對他妻子說，「我常常跟你提起他的。」然後對我說：「但你要來為什麼不先告訴我？你來幾天啦？你準備待多久？你為什麼不早來一個小時，跟我們一起吃晚飯呢？」

他連珠炮向我提了許多問題。他讓我坐下，友好地拍拍我，好像我是坐墊，接著不停往我手裡塞雪茄、蛋糕和葡萄酒。他生怕冷落了我。家裡沒有威士忌讓他很傷心，於是想要給我煮咖啡，又拚命地想還有什麼可以拿來招待我，一副笑逐顏開的樣子，高興得每個毛孔都滲出汗珠。

「你還是老樣子。」我邊打量著他邊笑著說。

他的外貌還是我記憶中那麼好笑。他是個矮胖子，腿很短，年紀雖然不大——他當時可能還沒有三十歲——但頭已經有點禿。他的臉圓乎乎的，氣色非常健康，皮膚白皙，臉頰和嘴唇都很紅潤。他那雙藍色的眼睛也是圓的，戴著很大的金絲邊眼鏡，眉毛淡得簡直看不出來。他會讓你想起魯本斯[1]筆下那些神情歡樂、肥頭大耳的商人。

我跟他說我準備在巴黎住幾個月，已經租好了公寓，他使勁地責備我事先沒讓他知道。否則他會替我找公寓，會把傢俱借給我——我真的花了冤枉錢去買傢俱了嗎？——還會幫我搬進去。他認為我不給他被利用的機會實在是太不講義氣了。在這個過程中，斯特羅夫太太安靜地坐著，縫補著她的襪子，什麼話也沒說，一直帶著安詳的微笑聽他說了所有這些話。

「喂，你知道吧，我結婚了，」他突然說，「你覺得我妻子怎麼樣？」

他喜不自勝地看著他的妻子，用手扶了扶鼻樑上的眼鏡。汗珠不停地從他臉上掉下來。

「你讓我怎麼說好呢？」我哈哈大笑。

「就是啊，德爾克。」斯特羅夫太太微笑著插話。

「但你不覺得她非常好嗎？我告訴你吧，老兄，別浪費時間啦，趕快結婚吧。我是全世界最幸福的男人。你看看她坐在那邊的樣子。很像一幅畫吧？像不像夏丹[2]的畫？世界上最漂亮的女人我都見過了，我可沒發現有誰比德爾克．斯特羅夫的太太更美麗。」

「德爾克，你要是再這樣胡說八道，我可要走了。」

「我的心肝寶貝呀。」他用法語說。

她的臉刷地紅起來，斯特羅夫流露出來的愛憐讓她覺得不好意思。他已經在信裡跟我說過他很愛他的妻子，這時我發現他的眼光根本就無法離開她。我不知道他太太是否愛著他。這個可憐的傻瓜，他不是女人心目中的白馬王子，但他太太眼睛裡的笑意是很親切的，那種矜持背後也可能隱藏著深情。她其實並沒有她丈夫所說的那麼傾城傾國，但也算得上風姿綽約。她的個子相當高，穿的灰色裙子雖然樸素，但十分合身，把她的身姿襯托得很曼妙。她這種身材雕塑家會很喜歡，但在時尚界可能不是那麼受歡迎。她的棕色頭髮很茂密，梳著簡單的髮型；她的面龐非常白皙，五官也端正，但談不上驚豔。她的眼珠子是深灰色的。她只是差一點就能稱得上是絕代佳人，可是正因為差這一點，卻連漂亮也算不上了。但斯特羅夫提起夏丹的畫並非沒有緣故，她很奇怪地讓我想起這位大畫家的不朽名作——那個紮著頭巾、穿著圍裙的可愛主婦[3]。我彷彿看到她從容地在鍋碗瓢盆間忙碌著，宛如舉行儀式般肅穆地操持著家務，使這些鍋碗瓢盆的事具備了崇

1 魯本斯（Peter Paul Rubens, 1577～1640），荷蘭畫家，以華麗的巴洛克畫風著稱，作品繁多，有祭壇畫、肖像畫、風景畫等。

2 夏丹（Jean Baptiste Siméon Chardin, 1699～1779），法國畫家，以靜物畫著稱，對後世畫家如馬奈、塞尚等有重要影響。

3 指夏丹於一七四〇年創作的《飯前祈禱》（Le Bénédicité），現藏巴黎羅浮宮。

高的意義；我並不覺得她有多麼聰明或者幽默，但她那種目不斜視的端莊讓我很感興趣。她的含蓄不無神祕的色彩。我很好奇她為什麼會嫁給德爾克·斯特羅夫。雖然她也是英國人，但我完全摸不清她的底細，我看不出她出身哪個社會階層，有過哪些成長經歷，婚前從事哪種職業行當。她非常沉默，但說起話來聲音很動聽，舉止也很自然。

我問斯特羅夫近來是否還在畫畫。「你開玩笑啊？我現在畫得比以前好多啦。」我們當時就坐在畫室裡，他把手一揮，指向畫架上那幅尚未完成的作品。我有點意外。他畫的居然是幾個義大利農民，身穿大平原地區的服裝，悠哉遊哉地站在某座羅馬教堂的臺階上。

「你現在還畫這種畫啊？」

「是啊。我在這裡也能找到模特兒，就像以前在羅馬一樣。」

「你不覺得這幅畫很漂亮嗎？」斯特羅夫太太說。

「我這個傻瓜老婆覺得我是個偉大的藝術家。」他說。

他自我解嘲的笑聲掩飾不住內心的喜悅。他的眼睛盯著那幅畫。這真是很奇怪的事情，當他評價別人的作品時，他的眼光是多麼的犀利準確和不落俗套，可是談起他自己那些因循守舊、庸俗不堪的畫作時，他竟然是如此地自鳴得意。「再拿幾幅給他開開眼界。」她說。「有必要嗎？」儘管經常遭到朋友的挖苦，德爾克·斯特羅夫其實是很希望聽到讚賞的，而且很有些天真的妄自尊大，所以他忍不住要展示他的作品。他拿出了一幅畫，是兩個鬈髮的義大利頑童正在玩石頭。「畫得很可愛吧？」斯特羅夫太太問。然後他又給我看了其他作品。我發現他雖然身在巴黎，但畫的仍是多年前在羅馬畫的那種毫無新意、匠氣過重的畫。這些畫是虛偽、造作和低劣的，然而說到道德品質，卻沒有人比德爾克．斯特羅夫更加誠實、真摯和高尚。這種矛盾誰能解釋呢？

我當時不知道腦子裡哪根筋搭錯了，居然這樣問他：「喂，我在想，你會不會認識一個叫做查爾斯．史崔克蘭的畫家？」

「難道你也認識他啊？」斯特羅夫驚喜地喊起來。

「畜生。」他妻子說。

斯特羅夫哈哈大笑。「可憐的寶貝，」他走過去親了他妻子兩隻手，「她不喜歡他。你也認識史崔克蘭，這實在是太奇怪啦！」

「我不喜歡他粗魯的作風。」斯特羅夫太太說。

德爾克還是哈哈地笑著，他轉過身來向我解釋。

「你知道嗎，有一天我請他到這裡來看看我的畫。結果他來了，我把家裡所有作品都拿給他看。」說到這裡斯特羅夫遲疑了片刻，顯得很難為情。我不知道他為什麼要講這件丟臉的事情，他覺得不好意思說下去。「他看了——看了我的作品，然後什麼話也沒說。我以為他要等到全部看完再發表評論。最後我說：『就這麼多啦！』哪知道他竟然說：『我是來找你借二十法郎的。』」

「德爾克居然借給他了。」他的妻子憤憤地說。

「我那時候很吃驚。我不想拒絕他。他把錢放進口袋，只是點點頭，說了聲『謝謝』，然後就走了。」德爾克．斯特羅夫在講這個故事的時候，那張傻裡傻氣的圓臉充滿了極其震驚的神色，讓我看了忍不住想笑。

「假如他說我的畫很糟糕，我應該不會介意的，可是他——他居然什麼話都沒說。」

「而你居然還把這件事說出來，德爾克。」他太太說。

可歎的是，聽完這個故事之後，你只會覺得這個荷蘭人扮演的滑稽角色很好笑，而不會為史崔克蘭的粗魯無禮感到生氣。

「我希望以後再也不要見到他。」斯特羅夫太太說。

斯特羅夫笑著聳了聳肩。他又恢復了歡樂的心態。

「其實他是個偉大的藝術家，非常偉大的藝術家。」

「史崔克蘭？」我驚叫起來，「那肯定不是我認識的那個人。」

「他個子很高，留著紅色的鬍子。叫做查爾斯．史崔克蘭。是英國人。」

「我認識他的時候他沒有鬍子，但如果他留了鬍子，那很有可能是紅色的。那個人我相信他五年前才開始畫畫。」

「就是他。他是個偉大的藝術家。」

「絕不可能。」

「我什麼時候看走眼過?」德爾克問我,「我告訴你吧,他是個天才。這我很肯定。假如說百年之後還有人記得你和我,那將會是因為我們認識查爾斯.史崔克蘭。」

我聽得咋舌不已,同時感到非常興奮。我突然想起上次和他談話的情形。

「在哪裡能看到他的作品呢?」我問,「他功成名就了嗎?他住在哪裡?」

「沒有啦,他還是沒沒無聞。我想他的畫還沒有賣出去過。你要是跟人們說起他,那些人只會哈哈大笑。但我就知道他是個偉大的藝術家。畢竟以前人們還嘲笑過馬奈呢。柯洛[4]的畫也曾經無人問津。我不知道他住在哪裡,但我可以帶你去找他。他每天晚上七點會到克利希大道一家咖啡館去。你要是願意,我們明天就去找他。」

「我不知道他是不是想見我。我想我可能會讓他想起某些他寧願忘掉的往事。但是不管了,

4 柯洛(Jean Baptiste Camille Corot, 1796~1875),法國的巴比松派畫家。他前半生過得比較潦倒,雖然畫了許多作品,但一直得不到認可。這種情況持續到十九世紀才有所改變,當時他已經差不多五十歲了。

我還是去吧。在哪裡能看到他的畫呢？」

「反正在他那裡是看不到的。他什麼也不會讓你看。我認識一個小畫商，他手上有兩三幅。但沒有我你千萬別去，你看不懂的。我一定要親自指點你看。」

「德爾克，我實在是受不了你啦，」斯特羅夫太太說，「他對你那麼差，你怎麼還能這樣吹捧他的畫呢？」她轉頭看著我。「有些荷蘭人來這裡買德爾克的畫，他居然試圖說服他們去買史崔克蘭的，你沒想到吧？他非要把那些畫帶來給他們看。」

「那你覺得那些畫怎麼樣呢？」我笑著問。

「畫得太糟糕啦。」

「哎，親愛的，你不懂的。」

「哼，你那些荷蘭鄉親氣死了。他們認為你是在耍他們。」

德爾克．斯特羅夫摘下他的眼鏡，將其擦乾淨。他興奮得滿臉通紅。

「你怎麼會認為，美，世界上最寶貴的東西，會像沙灘上的石頭，隨便哪個滿不在乎的過路人都能撿起來呢？美是一種玄妙而奇異的東西，只有靈魂飽受折磨的藝術家才能從混亂的世界中將其提煉出來。當藝術家把美提煉出來之後，這種美也不是所有人都能認識的。要認識它，你必須重複藝術家的痛苦歷程。美是藝術家唱給你聽的音樂，要在你的心裡再次聽到它，你需要知識、敏感和想像力。」

「那我為什麼總覺得你的畫很漂亮呢，德爾克？我第一眼看到那些畫就喜歡得不得了。」

斯特羅夫的嘴唇有點發抖。

「去睡覺吧，我的寶貝。我要陪我們的朋友走走，然後再回來。」

20

德爾克・斯特羅夫答應第二天晚上來接我，帶我去最有可能找到史崔克蘭的咖啡館。我覺得非常有趣，因為我發現我們要去的正是上次我到巴黎來找史崔克蘭時和他一起喝苦艾酒的那家咖啡館。從來沒換過地方說明他有些懶惰，這在我看來是很有個性的。

「他在那邊。」我們快走到那家咖啡館時斯特羅夫說。雖然是十月，但黃昏的天氣依然很暖，人行道上許多桌子坐滿了人。我掃視著他們，但沒有發現史崔克蘭。「看，在那邊，在角落裡。他正在下棋。」

我看到有個人俯身在棋盤上，但只能瞧見一頂很大的絨帽和一把紅色的鬍子。我們繞著桌子向他走過去。

「史崔克蘭。」

他抬起頭。

「你好，胖子。你有什麼事？」

「我帶個老朋友來看你。」

史崔克蘭瞟了我一眼，顯然沒有認出我是誰。他又繼續對著棋盤沉思。

「坐下，別發出聲音。」他說。

他走了一步，全神貫注到棋局中去。可憐的斯特羅夫無可奈何地看著我，但我根本沒有覺得不爽。我要了杯東西喝，坐下來安靜地等待史崔克蘭把棋下完。我很高興能有機會隨意地觀察他。如果在街頭偶遇，我肯定認不出他來。首先，他那紅色的鬍鬚亂糟糟的，把半邊臉都遮住了，他的頭髮也變得很長，但最令我吃驚的變化是他現在特別瘦。這讓他高高隆起的大鼻子顯得更加倨傲，顴骨變得更加突出，眼睛也變得更大。他的太陽穴凹陷得很厲害。他的身體瘦得像乾屍。他穿著的是五年前我見到他時那套衣服，既破爛又邋遢，線頭掉了不少，鬆鬆垮垮地掛在他身上，彷彿原本是為別人量身定做的。我注意到他的雙手，髒兮兮的，指甲很長；那雙手瘦得皮包骨，青筋全露出來了，顯得大而有力。但我已經忘記他的手以前是否也這麼有型。他坐在那裡神情專注地下棋的樣子給我留下深刻的印象——彷彿他體內隱藏著很強大的力量，而且不知道怎麼回事，他的形銷骨立讓這種力量顯得更加驚人。

過了不久，他走棋之後把身體靠在椅背上，得意洋洋地看著他的對手。這是個留著鬍鬚的法國胖子。法國佬觀察著局勢，然後突然笑呵呵地咒罵了幾句，不耐煩地把棋子收起來，丟進棋盒裡。他肆無忌憚地臭罵史崔克蘭，又把服務生叫過來，付清了兩個人的酒錢，然後就走了。斯特羅夫把他的椅子往那張桌子挪了挪。

「現在可以說話了吧？」他說。

史崔克蘭看著他，眼睛裡有種厭惡的神色。我敢肯定他正想說幾句諷刺的話，但想不出來，所以被迫陷入了沉默。

「我帶了個老朋友來看你。」斯特羅夫笑容滿面地說。

史崔克蘭若有所思地望著我，看了足足有一分鐘。我並沒有開口。

「我這輩子從來沒見過他。」他說。

我不知道他為什麼要這樣說，因為我從他的眼神中已經發現他肯定認出了我。我的臉皮可不像幾年前那麼薄了。

「我前些天見過你的妻子，」我說，「我敢說你肯定願意聽聽她的近況。」

他短促地笑了起來。他的眼睛忽然亮了。

「我們曾在這裡度過一個快樂的夜晚，」他說，「那是多久以前的事情啦？」

「五年前。」

他又叫了杯苦艾酒。斯特羅夫口沫橫飛地解釋他和我是怎麼認識的，我們又如何碰巧發現我們都認識史崔克蘭。我不知道史崔克蘭是否在聽。他目光深沉地看過我一兩次，但大部分時間似乎只顧想著他自己的事情，如果不是斯特羅夫嘮叨個不停，這場對話肯定是很難進行下去的。過了半個小時，荷蘭人看看他的手錶，宣稱他必須走了。他問我要不要一起走。我想我留下也許能從史崔克蘭嘴裡套出點話來，所以回答說我還想再坐坐。

那個胖子離開後，我說：

「德爾克．斯特羅夫認為你是個偉大的藝術家。」

「這他媽的關我屁事啊？」

「你能不能讓我看看你的畫？」

「我為什麼要讓你看？」

「說不定我會買一幅呢。」

「我根本就不想賣。」

「你的日子過得很好嗎？」我笑著問。

他笑了起來。

「你看我像日子過得很好的人嗎？」

「你像餓得半死的人。」

「我是餓得半死。」

「那走吧，我們去吃晚飯。」

「你為什麼要請我？」

「我不是可憐你，」我冷冷地回答，「你是否餓肚子跟我他媽的一點關係都沒有。」

他的眼睛又亮起來。

「那走吧，」他說著站起來，「我想吃頓好的。」

21

我隨便讓他選了家餐館，但在去的路上我買了份報紙。點完菜之後，我把報紙架在一瓶聖加爾米耶礦泉水[1]上，開始讀了起來。我們吃飯時沒有說話。我能感覺到他時不時地看著我，但我不理睬他。我想要逼他先開口。

「報紙上有什麼新聞嗎？」他說，這時我們這頓沉默的晚餐已接近尾聲。也許是我的幻覺吧，反正我覺得他聽起來有點沉不住氣了。

「我向來喜歡讀劇評。」我說。

我把報紙合上，並將它放在身邊。

「今晚的飯菜我很喜歡。」他說。

「我想我們就在這裡喝咖啡吧，你說呢？」

1 聖加爾米耶（St Galmier）是法國盧瓦爾省的溫泉小鎮，以出產高品質的礦泉水馳名。法國著名的礦泉水品牌波多（Badoit）自一八三八年開始銷售來自聖加爾米耶的瓶裝礦泉水。

「好啊。」

我們點燃了雪茄。我默默地抽著。我發現他經常瞟著我，眼裡隱隱含著笑意。我耐心地等待著。

「自從上次我們見面之後，你都忙些什麼啊？」他終於忍不住開口問了。

我沒有什麼好說的。這些年來我勤奮工作，過著平淡無奇的生活，探索過幾個人生方向，積累了不少書本知識，對人情世故也漸漸有所瞭解。我故意不問史崔克蘭都做了些什麼。我假裝對他的遭際漠不關心，最後我的策略奏效了。他開始談論他自己。但他的口才很糟糕，所以關於他的經歷，他講得語焉不詳，我只好憑自己的想像去填缺補漏。對於這個人我是非常感興趣的，卻只能通過一鱗半爪的片段去瞭解他的生活，真是感到心癢難搔。這好比閱讀已成殘篇斷簡的圖書。我得到的印象是，他在生活中總是痛苦地和各種各樣的困難做鬥爭，但我也明白在世人看來很可怕的事情，他根本是不在乎的。史崔克蘭和大部分英國人不同，他絲毫不講究享受，他從不為經年累月寄身於破落的房間裡而煩惱，他不需要周圍擁有許多漂亮的玩意兒。我想他肯定注意不到我最初去找他時那個房間裡的牆紙是多麼的骯髒。他不想要坐在舒服的扶手椅裡，他確實覺得坐在堅硬的餐椅上更為舒服。他吃東西的胃口很好，但不在意吃的是什麼；對他來說那無非是食物，都是為了緩解飢餓的痛苦才吞下去的；在沒有食物的時候，他似乎也能忍飢挨餓。我聽他說曾經有六個月他每天就靠一片麵包和一瓶牛奶度日。他的言談舉止俗不可耐，但又毫不追求各種聲色犬馬的東西。他並不將身無長物視為艱難困苦。他這種完全追求精神愉悅的生活方式真叫人難以忘懷。

從倫敦隨身帶來的少量錢財耗盡之後，他並沒有垂頭喪氣。他沒有賣過畫，我想他其實也不想賣，他著手尋找某些能賺點錢的活計。他用故作幽默的口氣對我說，他曾經給那些想要領略巴黎夜生活的倫敦人當過導遊。這份職業很對他那冷嘲熱諷的脾氣，再說他對這座城市幾個聲名狼藉的街區也是瞭若指掌。他跟我說他會接連好幾個小時在馬德萊娜大道[2]上走來走去，希望遇到英國來的遊客，最好是喝得酩酊大醉的那種，那些人渴望能見識各種違法亂紀的勾當。走運的時候他能賺到不少錢，但他那身破爛的衣著最終嚇壞了觀光客，他再也找不到敢於冒險將自己託付給他的人。然後他機緣巧合找了份翻譯專利藥品廣告的差事，幫助那些藥品在英國的醫療行業打開知名度。某次罷工期間，他甚至還當了粉刷房子的工人。

在此期間，他從未停止過錘煉他的技藝，但很快就厭倦了那些畫室，完全靠自己摸索。他倒不至於窮得連畫布和顏料都買不起，別的東西實際上他也不需要。據我猜測，他在畫畫的過程中

2 馬德萊娜大道（Boulevard de la Madeleine）是巴黎市中心重要的商業街道，附近有許多熱門旅遊景點。

遭遇了很大的困難，由於不願意接受任何人的幫助，他浪費了大量的時間親自去解決技術上的難題，其實這些難題前人都已經解決。他有某種目標，我不知道這種目標是什麼，可能連他本人也不清楚，我再次強烈地感覺到他是被邪魅纏身了。他的神志顯得有點失常。我認為他不願意把畫拿給別人看，是因為他真的對那些畫毫無興趣。他生活在夢境裡，現實對他根本沒有意義。我總覺得他是想把他那種強烈的個性徹底地傾倒在畫布上，物我俱忘地試圖抓住他在腦海裡看到的景象；等到這個過程結束，或許不是把畫完成之後，因為我知道他是很少把作品畫完整的，而是在他體內燃燒的激情熄滅之後，他對他的畫也就漠然置之了。他從未對他的作品表示滿意，對他來說，和在他腦海中盤桓不去的幻景相比，他的畫是微不足道的。

「你為什麼不把你的作品送去展覽呢？」我問，「我想你應該會願意聽聽別人是怎麼說的。」

「你願意嗎？」

我無法描述他說這幾個字時口氣是多麼的輕蔑。

「你不希望出名嗎？絕大多數藝術家都是想出名的。」

「幼稚。如果你覺得一個人的觀點跟你一點關係都沒有，你怎麼還會在乎一群人的看法呢？」

「並非每個人都是理性動物啊。」我笑著說。

「出名的是哪些人呢？評論家、作家、股票經紀人，還有女人。」

「想到那些跟你素昧平生的人看了你親手所繪的畫作，或心馳神往，或思如潮湧，難道你不會感到非常欣慰嗎？每個人都喜歡權力。我想行使權力最美妙的方式莫過於讓人們的靈魂感到哀傷或者恐懼。」

「胡說八道。」

「那你為什麼要介意你畫得好不好呢？」

「我並不介意。我只想把我看到的景象畫下來。」

「假如我在與世隔絕的荒島上寫作，清楚地知道除了我自己，沒有人會看到我的作品，那我很可能是寫不下去的。」

史崔克蘭久久沒有說話，但他的眼睛閃爍著奇異的光芒，彷彿看見了某種讓他的靈魂陷入極樂的東西。

「有時候我也想過要到茫茫大海中的孤島去，在那裡我可以找個隱祕的山谷住下來，周圍全是奇樹異草，靜寂無聲。我想在那種地方我就能找到我想要的東西。」

他的原話其實不是這樣的。他用的是手勢而不是形容詞，而且說得吞吞吐吐。我用了我自己的話來表達我認為他想說的意思。「回顧過去五年來的生活，你認為你這麼做值得嗎？」我問。

他望著我，我發現他並不明白我的意思。於是我解釋了。「你放棄了舒適的家和作為普通人的快樂生活。你那時候過得相當不錯。你在巴黎好像非常落魄。假如時光倒流，你還會這麼做嗎？」

「會的。」

「你知道你還沒有問起過你的妻子和孩子嗎？你從來不會想起他們嗎？」

「不會。」

「我希望你別總是只說兩個字。你給他們帶來了那麼多痛苦，難道你從來沒有後悔過嗎？」

他咧嘴笑起來，搖了搖頭。

「我覺得你有時候也會忍不住想起從前。我說的不是七八年前，而是更早以前，當時你認識了你的妻子，你愛上了她，和她成了家。難道你忘記第一次將她擁在懷裡的快樂了嗎？」

「我不想從前。最重要的是永恆的此刻。」

這句話讓我思索了片刻。它的涵義可能很模糊，但我想我隱約明白了他的意思。

「你快樂嗎？」我問。

「快樂啊。」

我沉默了。我深深地凝視著他。他也望著我，眼裡很快燃起嘲諷的光芒。

「你大概很鄙視我吧？」

「沒有啦，」我趕緊回答，「我並不鄙視毒蛇，恰恰相反，我對他的思維過程很有興趣。」

「你對我的興趣純粹是專業考量？」

「沒錯。」

「你不鄙視我也是正常的。你這個人的性格也很討厭。」

「也許這正是你覺得跟我臭味相投的原因。」我反脣相稽。

他露出了苦澀的笑容，但沒有說話。我真希望我能夠描繪出他笑起來的樣子。我倒不認為他的笑容很迷人，但他笑起來臉上容光煥發，平時鬱鬱寡歡的表情一掃而空，取而代之的是頑劣調皮的神氣。他的笑很持久，往往從眼睛開始，有時也從眼睛結束；他的笑容看上去色瞇瞇的，雖然不淫蕩，但也不正經，讓人聯想起發洩獸欲之後怡然自得的好色之徒。正是他這種笑容促使我問他：

「你來到巴黎之後沒有談過戀愛嗎？」

「我沒空做那種無聊的事情。生命苦短，不夠時間既談戀愛又搞藝術。」

「你的樣子看上去可不像清心寡欲的隱士。」

「那種事情讓我很噁心。」

「天生的衝動是很讓人苦惱的，對吧？」我說。

「你為什麼要對著我傻笑？」

「因為我不相信你。」

「那你就是個該死的大蠢貨。」

我停了一下，打量著他。

「你騙我有什麼用呢？」我說。

「我不知道你想說什麼。」

我笑了起來。

「那我來告訴你。我想你有時接連幾個月都想不起那件事，於是你說服自己相信你已經永遠擺脫它了。你為這種自由歡呼雀躍，你感到你終於翻身做了靈魂的主人。你似乎超凡脫俗，飄然遊弋於星辰之間。然後，突然間，你再也忍受不住，你發現原來你的雙腳一直在爛泥裡跋涉。於是你想要破罐子破摔，索性全身躺到爛泥裡。你會去找某個女人，她醜陋、下賤又低俗，是那種讓人欲念全消、心生嫌惡的女人，而你卻像野獸般撲到她身上。事後你會瘋狂地喝酒，直到心裡燃起熊熊的怒火。」

他紋絲不動地盯著我看。我直視他的目光。我非常緩慢地說出下面這番話。「我要告訴你一件肯定顯得很奇怪的事情，那就是當這一切結束之後，你會覺得自己異乎尋常地純潔。你會有靈魂出竅、飄飄欲仙的感覺；你似乎能夠觸摸美了，彷彿它變成了有形有體的東西；你會有天人合一的感覺，彷彿已經與溫煦的微風、葉子沙沙作響的樹木、波光粼粼的河流融為一體。你覺得你就是上帝。你能向我解釋這是怎麼回事嗎？」

他死死地看著我，直到我把話說完，然後才把目光挪開。他臉上有種奇怪的表情，我想如果有人被折磨致死，他臉上可能就是這種神態。他沉默不語。我知道我們的談話到此為止了。

22

我在巴黎安頓了下來，開始創作一個劇本。我過著非常有規律的生活，早上寫作，下午去盧森堡公園走走，或者在大街小巷上閒逛。我花了很多時間參觀羅浮宮，那是氣氛最友好、最適合遐思的畫廊；或者到塞納河邊漫步，隨手翻閱那些我根本不想買的二手書。我東翻西看，熟悉了許多作家，對他們我認為有點零碎的認識便已足夠。晚上我就去拜會朋友。我常常去斯特羅夫家做客，有時也會陪他們吃頓日常飯食。德爾克．斯特羅夫自詡是個高明的義大利菜廚師，我也承認他的義大利麵實在比他的畫作好得太多。我們常常就著葡萄酒和他家自製的美味麵包，享用一大盆他親手烹飪的、撒滿番茄的義大利麵，那簡直可以跟國王的晚餐相媲美。我漸漸熟悉了布蘭琪．斯特羅夫，我想她見到我也很高興，因為我是英國人，她認識的英國人又不多。她性格很好，人也單純，但總是不愛說話，不知道怎麼回事，我總覺得她心裡好像有什麼祕密。但我想也許是因為她的丈夫太過囉嗦，才把她拘謹的天性襯托得特別明顯。德爾克是個心直口快的人。就連最隱私的事情他也會跟你談論，完全不知道避諱。斯特羅夫的妻子有時候會覺得很尷尬，不過她忍不住發火的情況我只遇到過一次，當時他非要跟我說他吃了瀉藥，活靈活現地跟我描述各種細節。看到他一本正經地講述著那些糗事，我忍不住哈哈大笑，這讓斯特羅夫太太更加惱火。

「你好像很喜歡丟人現眼嘛。」她說。

發現她生氣之後，斯特羅夫那雙圓眼睛瞪得更圓了，眉頭也突然緊張地皺起來。

「親愛的，我讓你生氣了嗎？那我再也不吃啦。我吃瀉藥只是因為我的肝火太旺。我平常總是久坐不動。我運動的時間不夠多。我已經三天沒有……」

「天啊，你快閉嘴。」她打斷了斯特羅夫的話，氣得淚水漣漣。

他立刻垮了臉，像受到責備的小孩那樣噘起嘴。他向我投來求助的眼神，希望我能打個圓場，但我實在是控制不住自己，笑得前俯後仰。

有一天我們去拜訪某個畫商，就是斯特羅夫說過他手上有幾幅史崔克蘭的作品那個，但我們到了以後卻得知史崔克蘭已經把畫拿回去了。畫商不知道為什麼。

「但你們千萬別認為我會為這件事感到惱火。我願意收下那幾幅畫，完全是看斯特羅夫先生的面子，我也說過我會儘量把它們推銷出去。實際上──」他聳了聳肩膀，「我對那個年輕人是很有興趣，可是老實說，斯特羅夫先生，你不會真的以為他有什麼天分吧？」

「我拿我的名譽向你擔保，在世的畫家沒有哪個比他更有天分了。相信我吧，你錯過了賺大錢的機會。總有一天那幾幅畫會比你店裡所有的畫加起來都值錢。莫內你記得吧，他的畫曾經連一百法郎都賣不出去。它們現在值多少錢來著？」

「話是這麼說。可是當年至少有上百個不比莫內遜色、作品也賣不掉的畫家，他們的畫到今天還是不值錢。這誰知道呢？畫得好就一定會出名嗎？我看未必。再說了，你那個朋友是否畫得好尚有待證明呢。除了斯特羅夫先生你，從來沒有別的人稱讚過他。」

「那麼怎樣才能判斷畫得好不好呢？」德爾克氣得滿臉通紅地說。

「辦法只有一個，出了名就是畫得好。」

「真市儈。」德爾克憤憤地說。

「但你想想以前那些偉大的畫家，拉斐爾[1]、米開朗基羅、安格爾[2]，還有德拉克洛瓦[3]，哪個不是大名鼎鼎啊。」

「我們走吧，」斯特羅夫對我說，「否則我會殺了這個傢伙。」

---

1 拉斐爾（Raffaello Sanzio, 1483～1520），義大利畫家、建築師，和米開朗基羅、達文西並稱「文藝復興藝術三傑」。

2 安格爾（Jean Auguste Dominique Ingres, 1780～1867），法國新古典主義畫家，代表作有《土耳其浴女》（Le Bain turc）、《大宮女》（Grande Odalisque）等。

3 德拉克洛瓦（Eugène Delacroix, 1798～1863），法國浪漫主義畫家，代表作有《自由引導人民》（La Liberté guidant le peuple）等。

23

我和史崔克蘭見面不能說不頻繁，時不時會跟他下棋。他是個喜怒無常的人。有時候他就安靜地坐著，顯得魂不守舍的樣子，對誰也不理不睬；而在心情比較好的時候，他會結結巴巴地跟你閒聊。他說不出什麼巧妙的話來，但他那種善於挖苦譏笑的風格倒也令人印象深刻，而且他總是坦陳心裡的想法。他說起話來完全不顧別人的顏面，如果把別人刺傷了，他會顯得很高興。他不停地諷刺德爾克・斯特羅夫，氣得斯特羅夫轉身就走，發誓再也不要跟他說話；但史崔克蘭身上有種強大的力量，那個荷蘭胖子總是情不自禁地被他吸引回來，每次回到史崔克蘭身邊，他總是帶著諂媚的表情，活像搖尾乞憐的小狗，儘管他很清楚等著招呼他的只會是令他膽顫心驚的當頭一棒。

我不知道史崔克蘭為什麼對我另眼相看。我們的關係很特殊。有一天他向我借五十法郎。

「我做夢也沒想到要借錢給你。」我說。

「為什麼呢？」

「我覺得那不好玩。」

「我就快窮死啦，你知道的。」

「我不關心。」

「我餓肚子你也不關心嗎？」

「我到底為什麼要關心你？」我反過來問他。

他朝我看了一兩分鐘，不停地摸著他那亂蓬蓬的鬍子。我笑嘻嘻地看著他。

「你笑什麼？」他說，眼裡閃爍著憤怒的光芒。

「你太天真了。你既然什麼責任都不願意承擔，那也別指望別人有義務來幫你。」

「假如我因為交不起房租被掃地出門，搞得實在沒辦法要去上吊，你不會過意不去嗎？」

「完全不會。」

他哈哈地笑起來。

「你這是在騙人。如果我真的上吊，你會後悔莫及的。」

「你不妨試試看。」我反駁他說。

他眼睛裡閃過一絲笑意，默默地攪著他的苦艾酒。

「你想下棋嗎？」我問。

「可以啊。」

我們開始擺棋子，擺好之後，他興致勃勃地看著棋盤。人們在看到手下人馬已經整裝待發、準備征戰沙場時，總是會感到很滿意的。

「你真的以為我會借錢給你啊？」我問。

「我想不通你有什麼理由不借。」

「你讓我感到吃驚。」

「為什麼呢？」

「我很失望，原來你這個人還是講感情的。假如你不是這麼幼稚地想打動我的同情心，我會更加喜歡你的。」

「假如你真的被打動了，我會很鄙視你的。」他回答說。

「這樣才對嘛。」我笑著說。

我們開始下棋。我們都很用心地下。棋局結束後，我對他說：

「喂，如果你的錢花光了，讓我看看你的畫。說不定我會買幾幅呢。」

「去死吧你。」他回答說。

他站起來準備走。我攔住他。

「你喝了苦艾酒還沒給錢呢。」我笑著說。

他咒罵幾句，把錢丟下，然後就走了。接下來我有好幾天沒看見他，但在某個晚上，我坐在那家咖啡館裡看報紙，他走進來坐到我身邊。

「原來你還沒有上吊啊。」我故意大驚小怪地說。

「沒有。我接了個差事。我為一個退休的水管工人畫像[1]，拿到了兩百法郎。」

「你是怎麼找到這份差事的？」

「賣我麵包的女人推薦了我。他跟那女人說他想找個人替他畫幅像。我得給她二十法郎介紹費。」

「那人長什麼樣？」

「很壯。他那張大紅臉看上去活像羊腿，右邊臉頰上有顆巨大的黑痣，上面還長著很長的毛。」

史崔克蘭那天心情很好，可是當德爾克．斯特羅夫走進來坐在我們身邊之後，他就開始用刻薄的話猛烈地對其進行攻擊。我從來沒想到他罵人的本領是如此地高明，總是能夠戳中這個鬱悶的荷蘭人最敏感的痛處。史崔克蘭揮舞的不是諷刺的細劍，而是謾罵的大棒。這次突如其來的襲擊讓斯特羅夫措手不及，完全失去了抵抗能力。他就像慌不擇路、到處亂跑的綿羊。他驚駭莫名，不知所以。最後他的淚水滾滾而下。這件事情最糟糕的地方在於，儘管你很討厭史崔克蘭，當時的場面也很可怕，但你就是忍不住想笑。有些人很倒楣，他們哪怕在真情流露的時候也顯得滑稽可笑，德爾克．斯特羅夫正好就是這種人。

但話又說回來，當我回顧那個在巴黎度過的冬天，我對德爾克．斯特羅夫的回憶是非常美好的。他的小家庭給人特別溫馨的感覺。他和他的妻子構成了一幅讓你過目難忘的畫面，而他對妻子那種純潔的愛是很值得讚賞的。他固然很可笑，但他的熱烈誠摯卻叫人不得不感動。我能想像得到他的妻子會有什麼感受，而且很高興她對斯特羅夫十分溫柔體貼。如果她有幽默感的話，看到斯特羅夫對她敬若神明、誠心誠意地崇拜她的樣子，她應該會忍俊不禁；但就算她覺得好笑，她心裡肯定是既高興又感動的。斯特羅夫矢志不渝地愛著她，哪怕她到了垂老的歲月，身材不再苗條，臉龐不再迷人，她在斯特羅夫心目中的形象依然不會改變。對斯特羅夫來說，她將永遠是全世界最美麗的女人。他們過著的是幸福美滿、井然有序的生活。他們只擁有那間畫室、一間臥室和一個小小的廚房。斯特羅夫太太獨力承擔了所有的家務，當德爾克在畫那些拙劣的作品時，她會買菜做飯，縫補衣服，像勤勞的螞蟻般忙碌一整天；夜裡她會坐在畫室裡繼續做點針線活，

1 這幅畫現存於斯德哥爾摩國家畫廊。原為里爾（Lille）一位富有的工廠老闆所有，但他在德國人逼近該城時逃難了。（此為作者注）

德爾克則會彈奏幾首我敢說她肯定聽不懂的樂曲。他的鋼琴彈得不錯，但總是投入了太多的感情，恨不得將他那誠實、多情而熱烈的靈魂全都傾注到他的樂曲中去。

他們的生活宛如悠揚的牧歌，別具一種獨特之美。斯特羅夫荒唐可笑的言行就像無法調整的不和諧音，讓這首牧歌的調子變得很奇怪，但也讓它變得更加現代、更富於人情味，好比嚴肅場合中的粗俗笑話，它讓這種美妙的生活變得更加令人愉快。

24

耶誕節前不久，德爾克・斯特羅夫來請我到他家去歡度佳節。多愁善感的他希望能夠以適當的儀式和朋友共度這個重要節日。我們沒跟史崔克蘭見面已經有兩三個星期——我是因為忙著招待幾個來巴黎短暫停留的朋友，斯特羅夫是因為他上次跟史崔克蘭吵得太厲害，已經下定決心再也不要跟他來往。史崔克蘭這人太難打交道了，他發誓以後不會再跟他說話。但溫馨的節日氣氛觸動了他，他不忍心讓史崔克蘭孤家寡人地過聖誕。他以己之心去度史崔克蘭之腹，想當然地認為在這個家家戶戶團圓歡聚的時刻，那個畫家肯定忍受不了形影相弔的淒清寂寞。斯特羅夫在他的畫室佈置了聖誕樹，我懷疑他在那些歡樂的樹枝上掛了可笑的小禮物準備送給我們，但他不好意思再去拜訪史崔克蘭，如此輕易地原諒如此過分的侮辱實在是有點丟臉，他希望他前去重修舊好的時候我也能夠在場。

我們並排沿著克利希大道走，但史崔克蘭不在那家咖啡館裡。由於天氣太冷，不宜坐在室外，我們到裡面的皮凳子上坐下。咖啡館裡又熱又悶，瀰漫著灰濛濛的煙霧。史崔克蘭沒有來，但不久之後，我們看到那個偶爾會跟他下棋的法國畫家。我跟他也算是熟人了，所以他坐到我們這張桌子來。斯特羅夫問他是否見過史崔克蘭。

「他生病了，」他說，「你不知道嗎？」

「嚴重嗎？」

「非常嚴重吧，我想。」

斯特羅夫的臉變得慘白。

「他為什麼不寫信告訴我呢？我跟他吵架真是太蠢了。我們必須馬上去看他。可能沒有人照顧他。他住在哪裡啊？」

「我不知道。」法國佬說。

我們發現誰也不知道怎樣才能找到他。斯特羅夫變得越來越著急。

「他說不定會死，而且死了還沒人知道。太可怕了。我想都不敢想。我們必須馬上找到他。」

我努力讓斯特羅夫明白，在巴黎漫無目的地去找人是很荒唐的。我們必須先想個計畫。

「是的，但在我們構思計畫的時候，他可能正在等死呢，等我們找到地方，說不定一切都太遲了。」

「你安靜地坐下來，我們仔細想想怎麼辦。」我不耐煩地說。

我唯一知道的地址是比利時酒店，但史崔克蘭早已搬走，那裡的人應該已經把他忘得乾乾淨淨。他這人向來行蹤詭祕，走的時候也不太可能說他要搬去哪裡。再說那是五年前的事了。但我很肯定他搬的地方並不遠。既然他住在比利時酒店時就去過那家咖啡館，後來一直沒有換地方，那麼很可能是因為那家咖啡館離他住的地方最近。我突然想起來他經常光顧的麵包店曾經幫他介紹了幫人畫像的差事，所以我想那家店也許會有他的住址。我叫服務生拿來導遊圖，在圖上找麵包店。鄰近街區共有五家，剩下的事情就是逐一上門拜訪了。斯特羅夫心不甘情不願地陪著我。他設想的計畫是走遍克利希大道兩旁的橫路和小巷，挨家挨戶去問史崔克蘭是不是住在裡面。我這個平淡無奇的計畫到底還是有效的，因為在我們打聽的第二家麵包店，櫃檯後的女人坦承認識他。她不知道史崔克蘭具體住在哪裡，但就在馬路對面那三座大樓裡。多蒙幸運女神眷顧，剛走進第一座大樓，門房就說我們可以在頂樓找到他。

「他好像生病了。」斯特羅夫說。

「有可能，」門房態度冷淡地說，「反正我有好幾天沒見到他了。」

斯特羅夫衝到我前面跑上樓梯，等我爬上頂樓，我發現斯特羅夫已經敲開人家的門，正在跟一個穿著便裝的工人說話。那工人指著另外那扇門。他說那裡面住著的應該是個畫家。他已經一個星期沒看到他的鄰居。斯特羅夫做出了敲門的姿勢，然後又轉身看著我，做了個無可奈何的手勢。我看得出來他心裡很慌張。

「要是他死了怎麼辦？」

「他不會死的。」我說。

我敲了門。沒有人應答。我試了試把手，發現門居然沒鎖。我開門走了進去，斯特羅夫跟在我身後。房間裡黑乎乎的。我只能看得出來它是個閣樓，屋頂是斜的，幾絲微茫的日光從天窗漏進來，裡面的東西只能依稀看到輪廓。

「史崔克蘭。」我大聲喊。

沒有人回答。這實在是太奇怪了，我好像覺得身後的斯特羅夫正在渾身發抖。我遲疑片刻，不知道該不該劃亮火柴。我隱約看到牆角有張床，我在想等劃了火柴會不會發現床上有具屍體。

「你沒有火柴嗎，你這個笨蛋。」

史崔克蘭的聲音從黑暗裡嚴厲地傳過來，把我嚇了一跳。

斯特羅夫驚喜地叫起來。「我的上帝啊，我還以為你死了呢。」

我擦亮了火柴，四處看看，想找根蠟燭。倉促間我發現這間公寓很小，半是臥房半是畫室，只有一張床、幾幅正面朝著牆壁的畫布、一個畫架、一張桌子和一把椅子。地上沒有鋪地毯。沒有火爐。桌子上擺滿了顏料盒、調色刀和各種亂七八糟的東西，其間有半截蠟燭。我點燃了它。史崔克蘭躺在床上，顯得很不舒服，因為對他來說床太小了，他把所有的衣服都蓋在身上取暖。

看他的樣子明顯是在發高燒。斯特羅夫走到他身邊，激動得連話都說不清楚了。

「唉，我可憐的朋友，你怎麼回事啊？我不知道你生病了。你為什麼不讓我知道呢？為了你我什麼都願意做，這你肯定知道的呀。你還介意我上次說的話嗎？我不是有心的。我錯啦。我不該生你的氣。」

「去死吧你。」史崔克蘭說。

「喂，你講講道理啊。讓我幫你找個舒服的姿勢。你沒請人來照顧你嗎？」

他看著這個骯髒齷齪的閣樓，露出了厭惡的表情。他努力把床上的衣服擺好。史崔克蘭的呼吸很粗重，他不說話，好像很生氣的樣子。他惡狠狠地瞪了我一眼。我安靜地站在那裡看著他。

「如果你想幫我做點事情，你可以給我弄點牛奶來，」他終於開口了，「我已經有兩天沒辦法起床。」床邊有個空瓶子，原先是裝牛奶的，一張報紙上灑著幾粒麵包屑。

「你這些天吃什麼？」我問。

「什麼也沒吃。」

「多久啊？」斯特羅夫驚叫著說，「你是說你已經兩天沒吃沒喝了嗎？太可怕啦。」

「我有喝水。」

他的眼睛望著一個他伸手就能拿到的大鐵罐。「我馬上就去，」斯特羅夫說，「你還想要什麼嗎？」

我建議他去弄個體溫計、一些葡萄和幾片麵包來。斯特羅夫很高興自己終於有了用武之地，噔噔噔地跑下樓去了。

「該死的白癡。」史崔克蘭咕噥著說。

我摸了他的脈搏。他的脈搏既快又虛弱。我問了他幾個問題，但他沒有回答，我追問的時候他不耐煩地把臉轉向牆壁。我只好默默地等待著。不到十分鐘，斯特羅夫氣喘吁吁地回來了。除了我提到的東西之外，他還買了蠟燭、肉汁和酒精燈。他是個很能幹的小矮子，立刻開始準備麵包和牛奶。我量了史崔克蘭的體溫。華氏一百零四度[1]。他顯然病得很重。

1 華氏一百零四度等於攝氏四十度。

25

過不久我們就走了。德爾克要回家吃晚飯，我準備去找個醫生來給史崔克蘭看病；但在我們離開沉悶的閣樓、來到空氣清新的大街上之後，這個荷蘭人求我立刻去他的畫室。他好像有想法，但不肯告訴我，只是非要我陪他去，說那是非常有必要的。我想這個時候就算請到醫生，醫生也沒什麼好做的，該做的我們都已經做過，所以就答應了。到他家時，我們發現布蘭琪・斯特羅夫正在把晚餐的飯菜擺上桌子。德爾克走到她身邊，拉起她的雙手。

「親愛的，我想請你幫個忙。」他說。

她端莊地望著斯特羅夫，這種神態正是她迷人的地方。斯特羅夫的臉龐漲得通紅，滲出了亮晶晶的汗珠，他焦躁不安的表情看上去有點滑稽，但瞪得渾圓的眼睛所流露出的光芒卻是很懇切的。

「史崔克蘭病得非常厲害。他就快病死啦。他孤零零地住在一間骯髒的閣樓裡，又沒有人照顧他。我希望你答應讓我把他帶到這裡來。」

她猛然把手抽回去，我從來沒見過她的動作這麼迅速，她氣得臉都紅了。

「不行。」

「親愛的，別不答應嘛。我不忍心讓他留在那個地方。那樣的話我會因為惦記他而睡不著覺的。」

「我不反對你去照顧他。」

她的聲音聽起來冷漠無情。

「但他會死的。」

「讓他去死。」

斯特羅夫倒抽了一口氣。他擦了擦臉。他轉過頭來指望我幫忙，但我不知道該說什麼。

「他是個偉大的藝術家。」

「那關我什麼事！我討厭他。」

「啊，親愛的，我的寶貝，你別這樣嘛。我求求你讓我把他帶到這裡來。我們可以讓他過得舒舒服服。也許我們能挽救他的性命呢。他不會麻煩到你的。什麼都讓我來做好了。我們在畫室給他弄張床。我們不能看著他像流浪狗那樣死掉啊。那太不人道啦。」

「為什麼不讓他去醫院呢？」

「醫院！他需要愛憐的手來照顧。他需要無微不至的關懷。」

我沒想到斯特羅夫太太的反應會如此激烈。她繼續擺著飯菜，但雙手正在發抖。

「我真受不了你。你覺得你生病的時候他會動一根手指頭來照顧你嗎？」

「但那有什麼關係呢？我有你照顧啊。我不需要他幫忙。再說，我跟他不同，我是個無關緊要的小人物。」

「你還不如一條雜種狗有志氣呢。你這是躺在地上求人家來踐踏你。」

斯特羅夫笑了起來。他自以為理解他妻子為什麼會有這種態度。

「唉，我親愛的，你是很介意他來看我的畫那件事吧。就算他認為我的畫不好，那有什麼關係呢？要怪就怪我自己笨，把畫拿給他看。我也覺得那些畫不是很好。」他懊惱地環視著畫室。畫架上有張尚未完成的作品，是一個微笑的義大利農民，把一串葡萄捧在一個黑眼珠的少女頭頂。

「就算不喜歡你的畫，他也應該客氣點。他沒有必要侮辱你啊。他表現得那麼鄙視你，你還要去舔他的手。哼，我恨死他。」

「親愛的寶貝，他是個天才。你不會認為我也有天賦吧。我倒希望我有，但別人有沒有天賦，我一眼就能看出來，我是很尊敬天賦的。那是世界上最奇妙的東西。對擁有它的人來說，它是一種沉重的負擔。我們對那些人應該非常寬容，非常有耐心。」

我站在旁邊，被這齣家庭劇弄得有點尷尬，我很想知道斯特羅夫為什麼非要我陪他來。我看到他的妻子已經淚水盈眶。

「但我求你讓我把他帶過來，倒不是因為他是個天才；那是因為他是個人，是個生病又可憐的人。」

「我絕不讓他踏進我的家——絕不。」

斯特羅夫轉頭看著我。

「你告訴她這是生死攸關的大事。我們不能把他丟在那個破地方不管啊。」

「把他弄到這裡來照顧顯然輕鬆很多，」我說，「但這當然是非常不方便的。我想需要有個人日夜看著他。」

「親愛的，你不是那種怕麻煩的人啊。」

「如果他來，那我就走。」斯特羅夫太太決絕地說。

「我簡直快不認識你啦。你是很善良、很仁慈的啊。」

「看在老天的份上，你別煩了。我快被你逼瘋了。」

她的眼淚終於簌簌地流下來。她癱坐到椅子裡，兩隻手掩著臉。她的肩膀不停地抽動著。德爾克趕緊跑到她身邊跪下，伸開雙手抱緊她，親吻著她，用各種肉麻的稱呼哄著她，他自己的臉上也流淌著廉價的淚水。她很快掙脫斯特羅夫的擁抱，擦乾了眼淚。

「你放開我。」她不無和善地說。

然後她轉頭看我，勉強笑著說：「你肯定覺得我這人很不好吧？」

斯特羅夫不解地看著她，惶惑不知所措。他的眉頭緊蹙著，紅潤的嘴巴噘了起來。看見他這副樣子，我很奇怪地想到了驚慌的天竺鼠。

「真的不行嗎，親愛的？」他終於說。

她做了個無可奈何的姿勢。她已經身心俱疲。

「這是你的畫室。什麼都是你的。如果你想要帶他進來，我怎麼攔得住呢？」

斯特羅夫的圓臉突然綻出了笑容。

「你同意啦？我就知道你會同意的。你真是我的心肝寶貝呀。」

她突然振作起來。她用憔悴的眼神看著斯特羅夫。她把雙手疊起來放到胸口，彷彿心跳得讓她承受不了。

「德爾克啊，自從我們認識到現在，我還沒有求過你什麼事。」

「你知道的，這世界上沒有我不願意為你做的事情。」

「我求你別讓史崔克蘭到這裡來。其他人隨你的便。無論是小偷、醉鬼，還是流落街頭的無家可歸者，只要是你帶回來的，我保證會盡心盡力地、高高興興地伺候他們。但我求你不要讓史崔克蘭來我們家。」

「但這是為什麼呢？」

「我很害怕他。我不知道為什麼，但他身上有些地方讓我很害怕。他會給我們造成很大的傷害。這我知道的，我能感覺到。如果你把他帶回來，結局一定會很糟糕。」

「可是這完全沒有道理啊！」

「不，不。我知道我是對的。到時候我們的下場會很悲慘的。」

「就因為我們做了好事嗎？」

這時她的呼吸很急促，臉上帶著難以解釋的害怕。我不知道她想到了什麼。我感覺她好像被某種無形的恐懼籠罩，從而喪失了自我控制的能力。平常她總是很淡定冷靜的，所以這回如此惶恐很令人驚奇。斯特羅夫盯著她看了片刻，表情既驚訝又不解。

「你是我的妻子，對我來說，你比世界上任何人都重要。沒有徵求你的完全同意，誰也不能到這裡來。」

她閉上了眼睛，半晌沒睜開，我以為她就要暈過去。我對她有點不耐煩，我以前沒想到她是個這麼神經質的女人。然後我又聽見斯特羅夫的聲音，似乎打破了這陣奇怪的沉寂。

「難道你不曾處在痛苦淒慘的境地，然後有人伸出援手把你拉出來嗎？你知道這意味著什麼。難道你不願意在有機會的時候也幫幫別人嗎？」

這幾句話都很平常，他的口吻有點像在佈道，我聽了差點笑出聲來。但布蘭琪．斯特羅夫的反應讓我大感意外。她很吃驚，久久地凝視著她的丈夫。斯特羅夫低頭看著地面。我不知道他為什麼顯得有點尷尬。她的臉頰泛起淡淡的紅暈，隨即整張臉變得雪白——或許不應該說是雪白，而是慘白；你會覺得她全身皮膚表面的血液都在倒流，連兩隻手也是灰白的。她渾身不寒而慄。畫室裡的寂靜似乎已經化為實體，讓人覺得簡直伸手就能摸到。我半點也摸不著頭腦。

「去帶史崔克蘭來吧，德爾克。我會盡力照顧他的。」

「我親愛的。」他笑了起來。

斯特羅夫伸手想要抱她，但她躲開了。

「別在外人面前這麼親熱呀，德爾克，」她說，「我會難為情的。」她的風度又變得十分正常了，誰也看不出來不久之前她還激動得難以自持。

26

第二天我們去請史崔克蘭。想請動他本來需要很大的毅力和更多的耐心，但當時他病得實在是厲害，完全抵擋不住斯特羅夫的懇求和我的堅決。在他有氣無力的咒罵聲中，我們給他穿好衣服，架著他下樓，再把他扶上馬車，最後來到斯特羅夫的畫室。下車時他已經累得虛脫，所以只好不吵不鬧地任由我們把他弄到床上。他病了六個星期。中間有段時間他似乎再過幾個小時就要死了，我相信是荷蘭人的不離不棄將他從鬼門關拉了回來。我從未見過比他更難伺候的病人。這倒不是因為他喜歡挑三揀四、嫌這嫌那，恰恰相反，他從不抱怨，從不索求任何東西，他始終默不作聲；但他很討厭別人照顧他，假如你問他有什麼感覺或需要，他不是冷言冷語，就是嗤之以鼻，甚至還會破口大罵。我覺得他特別可惡，等到他脫離危險，我立刻毫不猶豫地把我的感受告訴他。

「去死吧你。」他扼要地回答。

德爾克．斯特羅夫徹底丟下工作，體貼周到地護理著史崔克蘭。他對病人很有一套，能把病人照顧得舒舒服服，他總是變盡法子哄勸史崔克蘭服用醫生開出的藥，我以前完全想不到他居然有這麼高明的手腕。無論什麼事情他都不嫌麻煩。儘管他的收入只夠勉強維持夫妻兩人的生活，肯定沒有額外的錢可供浪費；但現在他卻出手闊綽地買了許多不在產季和昂貴的美味佳餚，以便能夠挑起史崔克蘭那變幻莫測的胃口。我永遠不會忘記他在勸說史崔克蘭進食時是多麼有技巧和有耐心。他從來不會因為史崔克蘭的粗魯而惱火；如果病人只是情緒低落，他就視若無睹；如果病人出言無狀，他就付諸一笑。等到有所康復之後，史崔克蘭情緒不錯，有時會拿他尋開心，而他會故意做出滑稽的舉動，讓他有更多的機會可以嘲笑自己。然後他會高興地朝我擠眉弄眼，希望我能夠注意到病人的情況已經大有改善。斯特羅夫真是個高尚的人。

但最讓我吃驚的還是布蘭琪。她不僅是個心靈手巧的護士，而且還很盡忠職守。在她身上你根本看不出來她曾經那麼激烈地反對她丈夫的願望，堅決不許史崔克蘭搬到畫室來。她執意要分擔照顧病人的任務。她整理病人的床鋪，她換被單時非常仔細，儘量不打擾到病人。她擦洗病人的身體。當我誇她很能幹的時候，她露出那可愛的微笑，跟我說她曾經短暫地在醫院工作過。沒有任何痕跡表明她曾經那麼討厭史崔克蘭。她和史崔克蘭的交談並不多，但她很快就將史崔克蘭的脾氣摸得清清楚楚。曾經有兩個星期需要有人通宵照顧他，布蘭琪就和她的丈夫輪流守夜。我很想知道在那些漫漫長夜，坐在病床邊的她心裡想著些什麼。史崔克蘭臥病在床之後模樣變得很古怪，他比以前更瘦，紅色的鬍鬚亂七八糟的，眼睛總是茫然地盯著天花板。這場病似乎讓他的雙眼變得更大了，而且變得異常的明亮。

「他夜裡跟你說過話嗎？」我曾經問她。

「沒有。」

「你還像以前那麼討厭他嗎？」

「更討厭了。」

她那雙灰色的眼睛鎮定地看著我。她的表情十分安詳，假如不是親眼所見，我很難相信她上次居然會那樣要死要活。

「你這麼照顧他，他感謝過你嗎？」

「沒有。」她笑著說。

「他是個畜生。」

「是很可惡的。」

斯特羅夫當然很滿意她的表現。斯特羅夫對她是感激不盡的，因為她全心全意地接過了這副壓在他身上的重擔。但他對布蘭琪和史崔克蘭彼此間的交往又很費解。

「你知道嗎，我曾經看見他們在一起坐了幾個小時，但是半句話也沒說。」

在史崔克蘭的病情大有起色、再過一兩天就能起床的時候，我曾到畫室去探訪他們。德爾克和我在聊天。斯特羅夫太太在做針線活，我當時認出來她正在縫補的是史崔克蘭的襯衫。史崔克蘭躺在床上，他沒有說話。有一次我看到他的目光落在布蘭琪．斯特羅夫身上，帶著一種奇怪的嘲弄。斯特羅夫太太感覺到他的注視，於是抬頭看著他，他們就這樣相互凝望了片刻。我不是很能理解她的表情。她的眼神很奇怪，有點複雜，也許是——但怎麼會呢？——警惕吧。隨後史崔克蘭扭過頭，無聊地研究著天花板，但斯特羅夫太太卻繼續盯著他看，臉上的神情變得更加難以捉摸。

幾天後，史崔克蘭能起身了。他瘦得只剩下皮包骨頭。衣服鬆鬆垮垮地掛在他身上，活像稻草人披著的破布。凌亂的鬍鬚，長長的頭髮，再加上本來就比常人大、生病後更加突兀的五官，所有這些讓他的外貌變得非常奇特；但因為這副尊容實在是太過奇怪，所以反倒顯得沒那麼醜陋。蓬頭垢面的他竟然有威武莊嚴的氣派。我不知道該如何準確地表述他給我留下的印象。雖然他的肉身完全阻擋不了其畢露的鋒芒，但其實讓我記憶尤深的並非他的靈氣，而是他臉上那種一目了然的獸欲；也許說起來很荒唐，但我總覺得他的獸欲很奇怪地混雜著靈性。他身上有種原始的力量。古希臘人曾用半人半獸的神話角色，比如人身馬尾的森林之神，或者半人半羊的農牧之神，來象徵某些神祕的大自然力量，史崔克蘭似乎就擁有這些力量。他讓我想起了因為敢於和阿波羅[1]比賽吹笛子而慘遭剝皮的馬西亞斯[2]。史崔克蘭心中似乎潛藏著前所未聞的絕妙樂曲與別開生面的藝術風格，我預見到他的下場將是痛苦而絕望的。我再次覺得他是被魔鬼附體了，但你也不能說這個魔鬼是邪惡的，因為它其實是一種在乾坤初辟、善惡未分時就存在的原始力量。

他的身體仍然很虛弱，沒有力氣作畫，所以他只是默默地坐在畫室裡，要麼在發呆，做著只有上帝才知道的白日夢，要麼就是在看書。他這個人看書很奇怪，有時候我發現他在研讀馬拉美[3]的詩歌，他就像兒童那樣逐字逐句地朗誦那些詩句，我很想知道他從那些精妙的韻律和晦澀的文字中讀出了什麼奇怪的感受；有時候我又看見他如癡如醉地翻看加博里歐[4]的偵探小說。我自得其樂地想，他選書的品味正好反映了他獨特的個性中有著不可調和的矛盾。尤為讓人吃驚的是，哪怕身體非常虛弱，他也沒想過要把自己弄得舒服一點。斯特羅夫是很喜歡享受的，他在畫室裡擺了兩張鋪著厚墊子的扶手椅和一張大沙發。史崔克蘭總是離它們遠遠的，他倒不是像斯多葛派哲學家那樣，喜歡在人前故作甘於吃苦的姿態，因為有一天畫室裡他只有一個人，我走進去時發現他就坐在三腳凳上。他純粹是因為不喜歡那些舒服的椅子，寧願坐在沒有墊子的餐椅上。看到他這樣我經常感到很惱火。我從來沒見過像他這樣對周圍的生活環境漠不關心的人。

1 阿波羅（Apollo）是希臘神話中的光明和文藝之神，也是羅馬神話中的太陽神，其典型形象是右手持七弦琴，左手持象徵太陽的金球。

2 馬西亞斯（Marsyas）是希臘神話中的半獸人，曾與阿波羅比賽吹笛子，並約定輸者任由對方處置。阿波羅獲勝之後，活剝了馬西亞斯的皮，並將其釘在松樹上。

3 馬拉美（法語：Stéphane Mallarmé，1842～1898），法國象徵主義詩人和文學評論家，其作品以晦澀難懂著稱，但對後世影響極大，啟發了二十世紀初期的立體主義、未來主義、達達主義和超寫實主義等藝術流派。

4 加博里歐（émile Gaboriau，1832～1873），法國小說家，其作品《勒克先生》（Monsieur Lecoq）被一九四七年諾貝爾文學獎得主安德列・紀德（André Gide，1869～1951）譽為「偵探小說之父」。

27

兩三個星期過去了。有天早上，手頭的工作暫時處理之後，我想可以給自己放一天假，於是去了羅浮宮。我就隨意走走，看看那些早已瞭若指掌的畫作，悠然地在它們的意象中神遊。我漫步進那條長廊，突然看到了斯特羅夫。我笑了起來，因為他那矮矮胖胖的身形和膽小怕事的神態總是讓人忍俊不禁。走到他身邊時，我發現他的表情異常落寞。他看上去非常淒慘，然而又很滑稽，就像有個穿戴整齊的人失足落水，被救上岸之後驚魂未定，卻又怕別人把他當成傻瓜那樣。他轉過身來，眼睛盯著我看，但我發現他其實沒有看見我。他的眼鏡後面那雙圓圓的藍眼睛顯得很憂鬱。

「斯特羅夫。」我說。

他先是吃了一驚，然後笑了起來，但他笑得很悲傷。

「你為何這樣失魂落魄地在這裡瞎逛呀？」我興致勃勃地問。

「我很久沒到羅浮宮來啦。我想看看他們有沒有展出新作品。」

「但你跟我說過你這個星期有幅畫要完成的啊。」

「我的畫室給史崔克蘭用了。」
「怎麼回事？」
「是我自己提出來的。他身體還沒完全好，不能回到他自己的地方去。我想我們可以一起在那裡畫畫。蒙馬特區有許多畫家共用一個畫室。我想這應該會很有趣。我總是覺得人在工作累了之後，能有個同伴可以聊天是很快樂的事情。」
他這番話說得很慢，說完一句就尷尬地沉默片刻，同時他那雙友善而愚蠢的眼睛一直盯著我看。它們充滿了淚水。
「我想我還是不知道怎麼回事。」我說。
「畫室裡有別人在的話，史崔克蘭沒法畫畫。」
「操他媽的，那是你的畫室啊。他得自己想辦法去。」
他可憐兮兮地看著我。他的嘴唇不停地發抖。
「到底怎麼啦？」我聲色俱厲地問。
「他不肯讓我繼續畫畫。他要我走開。」
「但你為什麼不叫他去死？」
「他把我趕出門。我不能真的跟他爭起來啊。他把我的帽子也丟出來，然後把門鎖上。」

我覺得史崔克蘭太過分了，也很生我自己的氣，因為德爾克・斯特羅夫扮演的角色實在太過滑稽，我忍不住想笑。

「但你太太是怎麼說的呢？」

「她當時出去買菜了。」

「他會讓你太太進門嗎？」

「我不知道。」

我費解地看著斯特羅夫。他站在那裡活像一個剛受老師批評的小學生。

「我幫你去把史崔克蘭趕走怎麼樣？」我問。

他有點吃驚，那張閃閃發光的臉漲得通紅。

「不要啦。你最好什麼都別管。」

他朝我點點頭，隨即走開了。顯然有某些原因促使他不想跟我討論這件事。我不知道那是什麼。

28

真相在一個星期之後大白了。那天晚上我獨自去某家餐廳吃飯，回到我那套小公寓後就坐在客廳裡看書。大約是在十點鐘，我聽到叮叮噹噹的門鈴聲，於是走進門廳，把門打開。斯特羅夫站在我面前。

「我能進來嗎？」他問。

走廊很昏暗，我看不清他的樣子，但他說話的語氣讓我覺得很奇怪。我知道他喝酒向來很節制，否則我會認為他是喝醉了。我把他領進客廳，請他坐下。

「感謝上帝，我終於找到你了。」他說。

「你怎麼啦？」我問，看他心神激蕩的樣子，我感到很吃驚。

這時我能看清楚他了。平常他總是乾乾淨淨的，但這時卻是衣衫不整。他突然變得很邋遢。我相信他剛才肯定喝酒了，我笑了起來。我準備取笑他幾句。

「我不知道該去哪裡，」他激動地說，「我剛才來過，但你不在家。」

「我很晚才出去吃飯。」我說。

我改變了想法：酒精並非導致他如此絕望的罪魁禍首。他原本紅潤的臉這時很奇怪地變得青一塊白一塊。他的手正在發抖。

「發生什麼事了嗎？」我問。

「我妻子離開我了。」

他費了很大勁才把這幾個字說出口。他有點哽咽，眼淚開始嘩嘩地流淌過他胖嘟嘟的臉頰。我不知道該說什麼。我的第一個想法是，她再也忍受不了斯特羅夫對史崔克蘭那樣百依百順，再加上史崔克蘭總是冷嘲熱諷的，她堅決要將其趕走。我知道她平素雖然溫良賢淑，但發起脾氣來也很不可理喻，假如斯特羅夫拒絕她的想法，她很可能會怒形於色地衝出畫室，發誓從此不再回來。但看到這個小胖子如此痛苦，我不能再取笑他了。

「親愛的朋友，別不高興啊。她會回來的。女人在氣頭上說的話，你千萬不能當真。」

「你不知道。她愛上了史崔克蘭。」

「什麼！」我開始嚇了一大跳，但我想都不用想，很快就明白這是很荒謬的。「你不會這麼傻吧？難道你在吃史崔克蘭的醋嗎？」我差點笑了，「你非常清楚的，她看到史崔克蘭就受不了。」

「你不明白的。」他痛苦地說。

「你這個歇斯底里的豬頭，」我有點不耐煩地說，「我來給你倒杯威士忌蘇打，你喝掉就好啦。」

我猜也許是出於某種原因（天知道男人折磨自己的本領有多麼高明），德爾克莫名其妙地認為他妻子愛上了史崔克蘭，而他那喜歡小題大做的德性很可能惹惱了他妻子，也許是為了氣他，他妻子故意跟史崔克蘭眉來眼去，讓他更加疑神疑鬼。

「喂，」我說，「我們回你的畫室去吧。如果你做錯事，那你必須去道歉的。我覺得你妻子不是那種斤斤計較的人。」

「我怎麼回得了畫室呢？」他委頓地說，「他們在那裡啊。是我離開他們的。」

「那就不是你的妻子離開你囉，而是你拋棄了你的妻子。」

「看在上帝的份上，請你別這樣跟我說話。」

我對他還是不以為然。我根本不相信他剛才說的話。但他真的非常難過。

「好吧，你既然到這裡來跟我談這件事，最好還是把來龍去脈講清楚。」

「今天下午我再也忍受不了。我走到史崔克蘭面前，我說他是時候回到他自己的地方去了。我自己想要在畫室裡工作。」

「換了別人早就走了啊，」我說，「史崔克蘭怎麼說？」

「他笑了一下，你知道他笑起來是什麼樣子，彷彿那不是因為他有好笑的事情，而是因為他覺得你是個該死的大傻瓜，他說他馬上就走。他開始收拾行李。你也記得的，我從他家裡拿了些我認為他會需要的東西。他讓布蘭琪給他拿一張紙和幾根繩子，好讓他把東西包起來。」

斯特羅夫說到這裡停了下來，不停地喘著氣，我以為他就要昏倒了。我萬萬沒想到他要告訴我的竟然是這麼一個故事。

「她的臉色非常慘白，但她拿來了紙張和繩子。他什麼話也沒說。他把東西捆好，自顧自地吹著口哨。他不看我們兩個。他的眼睛含著嘲弄的笑意。我的心情很沉重。我感覺事情有點不妙，很後悔剛才開口叫他走。他回頭找他的帽子。然後布蘭琪說話了。『我要跟史崔克蘭走，德爾克，』她說，『我跟你過不下去了。』我想要說話，卻半句也說不出口。史崔克蘭沒有說話。他繼續吹著口哨，好像這事跟他沒有任何關係。」斯特羅夫又停下來，他擦了擦臉。我默默無語。這時我相信他了，我很震驚，但我還是不明白到底怎麼回事。

然後斯特羅夫聲淚俱下地跟我說他如何走到他妻子身邊，試圖去擁抱她，但她躲開了，求斯特羅夫別碰她。斯特羅夫哀求她不要拋棄自己。他告訴布蘭琪自己有多麼地愛她，為她做過多少事情。他提起他們的生活是多麼地幸福。他不會生她的氣，也不會責怪她。

「求求你讓我安靜地離開吧，德爾克，」她最後說，「你不知道我愛的是史崔克蘭嗎？他去哪裡，我就去哪裡。」

「但你肯定知道他不會給你幸福的啊。為了你自己著想，請你別走。你不知道你將來會遇到什麼事情。」

「這是你的錯，是你非要讓他來的。」

他轉身看著史崔克蘭。

「你可憐可憐她吧，」他哀苦地說，「你不能讓她做出這種瘋狂的事情。」

「她可以做她想做的事情，」史崔克蘭說，「我可沒有逼她跟我走。」

「我已經下定決心了。」她冷冷地說。史崔克蘭這種令人發火的冷靜使得斯特羅夫再也控制不住自己。怒火中燒的他喪失了理智，猛然朝史崔克蘭撲上去。史崔克蘭措手不及，倒退了幾步；但他雖然大病初癒，力氣還是非常大，片刻過後，斯特羅夫還沒搞清楚怎麼回事，就發現自己已經躺在地上。

「你真是個滑稽的小矮子。」史崔克蘭說。

斯特羅夫掙扎著站起來。他發現他妻子居然還是顯得若無其事，而剛才在她面前出醜更讓他覺得屈辱。他的眼鏡在扭打中不知道掉哪裡去了，他一時找不到。布蘭琪把眼鏡撿起來，默默地遞給他。他似乎突然意識到自己的不幸，於是開始號啕大哭，儘管他明明知道這樣會讓自己變得更加可笑。他用雙手捂著臉。另外兩個人默默地看著他，他們動都沒有動。

「親愛的，」他最後哽咽著說，「你怎麼可以這樣狠心啊？」

「我控制不住自己，德爾克。」她回答說。

「我很崇拜你，世上沒有其他女人受到過這種崇拜。如果我做了什麼事惹你不高興，你為什麼不告訴我啊，我會改的。為了你，能做到的事我都願意做。」

她沒有回答。她的臉毫無表情，斯特羅夫發現他這番話非但沒有打動她，反而讓她很討厭。她穿上外套，戴上帽子，向門口走去。斯特羅夫知道再過片刻她就會一去不返，所以趕緊追上她，跪在她面前，抓住她的雙手：他已經拋下了所有的自尊。

「不要走啊，親愛的。我不能沒有你，我會殺了我自己的。如果我做了冒犯你的事，我求你原諒我。再給我一次機會。我會更加努力地讓你幸福。」

「起來吧，德爾克。你這是在丟人現眼。」

他搖搖晃晃地站起來，但不肯放她走。「你要去哪裡？」他急促地說，「你不知道史崔克蘭住的地方是什麼樣。你不能住在那裡。那太可怕了。」

「我自己都無所謂，你瞎操什麼心啊。」

「先別走。我有話要說。不管怎麼樣，你要聽我把話說完。」

「你再說有什麼用呢？我已經拿定主意了。無論你說什麼我都不會回心轉意。」他倒抽了一口氣，把手放到胸口，因為他的心痛得厲害。「我不是要求你改變主意，而是希望你再聽我說幾句話。這是我最後求你的事情。請你別拒絕我。」

她站住了，用那種深沉的眼神看著斯特羅夫。斯特羅夫覺得這種眼神變得非常陌生。她回到畫室，站在桌子旁邊。

「說吧。」

斯特羅夫費了很大勁才鼓起勇氣。

「你必須理智一點。你不能喝西北風啊，這你也知道的。史崔克蘭沒有錢的。」

「我知道。」

「你會嘗盡各種苦頭的。你知道他為什麼很久才恢復健康嗎？那是因為他一直過著半挨餓的生活。」

「我可以賺錢養他。」

「你怎麼賺錢？」

「我不知道。我會想辦法的。」

荷蘭人腦海中閃過一個可怕的念頭，他不禁渾身發抖。

「我想你肯定是瘋了。我不知道是什麼迷住了你的心竅。」

她聳了聳肩膀。

「我可以走了嗎？」

「再等一秒鐘。」

他淒然地環視著他的畫室，他很愛這個地方，因為布蘭琪曾經讓它顯得那麼美好、那麼溫馨。他短暫地閉上眼睛，然後他深深地看了一眼，彷彿要把她的模樣印在腦海裡。他站起來，拿了他的帽子。

「你別走，我走。」

「你走？」

她嚇呆了。她不知道這是什麼意思。

「我不忍心讓你去住那個可怕、骯髒的閣樓。這裡是我的家，但畢竟也是你的家。住在這裡你會舒服一些。至少你不用去吃那些飢寒交迫的苦頭。」

他走到他存錢的抽屜旁邊，拿出了幾張鈔票。

「我願意把我所有的錢分給你一半。」他把鈔票放在桌子上。他的妻子和史崔克蘭都沒有說話。

然後他想起了別的東西。

「你能把我的衣服收拾好放到前臺嗎？我明天會過來拿。」他勉強地笑了，「再見，親愛的，謝謝你從前給了我那麼多的幸福。」

他走了出去，順手把門關上。在我的想像裡，我看到史崔克蘭把他的帽子丟在桌子上，然後坐下來，開始抽一根菸。

29

我沉默良久，思考著斯特羅夫跟我說的話。我受不了他的軟弱，他也看出來我很不滿。「你和我都知道史崔克蘭的日子是怎麼過的，」他用顫抖的聲音說，「我不能讓她生活在那種環境裡——我就是不忍心。」

「那是你的事情。」我回答說。

「如果是你，你會怎麼做？」他問。

「走是她自己要走的。如果她到時有什麼不如意，那也是她活該。」

「是的，但你知道，你並不愛她。」

「你還愛著她嗎？」

「唉，比以前更愛啊。史崔克蘭不是那種能給女人幸福的男人。他們的關係維持不了多久。我希望她知道我永遠不會讓她失望。」

「你是說如果她痛改前非，你還肯接受她嗎？」

「我會毫不猶豫地接受她的。唉，到時她會比以前更加需要我。如果她感到孤獨、屈辱和傷心，又沒有地方可去，那就太可怕啦。」

他似乎不知憎恨為何物。像我這種凡夫俗子，看到他如此沒有骨氣，心裡實在是有點惱火。他可能猜到了我的心意，因為他隨即說：「我不能妄想她會像我愛她那樣愛我。我是個小丑。我不是女人心目中的白馬王子。這我向來是知道的。就算她愛上史崔克蘭，我也不能怪她。」

「你肯定是我認識的人中最沒有自尊心的。」我說。

「我愛她遠遠多過愛自己。我覺得如果你在談戀愛的時候還講自尊心，那原因只有一個，其實你最愛的是你自己。不管怎麼說，男人結婚之後出軌是很常見的事情，等他玩夠了，他就會回到他的妻子身邊，而他的妻子會接受他回家，大家都認為這種事情很正常。女人為什麼不能像男人這樣呢？」

「你的說法很符合邏輯，」我笑著說，「但大多數男人的想法和你不同。他們無法接受這種事情。」

但我在和斯特羅夫說話的時候感到很困惑，因為這整件事情發生得太突然。我無法想像他事先會沒有發現什麼蛛絲馬跡。我想起了我曾在布蘭琪．斯特羅夫眼裡看到那種奇怪的神色，也許那意味著她已經隱約意識到她心裡產生了一種讓她感到意外和警惕的感情。

「在今天之前，你沒有懷疑過他們之間的關係嗎？」我問。

他沒有馬上回答。桌子上有支鉛筆，他拿起來，下意識地在吸墨紙上畫了個頭像。

「如果你討厭我向你提問，你就直說吧。」

「我說出來心裡好受點。唉，你不會知道我心裡有多痛苦。」他拋下鉛筆。「是的，我兩個星期前就知道了。我比她還早知道。」

「那你怎麼不把史崔克蘭打發走呢？」

「我不敢相信。我覺得那是不可能的。她本來看到史崔克蘭就討厭。那非但不可能，而且讓人不敢相信。我以為那只是我的妒忌心在作祟。你知道的，我的妒忌心向來很強，但我學會了不表現出來。我妒忌每個她認識的人，我甚至連你都妒忌。我知道她並不像我愛她那麼愛我。那是很自然的，對吧？但她允許我愛她，我已經覺得很幸福了。我強迫自己到外面去，每次待上幾個小時，留下他們兩個人在家裡。我覺得懷疑她降低了我的人格，我想要懲罰自己。當我回去時，我發現他們不希望我在家——史崔克蘭倒無所謂，我在不在家他都不關心，但布蘭琪並不願意我回家。我親她的時候，她渾身發抖。等到我終於確定他們有私情時，我不知道該怎麼辦。我知道如果我大吵大鬧，那只會讓他們嘲笑。我想如果我閉上嘴巴，假裝什麼也沒看到，那就沒有事了。我決定要心平氣和地請他走，不要跟他爭吵。唉，你不會知道我承受了多少痛苦！」

然後他又跟我說他請史崔克蘭走人的事情。他精心挑選了合適的時機，努力裝作若無其事，但他的聲音忍不住發抖。他本來想把話說得歡快而友好，結果卻流露出妒忌的痛苦。他沒想到史崔克蘭馬上就同意了，並且開始收拾行李；但他最想不到的是，他的妻子竟然決定要跟史崔克蘭走。我看得出來他很後悔，他真希望自己能夠隱忍不發。他寧可承受妒忌的折磨，也不願體驗分別的痛苦。

「我想殺了他，結果只是丟人現眼。」

他沉默了很久，我知道他在想什麼；他最後還是把他的想法說出來了。

「要是我再等等，事情也許就過去了。我不應該如此沉不住氣的。唉，可憐的孩子，我怎麼能這樣逼她呢？」

我聳了聳肩膀，但沒有說話。我對布蘭琪．斯特羅夫沒有好感，但知道如果我把我對她的真實想法說出來，那只會讓可憐的德爾克感到痛苦。

他要說的話都已說完，但又不肯住嘴。他反覆地講述那個場景。他忽而想起來有件事還沒告訴過我，忽而又討論當時應該說這句話而不是說那句話，然後又為自己的盲目而痛心。他很後悔自己做了這件事，責怪自己忽略了那件事。夜色越來越深，到最後我和他都累了。

「你現在準備怎麼辦？」我最後說。

「我還能怎麼辦啊？只能等她來找我啊。」

「你為什麼不到外地去呢？」

「不，那不行，我必須在這裡，免得她需要我的時候找不到我。」

目前他似乎很茫然，他沒有任何計畫。我建議他上床的時候，他說他睡不著，他想要到外面的街道去走走，一直走到天亮。但他這種狀態我顯然不能丟下他不管。我說服他留在我家過夜，把我自己的床讓給他。我在客廳裡有張長沙發，完全可以睡在上面。這時他已經疲累不堪，無力抗拒我堅決的要求。我給他吃了安眠藥，保證他能好好睡上幾個小時。我想這是我能提供給他的最好的幫助了。

30

但我為自己準備的這張床很不舒服，導致我徹夜難眠，輾轉反側地思考著荷蘭人跟我說的那番話。布蘭琪．斯特羅夫的行為並沒有讓我很困惑，因為我覺得那純粹是生理吸引的結果。我想她從來沒愛過她的丈夫，我曾以為她愛，但那無非是女性對愛護和關懷的反應，絕大多數女人以為那就是愛。那是一種被動的感情，對任何男人都可以產生，就好像藤蔓，依附在任何樹木上都能夠生長。在世俗的人眼裡，它是可取的，因為它會促使女孩嫁給想要她的男人，相信婚後能夠日久生情。那種感情的成分很複雜，包括衣食無憂帶來的滿足，家財殷實激發的驕傲，受人愛慕引起的愉悅，以及之子于歸造就的稱心，只有徒慕虛榮的女人才會認為這樣的感情也有高尚的價值。面對情欲的衝擊，這種感情是毫無抵禦之力的。我懷疑布蘭琪．斯特羅夫最早那麼強烈地討厭史崔克蘭，可能是有性吸引的因素在起作用。但性愛是極其複雜的，我又有什麼本事去揭開它的神祕面紗呢？也許斯特羅夫的熱情激起卻未能滿足她的這部分天性，而她討厭史崔克蘭，是因為她知道史崔克蘭有能力滿足她的欲求。當初她極力反對她丈夫把史崔克蘭帶到畫室去，我想她還是十分誠實的，她應該是很害怕史崔克蘭，雖然她自己不知道為什麼，我記得她曾預言會有災難要發生。我想她其實是受到某種神奇的移情效應的影響，與其說她害怕史崔克蘭，倒不如說她害怕她自己，因為史崔克蘭讓她莫名其妙地感到心煩意亂。他的外表狂放而粗野，有著冷漠的眼睛和性感的嘴唇，身材既高大又強壯。可能她和我一樣，也覺得史崔克蘭身上有某種邪惡的氣質，讓人想起遠古時代、靈肉未分時那種半人半獸的原始生命。假如史崔克蘭觸動了她的感情，那麼她或者熱愛他，或者憎恨他，此外別無選擇。而剛開始時她特別憎恨史崔克蘭。

我想後來在日常的親密接觸中，她對病人產生了奇妙的感情。她扶著病人的頭餵飯，感覺到他的頭很沉重；餵過飯後，她擦淨病人性感的嘴巴和紅色的鬍鬚。她替他擦洗四肢，它們長滿了濃密的體毛；當她擦乾病人的雙手時，她發現雖然生病了，那雙手依然強健有力。他的十指很修長，那是能幹而靈巧的藝術家之手，我不知道它們讓她心裡蕩漾起什麼樣的漣漪。他睡著時非常安詳，紋絲不動，好像死了那樣；他就像叢林裡的猛獸，經過漫長的追捕後正在休息。她很好奇他正在經歷著什麼樣的夢境。他是不是夢到仙女正在希臘的森林裡飛奔，而森林之神薩緹[1]在後面緊追不捨？她健步如飛地沒命奔逃，但薩緹越追越近，直到她的脖子能感覺到他炙熱的鼻息，她依然默默地逃跑著，而他則默默地追趕著；最後當薩緹把她抓住時，她心裡翻湧著的是恐懼還是狂喜？

布蘭琪．斯特羅夫渾身欲火如焚。她可能還是很討厭史崔克蘭，但又渴望得到他，綱紀倫常、夫妻之情等全都被她拋諸腦後。她不再是原來那個既賢淑又乖戾、既細心又輕率的複雜女人；她變成了梅納德斯[2]。她變成了欲望的化身。

但這可能純粹是我毫無根據的臆測，也許她只是厭倦了她的丈夫，她接近史崔克蘭完全是出於好奇，不帶任何感情色彩。她對史崔克蘭可能沒有特殊的感覺，只是因為接觸過密或者寂寞無聊才屈從於他的欲望，結果卻發現自己作繭自縛、弄假成真。我怎能知道她那寧靜的眉頭和灰色的眼睛後面到底隱藏著什麼想法呢？

但儘管人們在探討人類這種如此難以捉摸的生物時無從獲得定論，布蘭琪・斯特羅夫的行為終究還是可以得到某些合乎情理的解釋的。然而對於史克崔蘭，我就完全無法理解了。我冥思苦想，卻無論如何也搞不清楚他這次的表現何以會如此反常。他如此冷酷無情地辜負朋友的信任倒不足為奇，他為了一時之興而不惜讓別人萬分痛苦也並不奇怪。他的性格就是這樣的。他這個人完全不知感恩為何物，他也沒有同情心。我們大多數人共有的情感，在他身上就是不見蹤影，而責怪他缺乏這些情感就像責怪老虎兇殘暴虐那樣荒謬。但他何以會跟布蘭琪・斯特羅夫好上，這

1 薩緹（Satyr）是希臘神話中的半獸人，有人的容貌和軀幹，同時有馬的尾巴、耳朵、雙腳和陽具。薩緹是酒神戴奧尼索斯（Dionysus）的男隨從，象徵著性欲。

2 梅納德斯（Maenads）是希臘神話中酒神狄俄尼索斯（Dionysus）的女隨從，象徵著瘋狂。

真是讓我百思不得其解。

我不相信史崔克蘭會愛上布蘭琪．斯特羅夫。我不相信他會愛上任何人。在愛這種感情裡，溫柔是至關重要的組成部分，但無論對人還是對己，史崔克蘭都不懂溫柔。愛需要有自甘示弱的姿態，有保護對方的願望，有樂於奉獻的精神，有取悅別人的心理——總而言之，愛需要無私忘我，或者至少需要把自私隱藏得不露痕跡，而且愛也需要矜持。所有這些性格特徵都是我在史崔克蘭身上看不到的。愛是全心全意，只有全情投入才能成為合格的愛人；戀愛中的人頭腦再清楚也不會承認——儘管他可能心裡也明白——他的愛終有一天會結束；愛需要山盟海誓，儘管知道一切無非是鏡花水月，但他迷戀這種海市蜃樓，而對現實視若無睹。愛使他變得更加高尚，也使他變得更加卑賤。他不再是他自己。他不再是一個人，而是變成了一樣東西、一件工具，用於追求某個他自己所不瞭解的目標。愛從來不缺乏多愁善感，而在我認識的人當中，史崔克蘭是最為鐵石心腸的人。我不相信他會承受那種患得患失的愛情折磨，他永遠不會忍受外來的約束。如果有什麼東西阻礙了他心裡那種令人難以理解的熱烈欲望，那種催促他走向某個連他自己也不知道的目標的熱烈，我相信他會毫不猶豫地將這種東西從心裡連根拔起，哪怕為此而弄得苦惱不堪、遍體鱗傷他也在所不惜。假如我前面對史崔克蘭給我留下的複雜印象的描寫還算成功的話，那麼我似乎可以很有把握地說，我覺得他這個人既偉大又渺小，是不可能愛上什麼人的。

但我想每個人都是根據自己的特殊情況去理解愛情，所以愛情觀念是因人而異的。像史崔克蘭那種人，也許會有特殊的戀愛方式吧。想對他的感情進行分析是徒勞無功的。

31

第二天，雖然我極力挽留，斯特羅夫還是走了。我提議替他去畫室拿東西，但他執意要親自去。我想他是指望他們忘了幫他把行李收拾好，那他就有機會再見到他的妻子，也許還能勸得她迷途知返。但他發現幾個包裹就在公寓大堂恭候他，門房說布蘭琪出門了。我懷疑他忍不住向那個女人大倒苦水。我發現他逢人便訴說他的不幸，希望能得到同情，卻只引來嘲笑。

他把自己弄得非常不成體統。他知道他的妻子什麼時候會去買菜，有一天，他再也忍受不了那麼長時間沒和她見面，便到街頭去攔截她。他妻子不肯跟他說話，但他還是喋喋不休。他滔滔不絕地為所有曾經對不起他妻子的事情道歉，他說他還是癡心不改地愛著他妻子，哀求他妻子回到他身邊，他妻子大步流星地向前走，看都不看他一眼。我彷彿看到他拚命邁著兩條肥胖的小短腿從後面趕上的滑稽樣子。他喘著氣不停地追趕，說起他有多麼傷心難過，哀求他妻子可憐可憐他，只要他妻子肯原諒他，他保證可以滿足其所有的願望。他承諾帶他妻子去旅行。他說史崔克蘭很快就會心生厭煩。他向我重述這幕自甘下賤的鬧劇時，我實在氣得不行。他表現得既沒有腦子，又沒有尊嚴。凡是能夠讓他妻子鄙視他的事情，他一件不差都做了。女人對自己不愛的癡心漢是最殘忍的，她沒有和善的態度，也沒有容忍的量度，她有的只是攻心的怒火。布蘭琪．斯特羅夫突然停下腳步，使盡渾身力氣甩了她丈夫一巴掌。她趁斯特羅夫當場愣住的機會趕緊逃走，匆忙跑上通往畫室的樓梯。她自始至終沒有說過話。

在告訴我這件事時，他用手捂著臉，彷彿那裡還是火辣辣的痛，而他的雙眼則流露著令人心酸的痛苦和滑稽可笑的驚訝。他看上去像個挨了訓的小學生，我雖然替他感到難過，但也忍不住想笑。

後來他就在他妻子去商店買東西的必經之路上流連，他會站在拐角處，從馬路對面看著他妻子走過。他不敢再跟他妻子說話，而是用那雙圓眼睛可憐兮兮地望著她。我想他大概以為這副淒慘的模樣能夠打動他妻子的心。但他妻子從來都是對他視若無睹。她甚至連出來買東西的時間都不改，路線也沒有換。我覺得她這種冷漠之中有某些殘忍的意味。也許她就是以折磨斯特羅夫為樂。我很奇怪她為什麼會如此憎恨她的丈夫。

我求斯特羅夫放聰明點。他這種缺乏骨氣的表現實在令人惱火。

「你繼續這樣做根本沒有任何好處，」我說，「我覺得更明智的做法是拿根棍子去打破她的頭，那她就不會像現在這樣瞧不起你啦。」

我建議他不妨回老家住一陣子。他以前經常向我提起那個安靜的小城，位於荷蘭北部某個地方，他的父母仍在那裡生活。他們家很窮。他的父親是木匠，他們住的是一座古老的紅磚樓，雖然小，但是很整潔，就在一條流水潺湲的運河邊。那裡的街道很寬闊，行人車輛也少。過去兩百年來，那個地方日漸沒落，但城裡的建築依然是當年那麼莊嚴肅穆。許多富商巨賈不停地將他們的貨物運到遙遠的印度群島，在那些建築裡過著安寧而豐裕的生活，他們雖然家道已經中落，卻還保留著往昔的輝煌氣派。你可以順著運河漫步，沿途會看見寬廣的綠色田野，散落著星星點點的風車，還有黑白相間的乳牛在慵懶地吃草。我想在這樣的環境裡，再加上他童年的記憶，德爾克．斯特羅夫應該能夠忘記他的不幸遭遇，但他不肯走。

「我必須留下來，等她需要我的時候，我就隨時可以幫忙，」他又是原來那句話，「如果發生了什麼可怕的事情，我又不在她身邊，那就太糟糕啦。」

「你覺得會發生什麼事情呢？」我問。

「我不知道。但我很害怕。」

我聳了聳肩膀。

德爾克．斯特羅夫儘管很痛苦，但依然顯得特別可笑。假如他變得憔悴瘦弱，也許還能引發別人的同情。但他卻不是這樣的。他還是那麼胖，那張紅色的圓臉像熟透的蘋果似的閃閃發亮。他原本就是個講究衣著的人，這時依然穿著瀟灑的黑外套，戴著對他來說有點偏小的圓禮帽，看上去既精明強幹又時髦漂亮。他正處在中年發福的階段，悲傷對此毫無影響。他比以前更像一個生意興隆的旅行推銷員。當人的外表和他的靈魂如此不相稱，那是很苦惱的事情。德爾克·斯特羅夫的感情像羅密歐，可是他的身體卻像托比·培爾區爵士[1]。他生性和藹大方，卻總是好心辦錯事；他對美麗的事物有真摯的感情，卻只能創造出平庸的東西；他的感情特別細膩，舉止卻是那麼的粗魯。他在處理別人的事務時很有謀略，但對自身的麻煩卻一籌莫展。造化開的這個玩笑真是殘忍，居然給他灌注了這麼多自相矛盾的性格特徵，還讓他獨自面對這個冷酷得讓他迷惑的宇宙。

1 托比·培爾區爵士（Sir Toby Belch）是莎士比亞的喜劇《第十二夜》中一個喜劇的角色，通常認為這是莎士比亞刻畫最成功的喜劇角色之一。

32

我有幾個星期沒看見史崔克蘭。我很討厭他，假如有機會的話，我非常樂意把我的想法告訴他，但我也犯不著為了這件事專門去找他。我這個人向來不敢以衛道人士自居，因為這種做法總是有點自鳴得意的味道，會讓有幽默感的人覺得你是在裝模作樣。除非實在是氣壞了，否則我是不願意讓人看笑話的。再說史崔克蘭這人嘲諷起人來不留情面，在他面前我千萬不能擺出這種姿態。

但某天晚上，我在克利希大道上漫步，走到史崔克蘭常去而我再也不去的那家咖啡館門口時，竟然碰到他了。他身邊是布蘭琪．斯特羅夫，他們剛要走向史崔克蘭最喜歡的角落。

「你這麼多天跑哪裡去啦？」他說，「我想你肯定出遠門了。」

他的殷勤證明他知道我根本不想搭理他。這種人根本不值得你跟他講禮貌。

「沒有，」我說，「我哪裡都沒去。」

「那你怎麼就不來這裡了呢？」

「巴黎又不是只有這家咖啡館，想消磨時間到哪家都一樣。」

布蘭琪主動跟我握手，並跟我打了個招呼。不知道怎麼回事，我原本以為她的樣子會有所改變，但她穿著的還是那條灰色裙子，既整潔又漂亮，她的眉頭很舒展，眼睛也很明亮，依然是我以前經常看到的那個在畫室操持家務的她。

「來下棋吧。」史崔克蘭說。

我不知道當時為什麼沒想起來要拒絕他。我陰沉著臉跟著他們來到史崔克蘭喜歡坐的那張桌子，他讓服務生拿來棋盤和棋子。看到他們安之若素的神態，我也只好泰然處之了，否則會顯得很可笑。斯特羅夫太太不露聲色地看我們下棋。她沒有說話，但她向來是很沉默的。我看看她的嘴巴，想發現一個讓我能猜測她心中感受的表情；我望望她的眼睛，想抓住某種洩漏出羞恥或痛苦的神色；我瞧瞧她的眉頭，想尋找幾道表明她的感情正在流失的皺紋。可惜她的臉就像面具般木然。她的雙手交疊著放在膝蓋上，絲毫沒有動彈。但根據我聽到的那些事，她應該是個敢愛敢恨的女性；德爾克那麼癡心地愛著她，她卻惡狠狠地打了他耳光，這說明她脾氣很暴躁，心腸也很狠毒。她明知跟著史崔克蘭不會有好日子過，卻心甘情願地拋棄她丈夫庇護下的安樂窩，以及衣食無憂的舒適生活。這表明她有喜歡冒險的天性，也能夠吃苦耐勞；後面這種性格倒是很好理解，因為她原先就把家庭打理得很好，又熱愛做各種家務雜活。她肯定是個性格非常複雜的女性，這種複雜的性格和她賢淑的外表構成了很強烈的對比。

這次意外的邂逅讓我感到很興奮，但我在思緒萬千之餘，還是儘量把注意力集中在棋局上。我總是使盡渾身解數去打敗史崔克蘭，因為這個人很鄙視他手下的敗軍之將，他那副趾高氣揚的德性會讓你輸得更加難受。但話又說回來，每當輸棋他倒是頗有敗也欣然的風度。他是糟糕的獲勝者，也是很好的失敗者。有些人相信棋品如人品，他們也許能從這裡得到某些微妙的結論。

下完棋後，我叫服務生過來，付清了酒帳，便和他們告辭了。這次偶遇很是平常。他們沒有說過什麼值得我深思的話，我所做的猜測都是毫無根據的。我很好奇。我搞不清他們的關係到底怎麼樣。要是靈魂能夠出竅就好啦，那我就可以到畫室裡看他們私底下如何相處，都談論些什麼。反正在這方面我的想像力完全沒有用武之地。

33

兩三天後，德爾克．斯特羅夫到我家裡來。

「我聽說你見過布蘭琪。」他說。

「你是怎麼知道的？」

「有人告訴我的，那人看到你和他們坐在一起。你為什麼不跟我說呢？」

「我覺得那只會讓你感到痛苦。」

「就算我感到痛苦，那有什麼關係啊？你必須知道，有關她的事情，哪怕再瑣碎我也想聽啊。」

我等著他向我提問。

「她現在看上去怎麼樣？」

「完全沒有變化。」

「她快樂嗎？」

「我哪裡知道啊？當時我們在咖啡館裡，我們在下棋，我沒有機會和她說話。」

「唉，你從她臉上看不出來嗎？」

我搖搖頭。我只好告訴他，他妻子無論是言談還是舉止都沒有洩漏出任何感情。他肯定比我更瞭解他妻子的自制力。他激動地合上雙手。

「唉，我非常害怕。我知道會有事情要發生，很可怕的事情，而我卻沒有辦法阻止它。」

「是什麼事情呢？」我問。

「我不知道，」他雙手抱頭，唉聲歎氣地說，「反正我預感到會發生可怕的災難。」

斯特羅夫向來很容易激動，但這時簡直有點精神失常，完全不可理喻。我想將來布蘭琪・斯特羅夫非常有可能發現她再也忍受不了史崔克蘭，但那句自作自受的成語是最沒有道理的。生活的經驗表明，有些人不斷地去做那些必定會闖禍的事情，然而他們卻總是有機會避免自食其果。布蘭琪將來就算跟史崔克蘭反目成仇、各奔東西，那她也沒什麼好怕的，因為她的丈夫正在誠惶誠恐地等待著，願意不計前嫌地原諒她。反正我是不準備同情她的。

「你知道的，他並不愛她。」斯特羅夫說。

「不管怎麼說，沒有證據表明她過得不快樂。我們只知道他們可能已經像平常的夫妻那樣過起日子來了。」

斯特羅夫哀怨地瞪了我一眼。

「你當然覺得無所謂了，但對我來說那是很重要的，是非常重要的。」

我覺得剛才那樣不耐煩和不嚴肅有點對不起他。

「你願意幫我個忙嗎？」斯特羅夫問。

「願意啊。」

「你能替我寫封信給布蘭琪嗎？」

「你自己為什麼不寫呢？」

「我已經寫過很多封。我並沒有指望她回信。我相信她看都不會看。」

「你沒有考慮到女人的好奇心吧。你認為她能忍住不拆開看嗎？」

「她能的，她對我沒有好奇心。」

我瞟了他一眼。他垂下頭。他這句回答在我聽來有點自慚形穢。他很清楚布蘭琪對他已經冷漠到了極點，就算看到他的親筆信也不會有任何反應。

「你真的認為她會回到你身邊嗎？」我問。

「我想讓她知道，假如遇到不如意的事情，她可以來找我。我就是想讓你告訴她這句話。」

我抽出一張信紙。

「你到底希望我怎麼說？」

下面是我寫的信：

親愛的斯特羅夫太太：德爾克希望我告訴你，無論在什麼時候，只要你需要他，他都非常樂意為你效勞。至於已經發生的事情，他對你完全沒有怨言。他對你的愛是不會改變的。你隨時可以到下面這個地址找他——

34

但我雖然同意斯特羅夫的看法，認為史崔克蘭和布蘭琪不會有好結果，卻萬萬沒料到他們的關係竟然會以那樣的悲劇收場。夏天來了，又悶又熱，連夜裡也沒有涼意，人們疲倦的神經得不到休息。受過烈日炙烤的街道似乎正在將白天吸收的熱量散發出來，行人紛紛拖著沉重的步履從上面走過。我已經有幾個星期沒見到史崔克蘭。我要做的事情很多，沒空去想他和他的風流韻事。至於德爾克，他那些空洞的怨言哀聲開始讓我覺得很厭煩，我有意避免和他接觸。這件事太齷齪了，我不想再和它扯上關係。

某天早晨，我正在寫作。我穿著睡衣坐在書桌前。但我並沒有專心寫作，而是浮想聯翩，神遊到布列塔尼半島陽光燦爛的沙灘和空氣清新的大海。門房給我帶來了咖啡歐蕾[1]和可頌麵包，咖啡我喝光了，麵包卻吃不完，和空碗一起擺在桌子上。我聽見服務生在隔壁替我把浴缸裡的水放

1 咖啡歐蕾（Café au lait）是一種法式咖啡飲料，往沖調好的咖啡加入熱牛奶攪拌而成；它和義大利拿鐵的主要區別有兩點：咖啡歐蕾用陶杯或者陶碗裝盛，而拿鐵則用玻璃杯；拿鐵是用濃縮咖啡沖調的，而歐蕾咖啡既可以用濃縮咖啡，也可以用普通的黑咖啡。

掉。這時門鈴響了，我讓她去開門。很快我聽到斯特羅夫在問我是否在家。我坐著不動，大聲叫他進來。他匆匆走進房間，來到我坐的桌子旁邊。

「她自殺了。」他聲音嘶啞地說。

「你說什麼？」我嚇得叫了起來。

他動了動嘴唇，似乎正在說話，但卻沒有發出聲音。他的嘴巴抽搐著，活像個白癡。我的心在胸膛裡撲通撲通地亂跳，我不知道當時怎麼回事，心裡突然燒起了無名火。

「天啊，你鎮定點啊，老兄，」我說，「你到底在胡說八道些什麼？」

他絕望地揮舞著雙手，但依然說不出話來。他可能是嚇傻了。我不知道當時我怎麼會那樣生氣，我抓住他的肩膀，拚命地搖晃他。現在想起來我有點後悔，當時我表現得像個白癡，也許是因為前面幾個晚上沒有睡好，我的神經才變得那麼脆弱吧。

「讓我坐下來。」他最後喘著氣說。

我在玻璃杯裡倒滿了聖加爾米耶礦泉水，把杯子遞給他，讓他喝點水。我把杯子放到他嘴邊，彷彿他是個小孩。他猛喝了一大口，有幾滴水灑落在他的襯衣上。

「誰自殺了？」

我不知道我為什麼要這樣問，因為我知道他說的是誰。他努力讓自己平靜下來。

「他們昨晚吵架了。他走掉了。」

「她死了嗎？」

「沒有，他們把她送到醫院了。」

「那你為什麼要那樣說？」我不耐煩地喊起來，「你為什麼要說她自殺了？」

「別衝著我發火。如果你這樣跟我說話，我什麼都不能告訴你。」

我捏緊了拳頭，想要抑制我的怒氣。我勉強擠出笑容。

「對不起。你慢慢說。別著急，這樣好了吧。」

他那雙戴著眼鏡的藍色圓眼睛充滿了恐懼。鏡片讓他的眼睛變了形。

「今天早上，門房上去送信，按了門鈴沒人理。她聽到有人在呻吟。看到門沒鎖，她就走進去。布蘭琪躺在床上。她的表情非常痛苦。桌子上擺著一瓶草酸[2]。」

斯特羅夫的兩隻手捂著臉，身體不停地前後搖擺，泣不成聲。

「當時她還有意識嗎？」

2 草酸（Oxalic Acid）也稱乙二酸，是一種強有機酸，具有強腐蝕性和毒性。毛姆的哥哥哈里·毛姆在一九〇四年七月服用另外一種強腐蝕性液體硝酸自殺。

「有啊。唉，你不知道她有多麼痛苦！我真受不了。我真受不了。」

他的聲音變得很淒厲。

「他媽的，你有什麼好受不了的，」我煩躁地說，「她這是自作自受。」

「你怎麼能夠如此狠心？」

「你後來怎麼做？」

「他們派人分頭去找醫生和找我，他們還報了警。我原先給過門房二十法郎，告訴她如果有事情發生就趕快通知我。」

他暫停了片刻，我看得出他認為接下來要說的話是很難以啟齒的。

「我到了之後，她不肯跟我說話。她要他們把我趕走。我發誓我會原諒她所做的一切，但她不肯聽。她試圖用頭去撞牆。醫生說我不能陪在她身邊。她不停地說：『讓他走開！』所以我走開了，到畫室裡等著。然後救護車來了，他們把她搬上擔架，他們讓我躲到廚房裡，免得讓她知道我還在。」

在我穿衣服的時候——因為斯特羅夫希望我立刻陪他去醫院——他告訴我，他已經安排他妻子住進了單人病房，這樣她至少無須忍受大病房的骯髒和嘈雜。去醫院的路上，他解釋了為什麼希望我陪著去，到時他妻子就算依舊不願意見他，說不定會願意見我。他央求我轉告他妻子這些話：他依然愛著她，不會責備她，而是只想幫助她。他對她沒有任何要求，等她康復之後，也不會勸說她回到自己身邊，她完全是自由的。

醫院是一座陰氣森森的建築，讓人看了忍不住頭皮發麻，我們向裡面的醫務人員問了好幾次路，爬了無窮無盡的樓梯，走過許多漫長而空曠的走廊，最後終於找到了她的主治醫生，卻被告知病人情況危急，當天誰也不能見。醫生是個留鬍鬚的矮子，穿著白大褂，講話非常不客氣。他對待病人的態度很冷淡，也很厭煩那些緊張不安的家屬，口氣顯得非常生硬。除此之外，這件事情在他看來是很平常的，無非又是一個歇斯底里的女人在跟戀人吵架之後服下了毒藥，這是經常發生的事情。起初他以為德爾克是罪魁禍首，毫無必要地頂撞了他幾句。我趕緊解釋說德爾克是病人的丈夫，他很願意原諒病人的過錯，於是醫生突然用好奇的目光打量著他。我似乎看到他眼裡有譏諷的神色，斯特羅夫確實長得像那種戴綠帽的窩囊男人。醫生輕輕地聳了聳肩膀。

「暫時沒有生命危險，」他回答我們的提問，「誰也不知道她喝了多少。說不定這只是虛驚一場，她很快就會康復。女人總是試圖為愛自殺，但她們通常是很小心的，不會讓自己取得成功。這通常只是一種姿態，她們無非是想激起戀人的同情或者恐懼。」

他的語氣有點不近人情的輕蔑。在他看來，布蘭琪．斯特羅夫顯然無非是即將列入巴黎當年自殺未遂統計表中的一個數字。他很忙，沒空再搭理我們。他說如果我們第二天在某個鐘點過來，而布蘭琪的情況又有所好轉的話，也許她的丈夫可以看到她。

35

現在我幾乎記不清我們那天是怎麼過的。斯特羅夫不想一個人待著，我只好捨命陪君子，想盡各種辦法分散他的注意力。我帶他去羅浮宮，他假裝參觀那些畫作，但我看得出他還是念念不忘地想著他的妻子。我強迫他吃東西，吃過午飯後我勸他躺下，但他睡不著。他二話不說就接受了我的邀請，準備在我的公寓小住幾天。我給他幾本書看，但他翻一兩頁就把書放下，然後怔怔地發呆。那天夜裡我們玩了無數局皮克牌[1]，他為了不讓我失望，勉強裝出很感興趣的樣子。最後我讓他服用了安眠藥，他這才好不容易地睡著了。

再次去醫院之後，我們看到一位護士。護士說布蘭琪的病情似乎有點好轉，然後走進去問她是否願意見她的丈夫。我們聽到她住的病房傳出交談的聲音，不久後護士回來說病人誰也不想見。我們事先已經跟護士說好，如果她不願意見德爾克，就問她是否願意見我，但她也不想見我。德爾克的嘴唇不停地發抖。

1 皮克牌（piquet），一種兩人玩的撲克牌遊戲。

「我不敢逼她，」護士說，「她病得太重了。也許再過一兩天她會改變主意。」

「有沒有別的人是她想見的？」德爾克問，他的聲音低得幾乎聽不見。

「她說她只想安安靜靜地待著。」

德爾克做出了奇怪的手勢，彷彿他的手和身體沒有任何關係，自己會動似的。

「你能不能對她說，如果她想見什麼人，我都可以去把他請來？我只想讓她快樂。」

護士用鎮定而友善的眼神看著他，她的眼睛已經見過人間太多的恐怖和痛苦，然而她的目光卻依舊純淨，大概是因為在她心裡，這是個沒有原罪的美好世界吧。

「等她情緒穩定下來，我會告訴她的。」

德爾克滿懷憐憫地央求她立刻把話傳過去。

「這說不定能治好她。我求求你，現在就跟她說吧。」

護士露出同情的微笑，走進了病房。我們聽到她低沉的聲音，然後有個我不熟悉的聲音回應著：「沒有。沒有。沒有。」護士又走出來，搖了搖頭。

「剛才說話的是她嗎？」我問，「聲音聽起來好奇怪啊。」

「她的聲帶好像被草酸燒壞了。」德爾克發出了低聲的哀嚎。我讓他先走，到門口等我，因為我有些話要跟護士說。他沒有問我要說的是什麼，而是默默地走開了。

他似乎喪失了所有的主見，他就像個聽話的孩子。

「她說過為什麼要這樣做嗎？」我問。

「沒有。她不肯說話。她只是靜靜地躺在病床上。她經常幾個小時沒有動。但她總是在哭。她的枕頭都濕透了。她的身體很虛弱，連手帕都拿不動，眼淚就那樣嘩啦啦地從她臉上流下來。」

我突然感到非常痛心。要是史崔克蘭當時在那裡，我肯定會把他給殺了，我知道在跟護士說再見時，我的聲音不停地顫抖。我發現德爾克在醫院門口的臺階上等我。他似乎什麼也看不到，完全沒發現我走到他身邊，直到我碰了他的手臂。我們默默地走著。我拚命地想弄明白到底是什麼事情把這個可憐的人逼上絕路。我想史崔克蘭已經獲悉這件事，因為員警肯定找過他的，他也肯定錄過了口供。我不知道他在哪裡。我猜想他可能回到了那個他當作畫室的破爛閣樓。布蘭琪居然不願意見他，這倒是很奇怪的事。也許她拒絕派人去請他，是因為知道他會拒絕來。我很想知道她到底是看到了什麼樣的殘酷深淵，才會害怕得不想再活下去。

36

之後的那個星期過得很悲慘。斯特羅夫每天去醫院兩次探望他的妻子，她仍然拒絕見他；一開始，他回來時心情比較放鬆，也充滿了希望，因為他聽說布蘭琪的病情似乎漸漸有所好轉；後幾天則很絕望，因為醫生擔心的併發症果然出現了，病人已經不可能康復。護士很同情他的痛苦，但又不知道怎麼安慰他。那可憐的女人靜靜地躺著，拒絕開口說話，眼睛直勾勾地盯著天花板，似乎正在等待死神的蒞臨。她頂多只能再撐一兩天了，有一天深夜，斯特羅夫來找我，我知道他是要告訴我他妻子已經去世。他身心俱疲。他終於不再囉嗦，而是渾身酸軟地癱倒在我的沙發上。我想不出安慰的話，就讓他靜靜地躺在那裡。我想看書，又怕他覺得我沒有心肝，於是我坐到窗邊，拿起菸斗抽了起來，等著看他什麼時候想說話。

「你對我非常友善，」他最後說，「大家都很友善。」

「哪裡啊。」我有點尷尬地說。

「在醫院的時候他們讓我等著。他們給了我一把椅子，我坐在門外。後來她昏迷了，他們讓我進去。她的嘴和下巴都被草酸灼傷了。看到她美麗的皮膚上滿是傷痕，我真的很心痛。她死得非常安詳，所以我都不知道她已經死了，後來護士說了我才知道。」

他累得哭不出來。他渾身疲軟地躺在沙發上，彷彿四肢的力氣都消失得無影無蹤，不久之後我發現他睡著了。這是他一個星期以來第一次不吃安眠藥而睡著。造化雖然很殘忍，但有時候也很仁慈。我給他蓋上被子，關掉電燈。翌日清早，我醒來時他仍在睡，他沒有移動過。他的金絲邊眼鏡仍架在鼻樑上。

37

因為布蘭琪・斯特羅夫死亡的情況很複雜，所以必須去辦各種繁瑣的手續，但最後當局還是批准我們給她下葬了。隨靈車到墓地送葬的只有德爾克和我兩個人。去時靈車走得很慢，但回程卻是一溜小跑，車夫使勁地抽打那兩匹馬的樣子讓我覺得有點恐怖。好像他抖動肩膀是為了驅趕亡靈似的。我時不時看到搖搖晃晃的靈車行駛在我們前方，而我們自己的車夫則會快馬加鞭，以免落在後面。我覺得我自己也想儘早擺脫這件事。我已經厭倦了這齣實際上跟我毫無關係的悲劇，於是我跟斯特羅夫談起了別的話題，其實我這麼做是為了緩解自己煩悶的心情，卻欺騙自己說這是為了分散他的注意力。

「你不覺得你最好還是暫時離開巴黎嗎？」我說，「你留下來已經沒有意義了啊。」

他沒有回答，但我硬著心腸繼續問。

「你接下來有什麼打算嗎？」

「沒有。」

「你一定要重新振作起來啊。你為什麼不到義大利去畫畫呢？」

他又是沒有回答，但我們這輛馬車的車夫替我解了圍。他放慢了速度，側身說了句話。我聽不清他說了什麼，所以我把頭探到車窗外，原來他問的是我們想在哪裡下車。我讓他稍等片刻。

「你還是來跟我吃午飯吧，」我對德爾克說，「我告訴他在皮加勒廣場[1]讓我們下車好不好？」

「算了吧。我想回畫室。」

我沉吟了片刻。

「那你想要我陪你去嗎？」我問。

「不要啦，我想一個人去。」

「好吧。」

我扼要地告訴車夫怎麼走，然後我們又默默地前進。自從他們把布蘭琪送到醫院那個早晨到現在，德爾克還沒有去過畫室。我很高興他不要我陪著去，在他住的公寓門口和他道別之後，我如釋重負地走開了。巴黎的街頭再次讓我感到快樂，我眼含笑意地看著匆匆來去的行人。當天天氣很好，陽光燦爛，我覺得我更加熱愛生活了。我忍不住感到心懷大暢，我把斯特羅夫和他的悲哀拋諸腦後。我想要享受生活。

1 皮加勒廣場（Place Pigalle）在巴黎第九區，在克利希大道和皮加勒街交界處。

38

我差不多有一個星期沒有再見到他。然後某天夜裡他來找我，當時七點剛過不久，他拉著我出去吃晚飯。他打扮成服喪的樣子，圓禮帽上繫著很寬的黑色布條。就連他的手帕也鑲著黑邊。光看他這副披麻帶孝的尊容，你准會以為他剛在某次災難中痛失所有的親戚，甚至連遠房的表親也全都嗚呼哀哉。他大腹便便的身材、又紅又胖的面龐和這身孝服還真不是一絲半點的不協調。造化也真是夠殘忍的，竟然讓他在極度悲愴之中還顯得如此滑稽可笑。

他跟我說他已經決定要離開，但要去的不是我提議的義大利，而是荷蘭。

「我明天就動身。這也許是我們最後一次見面啦。」

我適當地回了話，他露出勉強的笑容。

「我已經五年沒回過家。家鄉的情況我忘得差不多啦，我原來覺得這些年離開我父親家太遠了，遠得都不好意思再回去，但現在覺得它是我唯一的避難所。」

渾身傷痛的他終於想起了母愛的溫柔。他忍受多年的冷嘲熱諷似乎已經將他壓垮，而布蘭琪的背叛更是致命的打擊，讓他失去了笑著面對譏諷的雅量，他再也無法陪那些取笑他的人一起笑。那些人自然也就不跟他來往了。他和我說起他在那潔淨的磚房度過的童年，他說他母親熱衷於整理房間。她的廚房乾淨明亮，簡直是個奇蹟。所有東西都各歸其位，你看不見一點灰塵。她實際上有點潔癖。我彷彿看見一名整潔、矮小的老太婆，臉蛋紅得像蘋果，多年以來從早到晚不停地擦擦洗洗，把她的房子打理得明亮整潔。他的父親是個瘦削的老頭子，勞作終生的雙手青筋畢現，沉默寡言，為人耿直，夜裡他會朗讀報紙，而他的妻子和女兒（如今嫁給了某條小漁船的船長）則爭分奪秒地彎腰做著針線活。小城從來沒有大事發生，如同隔絕於現代文明的世外桃源，年復一年像朋友般陪伴著那些如此勤勞的人們，讓他們得以休養生息，直到死亡來臨。

「我父親原本希望我能像他那樣，也當個木匠。我們家有五代人都做這一行，子承父業地傳下來。也許這就是生活的智慧，踩著你父親的腳印，既不朝右看，也不朝左看。小時候我曾經說過長大了要娶隔壁馬具工匠的女兒為妻。她當時是個小女孩，眼珠是藍色的，亞麻色的頭髮梳著辮子。她將會把我的家打理得井井有條，而我將會有個兒子來繼承這門祖傳的手藝。」

斯特羅夫歎了口氣，陷入了沉默。他的思維沉浸在那些本來可能出現的畫面裡，他曾經拒絕的這種安穩生活如今讓他感到非常嚮往。

「世道艱難，人心險惡。我們不知道自己何以會來到人世，也不知道死後將會去往何方。我們必須保持非常卑微的心態。我們必須懂得安詳的美好。我們必須過著安分守己的日子，以免引起命運女神的注意。讓我們去尋求那些樸實無知的人的愛情吧。他們的愚昧比我們的學識更為可貴。讓我們學會沉默，偏安於僅可容身的小角落，像他們那樣馴服而溫和吧。這才是生活的智慧。」

在我聽來，這番意興闌珊的話語確實是他的肺腑之言，我反對他這種消沉的態度，但我並不想充當他的人生顧問。

「你怎麼會想到要當畫家呢？」我問。

他聳了聳肩膀。

「我湊巧有點繪畫的技能。念書時我曾因為畫畫得過獎。我母親為我這種才華感到非常驕傲，她買了一盒水彩作為禮物送給我。她把我的塗鴉拿給牧師、醫生和法官看。他們把我送到阿姆斯特丹，讓我去申請獎學金，後來我申請到了。可憐的母親，她非常自豪，雖然和我分開讓她的心幾乎都碎了，但她還是擠出笑容，不讓我看出她心裡很難過。她很滿意她的兒子將會成為藝術家。他們省吃儉用供我學畫，後來我的作品第一次展出，他們到阿姆斯特丹來看展覽，我父親、母親和妹妹都來了，看到我的畫，我母親流了眼淚。」他友善的眼睛裡淚光閃閃。「現在那座老房子每面牆壁上都掛著我的畫，鑲在漂亮的金色畫框裡。」

他臉上散發著幸福而驕傲的光芒。我想起他那些乏味無趣的作品，上面畫著維妙維肖的農民、柏樹和橄欖樹。它們用浮華的畫框裝裱著掛在農民家的牆壁上肯定顯得很古怪。

「當她想要把我培養成藝術家時，我母親認為她是在為我著想；但事到如今再回頭看，如果當初我父親的心願得償，我現在是個受人稱讚的木匠，對我來說也許反而更好。」

「現在你已經認識到藝術的妙處，你還願意改變你的生活嗎？難道你願意錯過藝術曾經給你帶來的所有歡樂嗎？」

他沉默了片刻，然後回答說：「藝術是世界上最偉大的東西。」

他若有所思地盯著我看了一小會，欲言又止，然後他說：

「你知道我去看過史崔克蘭了嗎？」

「你？」

我驚呆了。我原本以為他再也不願見到那個人。斯特羅夫不好意思地笑了。

「你早就知道我是沒有自尊心的。」

「你為什麼要那樣做呢？」

他跟我說了一個奇特的故事。

39

我們安葬可憐的布蘭琪那天，在我和他分別之後，斯特羅夫心情沉重地走進了那座公寓樓。有某種因素驅使他向畫室走去，大概是自我折磨的欲望吧，然而他很害怕他已經預見到的哀慟。他拖著自己爬上樓梯，他的腳似乎不願聽他的使喚，他在門外徘徊了很長時間，試圖鼓起勇氣走進去。他感到非常慌張。他很想衝下樓梯追上我，懇求我陪他進去，他感覺畫室裡有人在。他記得從前他經常在樓梯口站一兩分鐘，讓因為爬樓梯而急喘的呼吸緩下來，但很可笑的是，等到呼吸平息之後，由於他想看見布蘭琪的心理太過迫切，又會再次變得急促。看見布蘭琪是永不變質的歡樂，哪怕只是出去了一個小時，想到能和她見面，斯特羅夫也會非常興奮，好像已經分開了一個月。突然間他無法相信布蘭琪已經死了。這件事肯定是一場夢，一場噩夢。他只要轉動鑰匙，把門打開，便能夠看見她微微彎著腰站在桌子旁邊，就像夏丹〈飯前祈禱〉——他總是覺得那幅畫十分精美——中的那個女人。他連忙從口袋裡掏出鑰匙，打開門走了進去。

公寓裡不像沒人打掃過的樣子。他的妻子熱愛整潔，他很喜歡這一點。他自己成長在潔淨的家庭環境裡，所以對愛打掃的人有親切的好感。每當看到布蘭琪本能地把東西收拾得秩序井然，他心裡就會泛起一絲溫暖的柔情。臥室看上去像是她剛離開不久的樣子：幾把毛刷整齊地擺在梳粧檯上，兩旁各放著一把梳子；她在畫室最後那晚睡過的床鋪不知是誰收拾過了，她的睡衣被裝在小盒子裡，放在枕頭上面。簡直不能相信她再也不會回到這個房間了。

但他覺得渴了，於是走到廚房裡想弄點水喝。廚房也很整潔。碗架上擺著幾個盤子，那是她和史崔克蘭吵架那天晚上吃飯用的，都被仔細地擦洗過。刀叉另外放在抽屜裡。有個蓋子下方是吃剩的乳酪，而錫罐裡則裝著些許麵包。她每天都到市場去買菜，只買當天需要的食材，所以從來不會有隔夜的飯菜。斯特羅夫看過警察局的調查報告，他知道史崔克蘭那天吃過晚飯就出去了，而布蘭琪居然還不忘像平常那樣把碗洗好，這讓他感到不寒而慄。她的一絲不苟表明她的自殺是經過深思熟慮的。她的自制力之強令人吃驚。突然間，斯特羅夫心如刀割，雙腿發軟，差點摔倒在地。他回到臥室，整個人撲到床上。他哽咽地喊著她的名字：

「布蘭琪啊。布蘭琪啊。」

想到她承受的痛苦，斯特羅夫不由悲憤欲絕。他突然產生了幻覺，彷彿看見她站在廚房裡——它很狹小，比櫥櫃大不了多少——洗著盤子和酒杯、叉子和湯勺，迅速地擦淨刀架上的菜刀；接著她把所有東西收拾好，開始擦水槽，又把抹布掛起來晾乾——它仍掛在那裡，是一塊灰色的破布；然後她到處看看，想確定一切都已整理妥當。斯特羅夫看見她放下袖子，摘掉圍裙

（圍裙就掛在門後的鉤子上），然後拿起那瓶草酸，走進了臥室。

想到這裡，他痛苦得從床上爬起來，走出這個房間。他走進了畫室。畫室裡光線很暗，因為那扇大窗的窗簾是拉著的，他迅速地把窗簾拉開，但看清這個曾經讓他感到非常快樂的地方之後，他不禁哭了起來。這裡也是沒有改變。史崔克蘭絲毫不在乎生活環境，他住在別人的畫室也沒想過要搬動什麼東西。經過斯特羅夫的精心佈置，畫室很有藝術情調。它代表著斯特羅夫心目中適合於藝術家的環境。牆上掛著幾幅古舊的老織錦，鋼琴上覆蓋著一塊美麗然而色澤有點黯淡的絲綢；一個牆角擺著米羅維納斯[1]的複製品，另外一個牆角擺著梅第奇維納斯[2]的複製品。這裡有個義大利書櫃，頂面放著代爾夫特瓷器，那裡有一塊浮雕石。牆上還有個漂亮的金色畫框，裡面裝裱著維拉斯凱茲的〈教皇英諾森十世像〉[3]的摹本，那是斯特羅夫從前在羅馬臨摹的；另外還有幾幅斯特羅夫自己的作品，也都用豪華的畫框裱著，把整個畫室裝飾得美輪美奐。斯特羅夫向來為自己的審美情趣感到非常自豪。他總是欣賞不夠這間畫室的浪漫格調，然而這一切現在卻徒然令他肝腸寸斷，他茫然間不自覺地稍微挪動了一張路易十五[4]年代的古董桌子，這是他的幾件鎮家寶之一。突然間，他看到了一幅正面朝著牆壁的畫布。那畫布的尺寸比他慣用的大很多，他很奇怪怎麼會有這幅畫布。他走過去，把畫布拉近他身邊，以便看清上面畫著什麼。那是個裸女。他的心開始撲通撲通地跳起來，因為他立刻就猜到那是史崔克蘭的作品。他憤怒地把那幅畫往牆上推——他把畫留在這裡是什麼意思？——但是用力過猛，那幅畫被他推得正面朝下趴在地上。不管那是誰的畫，他都不忍心讓其掉在灰塵裡，所以他將其扶得豎起來，然後好奇心征服了他。他想仔細看看那幅畫，於是將其攤開擺到畫架上。然後他往後退了幾步，準備慢慢研究。

他錯愕不已。畫裡是個女人，躺在沙發上，一隻手枕在頭下，另一隻順放在身邊；一個膝蓋抬起來，另外那條腿則平伸著。這是個經典的姿勢。斯特羅夫感到腦袋發脹。那是布蘭琪。悲哀、妒忌和狂怒紛紛湧上心頭，他發出了嘶啞的喊叫聲，他說不出話，他握緊拳頭，激動地揮舞著，似乎面前有個隱形的敵人。他聲嘶力竭地大吼著。他怒不可遏。他無法忍受。這實在太過分了。他發瘋似的尋找著合適的工具，他想要把那幅畫砍得粉碎，一分鐘也不能讓它存在。但他找

---

1 米羅維納斯（Venus of Milo），也稱米洛阿芙洛狄特（Aphrodite of Milo），是一尊古希臘大理石雕塑，一八二〇年出土時雙臂已經缺失。普遍認為這尊雕塑創造於西元前一百三十年至西元前一百年之間，是希臘神話中象徵愛和美麗的女神阿芙洛狄特（亦即羅馬神話中的維納斯）的雕像，現藏巴黎羅浮宮。

2 梅第奇維納斯（Venus de' Medici），也是一尊描繪愛神阿芙洛狄特的古希臘大理石雕塑，具體出土時間不詳，據信創作於西元前一世紀，整個雕塑完好無缺，現藏佛羅倫斯烏菲茲畫廊。

3 〈教皇英諾森十世像〉（Pope Innocent X）是維拉斯凱茲在十七世紀創作的名畫。英諾森十世是羅馬教皇，一六四四年至一六五五年在位。

4 路易十五（Louis XV, 1710～1774），法國國王，一七一五年其曾祖父路易十四去世，指定由年僅五歲的他繼任王位。到一七七四年去世，他一共統治法國五十九年，這段時期被稱為路易十五時代。

不到可以達到目的的工具，於是他亂翻著各種繪畫用的工具，但不知道怎麼回事，就是找不到合適的，他簡直氣瘋了。最後他終於找到他想要的東西，那是一把大刮刀，他連忙將刮刀抄起，發出一聲勝利的大喊。他像抓住匕首那樣抓著刮刀，殺氣騰騰地向那幅畫衝過去。

在跟我說這些話時，斯特羅夫變得像事情正在發生時那麼激動，他拿起了擺在我們中間的桌子上的餐刀，不由自主地揮舞起來。他抬起手臂，似乎就要發動攻擊，然後又張開手指，餐刀噹啷一聲掉到地上。他看著我，臉上帶著緊張的笑容。他沒有說話。

「快說下去啊。」我說。

「我不知道當時自己怎麼回事。我正準備在那幅畫上戳個大洞，我的手已經準備好要出擊，可是突然之間，我看到它了。」

「看到什麼啊？」

「那幅畫。它是藝術品。我不能碰它。我很害怕。」

斯特羅夫又沉默了，他盯著我看，嘴巴張開著，那雙圓圓的藍色眼珠瞪得似乎就要奪眶而出。

「那是一幅偉大而美妙的畫。我心裡充滿了敬畏。我差點犯下不可饒恕的罪行。我挪動了位置，想看得更加真切，這時我的腳碰到了那把刮刀。我打了個冷顫。」

對他當時的情緒，我確實有點感同身受。我產生了一種奇怪的感受。彷彿我突然闖進某個陌生的世界，那裡有著不同的價值觀。我站在那裡茫然四顧，彷彿天涯浪子來到異國他鄉，發現當地人對常見事物的反應和他所熟知的完全不同。斯特羅夫盡力向我講解那幅畫，可是他說得語無倫次，我只能通過猜測去揣摩他的意思。史崔克蘭已經打破了禁錮他的桎梏。他並非像人們常說的那樣，發現了他的自我，而是發現了新的靈魂，這靈魂擁有出乎意料的力量。這幅畫的偉大之處，不僅在於它的線條在大膽地簡化之後還能呈現出如此豐富和獨特的個性，不僅在於它描繪的肉體竟然在令人想入非非的同時還蘊含著某種神祕的意味，不僅在於它的實體感逼真得讓你能夠奇妙地感覺到那個胴體的重量，還在於它充滿了靈性，一種讓人們心神激蕩的、前所未有的靈性，引領人們的想像力踏上始料不及的道路，奔赴各種朦朧而虛空的境界，讓赤裸的靈魂在永恆星辰的照耀之下，戰戰兢兢地摸索著，嘗試去發現新的祕密。

如果我在這裡寫得妙筆生花，那是因為斯特羅夫本來就說得舌燦蓮花。（人到動情處自然會用華麗的辭藻來表達心裡的想法，我想這大家都知道的吧？）斯特羅夫努力要表達的是他以前從未有過的感受，他不知道如何將其轉化為平實的語言。他就像試圖描述不可言喻之現象的神祕主義者。但有個事實他向我講得很清楚，人們滿不在乎地談論美，由於他們說話並不經過深思熟慮，所以美這個詞被用得太過氾濫，已經失去了原有的力量；許許多多微不足道的東西都冠以它的名義，於是它所代表的東西變得不再崇高。人們用美來形容衣服、小狗和佈道，當遇到真正的美時，他們卻又認不出來。人們試圖用這種本末倒置來裝飾他們毫無價值的思想，結果反而鈍化了他們對美的感受力。就像那種假裝一直擁有他只能偶爾感受到的通靈力量的江湖騙子，人們喪失了這種遭到他們濫用的審美能力。但斯特羅夫雖然是個無與倫比的大傻瓜，他對美的熱愛和理解，卻像他自己的靈魂那麼誠實和真摯。美之於他，正如上帝之於信徒，當看到美時，他不由自主地害怕起來。

「你看到史崔克蘭的時候跟他說什麼了？」

「我邀請他跟我去荷蘭。」

我聽得目瞪口呆。我只能像個白癡那樣驚奇地望著斯特羅夫。

「畢竟我們都愛布蘭琪。我母親的房子裡會有多餘的房間給他住。我想和純樸的窮人相處會給他的靈魂帶來很大的好處。我覺得他可以從他們身上學到某些對他非常有用的東西。」

「他怎麼說？」

「他笑了笑。我想他大概是覺得我非常蠢。他說他沒空做這種傻事。」

我真希望史崔克蘭當時用別的說法來表示他的拒絕。

「他把那幅布蘭琪的畫送給我了。」

我很奇怪史崔克蘭為什麼要這麼做。但我什麼話也沒說，我們沉默了好久。最後我問他：「你那麼多東西怎麼辦？」

「我找了個猶太人，他出一筆錢買下了所有的東西。我會把我的作品帶走。現在除了那些畫，我在這個世界上就只有一箱子衣服和幾本書啦。」

「我很高興你就要回家去。」我說。我覺得拋下過去對他來說是明智之舉。我希望現在顯得難以承受的哀痛會隨著時光的流逝而逐漸減輕，仁慈的遺忘將會幫助他再次挑起生活的重擔。他依然很年輕，也許再過幾年，在回顧這段慘痛的經歷時，他在悲傷之中還會感到不無欣慰。他遲早會在荷蘭與某個老實本分的女人成親，我覺得他到時肯定會很幸福。想到他在駕鶴西歸之前將會畫下那麼多糟糕的作品，我就情不自禁地笑了起來。

翌日我送他啟程去阿姆斯特丹。

40

隨後那個月我忙著做自己的事情，沒有見到和這件慘劇相關的人，所以也就慢慢淡忘了它。但有一天，我出門去辦點事，卻在路上碰到了史崔克蘭。看到他，我立刻想起了這齣我情願忘得乾乾淨淨的慘劇，我突然對造成這件事的元兇首惡感到很厭惡。我朝他點了點頭，因為佯裝不認識他未免有點幼稚，隨即加快了腳步，但一分鐘後我感到有隻手搭上了我肩膀。

「你很趕時間啊。」他殷勤地說。

這是他的特點，對不願意搭理他的人，他總是顯得很親熱，而我冷漠的問候肯定讓他感覺到我懶得睬他。

「是的。」我不想多跟他囉嗦。

「我跟你一起走吧。」他說。

「為什麼？」我問。

「因為我喜歡和你相處。」

我沒有回答，他默默地走在我身邊。我們就這樣走了大概四分之一英里。我開始覺得有點搞笑。然後我們路過某家文具店，我突然想到我可以進去買些稿紙。那是個擺脫他的好藉口。

「我要進去買東西，」我說，「再見。」

「我等你。」

我無可奈何地聳了聳肩膀，隨即走進文具店。我想起來法國的稿紙品質很差，既然我的打算已經落空，那也就不必勉強自己去買些不需要的東西了。我問了某樣我知道這家店肯定不賣的東西，很快又回到了街上。

「你買到你想要的東西了嗎？」他問。「沒有。」我們默默地向前走，很快來到幾條路的交叉口。我在人行道上站住了。「你要走哪條路？」我問。

「你走哪條路我就走哪條路。」

「我要回家。」

「那我去你家抽菸。」

「你總得等人請你吧。」我冷冷地說。

「如果你要請我，我願意等啊。」

「你看到前面那堵牆了嗎？」我指著牆說。

「看到了。」

「既然你眼睛沒有問題，那你應該能夠看得出來我並不歡迎你。」

「坦白說，我隱約猜到了。」

我忍不住笑了起來。我的性格有個缺點，就是無法真的討厭能讓我發笑的人。但我馬上又板著臉。

「我覺得你很討厭。你是最可惡的畜生，認識你算我倒楣。你為什麼偏偏要糾纏一個如此憎恨和厭惡你的人呢？」

「老兄，你真以為我在乎你的看法嗎？」

「混蛋，」我的口氣變得更加激烈了，因為我感覺到我其實不是那麼討厭他，「我不想認識你。」

「你是怕我把你帶壞吧？」

他的語調讓我覺得自己不是一般的可笑。我知道他正在斜眼看著我，臉上帶著譏誚的笑容。

「我想你的錢花光了吧。」我鄙夷地說。「我又不是大傻瓜，怎麼會認為你肯借錢給我呢。」

「你肯定是窮得實在沒辦法了，才會這樣討好別人。」

他咧嘴而笑。

「只要我時不時能和你鬥鬥嘴，你是不會真的討厭我的。」我不得不咬緊嘴唇，以免忍不住笑出來。他這句話包含著一個讓我煩惱的真相，那就是我的性格還有個缺陷：別人哪怕品行再低劣，但只要能夠針鋒相對地和我辯論，我就會喜歡和他交往。我開始覺得史崔克蘭其實也沒什麼討厭的。我承認我這人的道德觀念很薄弱，但也明白我對他的不滿有點裝腔作勢的成分；我知道如果連我都感覺到這一點，史崔克蘭那麼敏銳，應該也早就察覺到了。他肯定正在偷偷地笑我。我沒有再反駁他，只是聳了聳肩膀，再也不說話，以此來掩飾心裡的尷尬。

41

我們來到了我住的那棟公寓樓。我可不想開口請他隨我進去，而是默默地登上樓梯。他跟在我身後，緊貼著我走進了房間。他以前沒來過這裡，但是對我精心擺設過的一切看都不看。桌子上有個裝菸草的錫罐，他掏出他的菸斗，把它給填滿。他坐在房間裡唯一沒有扶手的椅子上，接著往後一靠，讓椅子的兩條前腿翹起來。

「如果你想坐得舒服，為什麼不坐沙發椅呢？」我生氣地問。

「你為什麼很關心我舒不舒服呢？」

「我才不會關心你，」我反駁說，「我關心的是我自己。看到有人坐在不舒服的椅子上，我就會渾身不舒服。」

他哈哈大笑，但是沒有動。他默默地抽著菸，再也不搭理我，顯然沉浸在他的思考中。我很想知道他為什麼要來我家。

在經年累月的習慣讓自己變得麻木之前，作家心裡總是很不安的，因為他的本能對人類的奇行怪癖特別感興趣，而他的道德觀念儘管對此不以為然，卻又無可奈何。他喜歡研究那些讓他感到吃驚的壞人，並自我安慰說這是為了滿足藝術的需求；但他的真誠卻迫使他承認，他對某些行為的厭惡之情，並沒有對它們的原因的好奇之心強烈。惡棍是為法律和規矩所不容的，但對作家來說，把惡棍的形象塑造得合乎邏輯和完整豐滿，則別具一種吸引力。我猜莎士比亞在創造伊阿古[1]時的興趣，肯定要比他在天花亂墜地描繪苔絲狄蒙娜[2]時更加盎然。也許作家創造惡棍是為了滿足內心深處的某些本能，就是那些在文明世界的禮儀風俗的壓迫下退入神祕的潛意識深處的本能。讓他創造的人物變得有血有肉，其實就是讓他的自我中那個無法借由其他方式得以表達的部分獲得生命。他獲得的滿足感是一種解放的感覺。

作家更為關注的是去認識，而不是去評判。

我內心深處確實非常厭惡史崔克蘭，但與此同時又非常好奇，想要發現他的動機。他讓我非常困惑，我特別渴望知道他到底是怎麼想的，怎麼會去傷害對他那麼友善的人，親手在他們的生活裡導演了一齣悲劇。我大膽地舉起了解剖刀。

「斯特羅夫說，你給他妻子畫的那幅畫是你最好的作品。」

1 伊阿古（Iago）是莎士比亞劇作《奧賽羅》（Othello）中的反派角色。

2 苔絲狄蒙娜（Desdemona）是《奧賽羅》的女主角，威尼斯高官的女兒，違抗父命和奧賽羅私奔。後來奧賽羅聽信伊阿古的讒言，誤以為苔絲狄蒙娜紅杏出牆，於是親手將其殺害。

史崔克蘭將菸斗從嘴裡拿出來，笑意浮現在他的眼裡。

「我畫的時候特別高興。」

「你為什麼要送給他呢？」

「我畫完了啊。它對我來說沒有任何用處。」

「你知道斯特羅夫差點毀掉它嗎？」

「那幅畫完全不能讓我滿意。」

他沉默了一兩分鐘，然後又把菸斗從嘴裡拿掉，自顧自地笑起來。

「你知道那個小矮子來看過我的吧？」

「他說的話沒有讓你覺得很感動嗎？」

「沒有，我覺得他說的話很蠢，太自作多情了。」

「我想你大概忘記你毀掉他的生活了吧？」我不客氣地說。

他若有所思地摸了摸他那長滿鬍子的下巴。

「他是個非常糟糕的畫家。」

「但他是個非常善良的人。」

「也是個出色的廚師。」史崔克蘭譏誚地補充說。

他簡直冷漠到沒有人性，我義憤填胸，再也不想在言語上顧及他的顏面。

「我純粹出於好奇地希望你告訴我，難道布蘭琪．斯特羅夫的慘死沒有讓你感到哪怕一絲的痛悔嗎？」

我以為他的臉色會有變化，但他依然毫無表情。

「我為什麼要痛悔？」他問。

「讓我來把事實擺在你面前。當時你病得快死了，德爾克．斯特羅夫把你帶到他自己家。他像母親那樣照顧你。他為你犧牲了他的時間、休息和金錢。他把你從鬼門關拉了回來。」

史崔克蘭聳了聳肩膀。

「那個滑稽的小矮子喜歡替別人做事。那是他自願的。」

「就算你無須感激他，那你就可以堂而皇之地把他的老婆搶走嗎？在你出現之前，他們過得很幸福。你為什麼就不能放過他們呢？」

「你憑什麼說他們過得很幸福？」

「那是顯而易見的事實。」

「你是個眼神銳利的傢伙。你覺得他都為她做了那件事，她還會原諒他嗎？」

「你這話什麼意思？」

「你知道他們為什麼結婚嗎？」

我搖搖頭。

「她原本在羅馬某個貴族家裡當家庭老師，那戶人家的兒子勾引了她。她以為那個人會和她成親，結果卻被那家人趕了出來。她當時懷著孩子，想要自殺。後來斯特羅夫發現她了，並且娶了她。」

「這就是他的為人。我從來沒見過有誰像他這麼古道熱腸。」

以前我經常奇怪這對極其不般配的夫妻為什麼會結婚，但我從來沒想到情況竟然是這樣的。德爾克對他妻子的愛很特別，也許原因就在這裡。我早就發現那不是純粹的愛情。我還記得過去我總是疑心她的矜持背後埋藏著某種我不知道的東西；但現在我明白了，原來她那麼拘謹，不僅是為了掩飾一個可恥的祕密。她安詳嫻靜宛如颱風侵襲過後的島嶼上瀰漫著的淒寂冷清。她的歡聲笑語是絕望中的強顏歡笑。史崔克蘭打斷了我的沉思，他說了一句非常尖酸刻薄的話，讓我嚇了一跳。

「女人可以原諒男人傷害她，」他說，「但絕不能原諒男人為她做出犧牲。」

「那你肯定覺得很放心，因為你知道你是絕對不會讓和你有接觸的女人憎恨你的。」我反將他一軍。

他的臉上露出了微笑。

「你為了反駁別人總是不惜犧牲自己的原則。」他回答說。

「那孩子後來怎麼樣了？」

「哦，流產了，在他們結婚三四個月後。」

然後我提出了最讓我感到不解的問題。

「你能說說你到底為什麼會看上布蘭琪．斯特羅夫嗎？」

他隔了很久都沒有回答，我差點就要重複這個問題。

「我怎麼知道？」他最後說，「她當時看到我就生氣。這讓我覺得很搞笑。」

「我明白了。」

他突然變得很憤怒。

「他媽的，我當時就想上她。」

但他立刻又恢復了正常，笑笑地看著我。

「剛開始她嚇壞了。」

「你告訴她了嗎？」

「不需要說，她知道的，我什麼也沒說。她很害怕，但最後我上了她。」

我不知道怎麼回事，反正在跟我說這件事的時候，他流露出極其強烈的欲望。那種欲望讓人惴惴不安，甚至可以說十分恐怖。他的生活很奇怪地和物質享受絕緣，所以他的身體好像經常要對他的精神進行可怕的報復。他內心的獸欲猝然發難，而他根本無力擺脫那種本能的操控，因為大自然的原始力量實在是太過強大。由於這種獸欲的附體太過徹底，他的靈魂裡根本沒有慎重或者感恩的容身之地。

「但你為什麼要把她帶走呢？」我問。

「我沒有，」他皺起眉頭回答說，「當她說她要跟我走的時候，我也很吃驚，就像斯特羅夫那樣。我之前跟她說過，如果我玩夠了她，她就得走，她說她願意冒那個險。」說到這裡他停下來片刻。

「她的身體很美妙，而我正好想要畫個裸女。等我完成那幅畫之後，我對她就沒有興趣了。」

「可是她真心實意地愛著你。」

他跳了起來，在我的小客廳裡走來走去。

「我不需要愛情，我沒有時間談情說愛。這是人性的弱點。我是個男人，有時候我會想要女人。等到我的激情得到滿足，我就要做別的事了。我無法征服我的欲望，但我憎恨它，它囚禁了我的靈性；我希望將來能擺脫所有的欲望，能夠不受阻礙地、全心全意地投入到創作中。因為女人只會談戀愛，她們把愛情看得很重，那是很搞笑的。她們想要說服我們相信愛情就是生活的全部。其實在生活中，愛情是無關緊要的一部分。我認可性欲。性欲是正常和健康的。而愛情是疾病。女人只是取悅我的工具，我可沒有耐心去跟她們同甘共苦、長相廝守、白頭偕老。」

我從來沒有聽過史崔克蘭一口氣說出這麼多話。他說的時候很是慷慨激昂。但要指出的是，無論在這裡，還是在其他地方，我記錄的都不是他的原話。他使用的詞彙非常貧乏，他沒有組織句子的才能，所以人們只能通過將他的語氣詞、表情、手勢和下里巴人所用的粗俗話語拼合起來，方可完整地理解他的意思。

「你應該是生活在女人是家財、男人是奴隸主的時代。」我說。

「我只不過湊巧是個完全正常的男人而已。」

看到他煞有介事的樣子，我忍不住哈哈大笑。但他繼續說下去，同時在客廳裡走來走去，活像受困的猛獸。他想要表達他的所思所感，卻發現很難流暢地說出來。

「假如女人愛上你，在佔有你的靈魂之前，她是不會滿意的。因為她自身軟弱無能，所以拚命地想指揮你，你要是不徹底聽她的話，她就不會滿意。她的見識很淺薄，她討厭她無法領會的抽象事物。她只關注物質的東西，她會妒忌你的理想。男人的靈魂漫步於宇宙最偏遠的角落，而她卻想將其囚禁在柴米油鹽之中。你還記得我的妻子嗎？我發現布蘭琪慢慢也玩起她那些花樣來。她準備用無限的耐心纏住我，把我綁起來。她想要拉我降低到她的層次；她對我毫不關心，她只想要我歸她獨有。為了我，世上所有事情她都願意做，只有一件除外：讓我安靜地獨處。」

我沉默了片刻。

「在離開她的時候，你希望她怎麼做呢？」

「她本來可以回去找斯特羅夫啊，」他生氣地說，「他巴不得她回去呢。」

「你不懂人性，」我回答說，「跟你說這些事情是沒有用的，那就像跟天生的瞎子描述顏色。」

他在我的椅子前面停下來，站在那裡俯視著我，我發現他的表情既輕蔑又詫異。

「你真的關心布蘭琪．斯特羅夫的死活嗎？這跟你有任何的關係嗎？」

我思考著他的問題，因為我想要如實地回答，無論如何要說出我的真實想法。

「如果說她死了和我沒有多大的關係，我覺得這未免有點沒良心。生活裡還有很多幸福她無緣享受。我覺得她死得那麼慘是很可怕的事情，可是我又感到很慚愧，因為我其實並不關心。」

「你沒有勇氣直面你的信念。生命是沒有價值的。布蘭琪．斯特羅夫自殺並不是因為我離開了她，而是因為她是個頭腦愚蠢、精神失常的女人。但我們對她已經談論得太多，她是個完全不重要的人。走吧，我讓你看看我的畫。」

他說話的口氣好像把我當成需要分散注意力的孩子了。我很惱火，但我並不是生他的氣，而是痛恨我自己。我想起那對夫妻原本在蒙馬特區的畫室過著幸福美滿的生活，斯特羅夫和他的妻子，他們是那麼的淳樸善良、熱情好客；他們的生活因為某個冷酷的偶然因素而煙消雲散，我覺得這是很殘忍的；但最殘忍的是，這件事竟然對世人毫無影響。地球繼續轉動，誰也沒有因為這齣慘劇而過得更加糟糕。我甚至覺得德爾克很快也會遺忘，因為他雖然表現得非常悲傷，但他的感情其實並不那麼深摯；無論生前有過何等美好的願望與遠大的夢想，在溘然長逝之後，布蘭琪就像從未來到這個人世。她的人生是無用的，也是虛空的。[3]

史崔克蘭拿起了他的帽子，站在門口望著我。

「你走不走？」

「你為什麼要跟我來往呢？」我問他，「你明知道我討厭你、鄙視你。」

他開懷大笑。

「你跟我吵架，其實是因為我他媽的根本不在乎你對我的看法。」

我感覺到我的臉因為暴怒而漲得通紅。他完全不明白他的冷酷自私會讓人怒髮衝冠。我特別想刺穿他這身冷漠的盔甲。我也知道他說的終究是實情。也許在潛意識裡，我們很希望能夠通過

3《聖經》〈傳道書〉第一章第二節：「凡事都是虛空。」

我們的看法去左右別人的行為，因而會憎恨那些不受我們影響的人。我想這大概是最傷自尊的事情。但我不想讓他看出來我已經惱羞成怒。

「人有可能徹底地不管別人的看法嗎？」我說，但這些話其實更像是說給我自己聽的，「你在生活中的一切都跟別人有千絲萬縷的關係。試圖只為你自己、只靠你自己而生活是很荒唐的事情。你遲早會生病、疲倦和變老，到時你會爬著回去求別人幫忙。你內心將會渴望得到安慰和同情，到時你不會感到慚愧嗎？你內心深處的人性遲早會渴望正常的人際關係的。」

「你來不來看我的畫？」

「你想過死嗎？」

「為什麼要想？死有什麼關係？」

我盯著他看。他站在我面前，紋絲不動，眼裡閃爍著嘲弄的笑意；但那一瞬間，我彷彿看到了一個火熱而痛苦的靈魂，正在追逐著某種凡夫俗子無法理解的偉大目標。我在電光石火中瞥見的是他對某種難以形諸筆墨的境界的追求。我看著眼前這個衣衫襤褸的人，他有著碩大的鼻子和閃亮的眼睛，紅色的鬍鬚和蓬亂的頭髮。我有種奇怪的感覺，這僅僅是個軀殼，我面對的是一個出竅的靈魂。

「走吧，去看看你的畫。」我說。

42

我不知道史崔克蘭為何突然請我去看他的畫，我很高興能有這個機會。評斷一個人就要看他的作品。在社交場合中，他只會讓你看到他的表面，那是他願意給世人看到的；你若想真正地瞭解他，便只能借鑑那些他無意間做出的細微動作，以及他不自覺地流露的轉瞬即逝的表情。有時候人們戴的面具太過完美，日久天長之後，他們也就真的變成他們假扮的那個人。但在他的著作或者繪畫裡，我們卻可以看清他的真面目。虛張聲勢者將會暴露出他的空虛淺薄。刷了油漆冒充鐵板的木塊看上去依然是木塊。偽裝的名士風流掩飾不住性格的庸俗尋常。對敏銳的觀察者來說，哪怕是最隨意的揮灑，也隱藏著靈魂最深處的祕密。

坦白說，在爬上史崔克蘭生活的那棟公寓樓無窮無盡的樓梯時，我確實有點興奮。我感覺我就要踏上一段充滿驚喜的征程。我好奇地打量著他的房間。這個房間比我記得的還要逼仄和蕭然。我有些朋友總是需要寬敞的畫室，信誓旦旦地說他們只有在合乎心意的環境中才能工作，我真想知道他們看見這個房間會說些什麼。

「你最好站在這裡。」他指著某個地方說，他大概覺得那是我欣賞他的畫作的最佳地點。

「我猜你不希望我說話吧。」我說。

「廢話，你個白癡，我希望你閉上嘴。」

他把一幅作品擺在畫架上，讓我看了一兩分鐘，然後把它取下，再拿一幅擺上去。我想他給我看的畫大概有三十幅。那是他六年來揮毫落紙的成果。他從來沒賣過畫。那些畫的幅度大小不等。小的是靜物畫，大的是風景畫。此外還有六七張是肖像畫。

「就這麼多了。」他最後說。

我希望我那時就能看出那些畫作的美妙和獨特之處。其中大多數我後來又親眼目睹過，其他的至少也都見過複製品，我真是想不通我最早看到它們時怎麼會感到非常失望。當初我完全沒有激動的感覺，而令人激動恰恰是藝術的本質。史崔克蘭的作品給我留下的印象是讓人感到很費解，我總是很痛恨自己，當時怎麼就沒想到要買幾幅呢。我錯過了千載難逢的良機。如今那些畫大多數被各地博物館收藏，其他的則散落在許多腰纏萬貫的藝術愛好者之手，成為他們的珍藏品。我嘗試為自己開脫。我想我還是有鑑賞力的，只是缺乏發現天才的獨到眼光。我對繪畫所知無多，只能沿著前人為我開闢的道路前進。那時候我極其仰慕印象派畫家。我渴望擁有希斯里[1]或者竇加[2]的作品，也很崇拜馬奈。他的〈奧林匹亞〉[3]在我看來是當代最偉大的作品，而〈草地上的午餐〉[4]也深深地觸動了我的心弦。這些作品在我看來是繪畫界的巔峰巨作。

我不願描述史崔克蘭給我看的那些作品。描述畫作的文字總是很無趣的，再說凡是對藝術感興趣的人，無不十分瞭解那些畫。在史崔克蘭已經對現代繪畫產生極大影響的如今，在別人已經摸清他率先探索的那個國度的現在，人們在第一次看到他的畫作時，已經對它們有了更多的認識；但別忘了，在那之前我從未見過同類的作品。最讓我感到駭異的是，他的技法竟然是那麼笨拙。由於看慣了古代那些大師的作品，又覺得安格爾是近世最偉大的畫師，我當時認為史崔克蘭畫得非常糟糕。我根本不懂那種大巧若拙的境界。我記得有幅靜物畫是幾個柳橙擺在瓷盤裡，我看了不是很喜歡，因為瓷盤畫得不夠圓，柳橙也不對稱。幾幅肖像畫得略微比真人大，看上去很粗笨。在我看來，那些面孔畫得像漫畫。那種畫風對我來說是全新的。更讓我感到困惑的是他的風景畫。有兩三幅作品畫的是楓丹白露的樹木和巴黎的街景，我的第一感覺是，它們可能出自某個車夫酗酒後的手筆。我極其困惑。那些畫的顏色在我看來太過粗疏。我突然覺得這整件事是一

1 希斯里（Alfred Sisley，1839～1899），英國人，出生和居住在法國，印象派風景畫家。

2 竇加（Edgar Degas，1834～1917），法國畫家，印象派的奠基人之一。

3〈奧林匹亞〉（Olympia）是馬奈在一八六三年創作的油畫，現藏巴黎奧賽博物館。

4〈草地上的午餐〉（Le Déjeuner sur l, herbe）是馬奈的成名作，創作於一八六二年至一八六三年，現藏巴黎奧賽博物館。

場愚不可及的、莫名其妙的鬧劇。如今回想起來，我不由得更加佩服斯特羅夫的先見之明。斯特羅夫從最初就看出了這是一場藝術革命，在史崔克蘭嶄露頭角的時候就看出來他將會是舉世公認的天才。

但儘管感到困惑和費解，我還是被打動了。哪怕對繪畫極其無知，我也能看到史崔克蘭的作品有某種呼之欲出的真實力量。我既興奮又著迷。我覺得這些畫作似乎有非常重要的話要對我說，可是我又不知道那是什麼話。它們在我看來很拙劣，卻暗示著某種深藏不露的、至關重要的祕密。它們很奇怪地撩撥著我。它們讓我產生了我無法分析的情感。它們訴說著某種言語無法傳達的意義。我想史崔克蘭大概模糊地在客觀的事物中看出了某種靈性的意義，但那種意義太過奇怪，他只能借助不完善的符號來暗示它。我感覺就好像他在渾沌的宇宙中發現了新的規律，正在試圖將它描繪出來，同時因為心有餘而力不足，他的靈魂感到非常痛苦。我看見的是一種掙扎著想要得以呈現的靈性。

我望向他。

「我想你可能選錯了方式。」我說。

「你到底要說什麼？」

「我想你是要傳達某種意義，我不知道那是什麼，但我很清楚傳達它的最佳方式並不是繪畫。」

我原本以為看了他的畫，便能按圖索驥地去理解他的為人，但我錯了。它們只是增加了他已經在我心裡填充的驚詫。我比以前更加茫然了。我唯一能夠肯定的是——或許這也無非是我的幻覺——他正在拚命地掙扎，想要擺脫某種束縛他的力量。但那種力量是什麼，他又如何將其擺脫，我依然不得而知。每個人在世上都是孤獨的。他被囚禁在鐵塔裡，只能通過各種符號和其他人交流，可是這些符號沒有公認的標準，所以它們的意義是模糊而不確定的。我們可憐地向他者傳送寶貴的內心感受，但他們沒有能力去接受，於是我們變得很孤獨，齊肩並進卻又形同陌路，無法認識我們的同類，也無法被他們認識。我們就像身在異國的遊子，他們對該國的語言所知甚少，儘管心中有許多美麗而奧妙的意思要表達，卻只能借助會話手冊上那些陳腔濫調。他們的大腦充滿了想法，卻只能告訴「你園丁的姨媽的雨傘在屋子裡」。[5]

我得到的最後一個印象是，他奮力想要表達某種靈魂狀態，我認為這種努力也正好解答了我心裡的種種疑惑。史崔克蘭顯然賦予了各種色彩和形式以獨特的意義。他忍無可忍地想要傳達他內心的感受，這是他畫下那些作品的唯一初衷。只要能夠更加接近他追求的那種未知事物，他會

5「園丁」、「姨媽」、「雨傘」、「屋子」都是外語入門教材中常見的詞彙。

毫不猶豫地對現實進行簡化或者歪曲。現實對他而言毫無意義，因為他追求的是在大量各不相關的偶然因素中找到某種他自己認為重要的東西。他似乎已經見識了宇宙的靈魂，迫切地想要將其呈現出來。雖然那些畫讓我感到迷惑和費解，畫中表露無遺的情感依舊打動了我的心扉，不知道為什麼，我對史崔克蘭產生了一種我萬萬沒有想到的情感。我竟然對他感到非常同情。

「我想我知道你為什麼會喜歡上布蘭琪．斯特羅夫了。」我對他說。

「為什麼？」

「我認為你的勇氣衰竭了。你的身體將它的軟弱傳染給了你的靈魂。我不知道盤踞在你心裡那種無限的渴望是什麼，反正它驅使你為了某個目的地走上危險而孤獨的道路，你希望抵達那裡之後，終將擺脫那種讓你備受折磨的靈性。我覺得你像跋涉終生的朝聖者，尋找著某座也許並不存在的神廟。我不知道你追求的那種無法言喻的涅槃是什麼。你自己知道嗎？也許你尋找的是真相與自由，但你曾經短暫地認為你能夠在愛情中得到解脫。我想你疲憊的靈魂渴望在女人的懷抱裡歇息，後來你發現那裡得不到休憩，於是你便憎恨她。你並不憐惜她，因為你並不憐惜自己。你殺了她是出自恐懼，因為你剛從險境中逃脫不久，仍然嚇得渾身發抖。」

他勉強地笑起來，摸了摸他的鬍鬚。「你真是多愁善感得可怕，我可憐的朋友。」一個星期後，我無意間聽說史崔克蘭已經去了馬賽[6]。我再也沒有見到他。

6 馬賽（Marseilles），法國南部港口城市，因其瀕臨地中海的優越位置，歷史上是法國最重要的港口，有商船通往世界各地。

43

回頭翻看前面的文字，我發現我對史崔克蘭的描寫肯定是非常不如意的。我寫下了幾件我瞭解的事情，但讀來依然如同霧裡看花，因為我並不知道這些事情的起因。最奇怪的莫過於史崔克蘭決意要當畫家這件事，它顯得非常突兀。儘管他的生活環境中肯定有若干因素導致了他這麼做，但那些因素是什麼我卻完全不瞭解。從他自己說的話中我也找不到線索。假如我是在寫小說，而不是在實事求是地描述某個特立獨行的熟人，那麼我完全可以杜撰出許多原因來解釋這種心意的轉變。我可以捏造他童年就立志成為畫家，但後來迫於父親的反對或者謀生的需要，不得不犧牲這個志向；我可以虛構他對生活的束縛感到不滿，繪聲繪色地描寫他對藝術的熱愛如何與他在生活中肩負的責任發生衝突，以此喚起讀者對他的同情。這樣我就能把他的形象寫得更加高大。讀者說不定會把他當成新的普羅米修斯[1]。我也許可以把他打造成這位大英雄的現代化身，為了人類的利益甘願承受非人的痛苦。這向來是個令人感動的主題。

除此之外，我還可以到他婚後的生活中去尋找他的動機。處理這個主題可以有十幾種方式。他潛在的天賦因為結識那些和他妻子廝混的文人墨客而露出鋒芒；或者是夫妻間的齟齬促使他把注意力轉移到自己身上；或者是某段婚外戀情將他心裡的依微星火煽動成熊熊烈焰。我想如果是這樣的話，史崔克蘭太太就必須以迥然相異的面貌出現了。我可以罔顧事實，把她形容得難以相處、索然無味，或者見識淺陋，對靈性的追求不以為然。我可以讓史崔克蘭的婚姻變成曠日持久的酷刑，離家出走是他僅有的活路。我想我可以強調他對這個情不投意不合的配偶是多麼有耐心，滿懷憐憫的他是多麼不願意掀掉重重地壓在他身上的負擔。如果這樣寫，我肯定不會提到他們的子女。

為了讓故事更加生動，我也可以讓他和某位老畫家發生關係，後者在年輕時因為生活所迫或者想要出人頭地，無奈地浪擲了自己的天賦，他發現史崔克蘭也可能埋沒自己的才華，於是勸說他拋棄榮華富貴，專心致志地踏上神聖的藝術之路。我想這應該是個很有諷刺意味的故事：這位老人已經功成名就，他有萬貫家財，受萬眾敬仰，卻知道這並非他想要的生活，所以想要史崔克蘭去實現他年輕時沒有勇氣追逐的願望。

可惜實際情況要沉悶乏味得多。史崔克蘭剛從學校畢業就進入了股票交易所，而且也沒有懷著厭惡的心態。在結婚之前，他過著典型的股票經紀人生活，在交易所做著不大不小的投機生

1 普羅米修斯（Prometheus）是希臘神話中的英雄，因為替人類盜取火種而遭到大神宙斯的懲罰。

意，關注著德比賽馬[2]或者牛津和劍橋的划艇比賽[3]，但頂多只會下一兩英鎊的賭注。我想他在業餘時間偶爾也去練拳擊。他在壁爐架上擺放著蘭特里小姐[4]和瑪麗．安德森[5]的照片。他喜歡看〈笨拙〉畫報[6]和《體育時代》[7]。他會去漢普斯塔德參加舞會。

我有很長時間沒見過他倒不是很重要。那些年他的生活是很單調的，就是努力想要掌握繪畫這門困難的藝術，這其間為了餬口，他也打過幾份短工，但我覺得這並不重要。就算把它們寫下來，也無非是記錄他所看到的發生在別人身上的事情。我並不認為這些事情對他本身的性格有任何影響。他的種種辛酸經歷足以寫成一部現代窮鬼浪跡巴黎的傳奇小說，但他始終很是超然，從他的談話來看，那些年並沒有發生任何給他留下深刻印象的事件。也許他到巴黎時年紀已經太大，所以周圍燈紅酒綠的環境對他沒有吸引力。說來倒也奇怪，我總覺得他不僅非常講求實際，甚至還有點呆板。我認為他在這段時期的生活是很浪漫的，但他自己肯定不這麼想。這大概是因為，要意識到生活的浪漫情調，你必須有點像演員，你必須能夠站在身外看待自己，既超脫又投入地觀察自己的行動。但說到心無旁騖，誰也比不上史崔克蘭。我從來沒見過像他那麼目標明確的人。我無法描述他是怎樣走過那條艱難困苦的藝術之路、最終達到他所處的大師境界的，這是非常可惜的。因為如果我能展現他是如何百折不回，堅定不移地勇敢前行，從不感到絕望，在面對信心動搖這個藝術家最大的敵人時，又是如何頑強地奮力拚搏，那麼我也許能夠激起讀者對這個我知道肯定顯得毫無魅力的人產生同情之心。但我沒什麼好寫的。我從來沒見過史崔克蘭作畫，也不知道有誰曾經見過。他的掙扎是專屬於他自己的祕密。就算他曾經在煢煢孑立的畫室裡絕望地和上帝的天使殊死搏鬥，他也絕不讓任何人發現他的痛楚。

當寫到他和布蘭琪．斯特羅夫的關係時，我也覺得很苦惱，因為我掌握的都是些零星的事實碎片。為了讓我的故事顯得完整，我應該描述他們的悲劇戀情的發展過程，但我根本不瞭解他們共同生活的那三個月。我不知道他們相處得怎麼樣，彼此談些什麼。畢竟每天有二十四小時，而情感的高潮只可能出現於少數時刻。其他時間他們如何度過，我只能向壁虛造了。我猜想在天黑之前，只要布蘭琪還支持得住，史崔克蘭就會不停地畫畫，看到他全神貫注地工作著，布蘭琪肯

---

2 德比（Derby）賽馬，起源於英國德比郡的一種賽事，除香港和新加坡外，所有德比僅限三歲的馬參賽。

3 牛津和劍橋的划艇比賽是英國一項起源於一八二九年的傳統體育賽事，參賽雙方是牛津大學划艇俱樂部和劍橋大學划艇俱樂部，參賽地點是倫敦的泰晤士河，每年三、四月間舉辦。

4 莉莉．蘭特里（Lillie Langtry，1853~1929），英國演員，以美貌著稱。

5 瑪麗．安德森（Mary Anderson，1859~1940），美國演員，曾出演《亂世佳人》中郝思嘉的表妹。

6 〈笨拙〉畫報（Punch）是英國一份週刊，創辦於一八四一年，在二十世紀初發行量達到十萬份，擁有很大的影響力。

7 《體育時代》（Sporting Times）英國一份重點關注賽馬的體育報紙，創辦於一八六五年，一九三二年停刊。

定感到很惱火。在這樣的時刻，她並不是史崔克蘭的情婦，而是他的模特，然後還有很多相對無言的時候。這肯定讓她感到害怕。史崔克蘭曾暗示布蘭琪向他投懷送抱其實有點報復德爾克．斯特羅夫的意味，因為德爾克曾在她身處絕境的時候施以援手，他的話讓我不由想入非非。我希望這不是真的。這在我看來實在是很可怕。但誰又能摸清難測的人心呢？肯定不是那些以為那裡只有高尚情操和正常感情的人。後來布蘭琪發現史崔克蘭儘管也有激情澎湃的時刻，但大部分時間對她很冷漠，這時她心裡肯定感到非常難過；而據我猜測，即使在那些纏綿的時刻，她也明白她對史崔克蘭來說並非一個人，而是一件帶來快感的工具；史崔克蘭依然是個陌生人，於是她可憐地使盡各種手段，想要將其留在自己身邊。布蘭琪試圖讓史崔克蘭陷入溫柔鄉，卻不知身體的舒適對他來說毫無意義。她變著花樣給史崔克蘭烹調美味的食物，殊不知他對吃什麼根本無所謂。她生怕史崔克蘭一個人會感到寂寞。她總是纏著史崔克蘭，待得他的激情消退，又拚命地想要重燃他的欲火，因為那樣她至少還能擁有把他牢牢抓在手裡的幻覺。或許她的頭腦也知道，她鍛造的鎖鏈只會激起他破壞的欲望，就好像商店的玻璃窗總是讓人覺得手癢，恨不得拿塊磚頭把它砸個稀巴爛那樣；但她的心卻毫無理智可言，驅使她踏上她明知有去無回的絕路。她肯定是非常不快樂的。但盲目的愛情讓她執迷不悟，頑固地認為她付出的愛是如此的偉大，對方絕不可能不報以同樣偉大的愛。

但拋開我對許多事實的茫然無知不談，我對史崔克蘭性格的研究還存在著很大的缺陷。因為實在是太過駭人聽聞，所以我把他的兩段戀情寫下來了，然而那卻是他的生活中微不足道的組成部分。令人啼笑皆非的是，它們竟然如此悲劇地影響到其他人。他的生活其實是由夢想和極其辛苦的工作組成的。

這正是小說的失真之處。因為普遍而言，愛情只是男人生活中的插曲，是和日常生活中的其他事務並存的；但小說往往會對愛情大加渲染，使它具備了與現實不符的重要性。確實有少數男人把愛情當成人世間的頭等大事，可惜這些人都不是非常有趣，就連對愛情最感興趣的女人也會瞧不起他們。女人會被他們哄得飄飄欲仙、興奮不已，可是也難免感到渾身不舒服，覺得他們真是下賤的動物。甚至在短暫的熱戀期裡，男人也會心有旁騖。他們會全神貫注地去完成賴以謀生的工作，他們會旁若無人去參加強身健體的運動，他們會興致勃勃地去研究各種各樣的藝術。對大多數男人來說，他們會把這些不同的活動安排在不同的時間段，他們在從事某種活動時，往往會把其他的拋諸腦後。他們會把所有注意力集中在當前正在做的事情上，如果一種活動干擾了另外一種，他們會感到很惱火。就談戀愛這回事而言，男人和女人的區別在於，女人能夠整天卿卿我我，但男人卻只能偶爾為之。

對史崔克蘭來說，性欲佔據的位子非常小。它是毫不重要的。它是十分討厭的。他的靈魂追求的是其他東西。他也有強烈的情欲，他的身體偶爾會被那種欲望控制，逼得他去盡情放縱一番，但他憎恨這種讓他失去自制力的本能。我想他甚至還會討厭那些讓他的情欲得到發洩的女人。在恢復常態之後，看到那個剛剛和他共度雲雨的女人，他會感到十分厭煩。那時候他的思維會肅穆地遨遊於九霄雲外，他對那女人的嫌惡之情，也許就像五彩斑斕的蝴蝶在花叢間迴旋飛舞時看到牠剛從中勝利脫身的污穢殘繭而產生的感覺。我認為藝術是性本能的表現。美貌的女人、黃色月光下的那不勒斯海灣或者提香[8]的〈下葬〉[9]在人們心裡勾起的都是這種情感。史崔克蘭討厭正常的性宣洩，也許是因為他覺得那太過粗俗，遠遠不能和藝術創作的成就感相提並論。其實我自己也感到十分奇怪，我把他寫得那麼冷酷、自私、粗暴和下流，卻又說他是個偉大的理想主義者。但事實就是如此。

和其他藝術家相比，他過的生活更加淒慘。他也更加勤奮地工作。他毫不在乎那些大多數人認為能讓生活變得更加美好的東西。他視錢財如糞土。他視名聲為浮雲。可是你不能稱讚他抵禦了這些誘惑，因為我們大多數人固然不惜委屈從俗苟求富貴，但這些對他來講根本不是誘惑。他的頭腦不知妥協忍讓為何物。他生活在喧囂的巴黎，卻比底比斯沙漠[10]的隱士更加孤獨。他只願其他人別來打擾他，此外更無所求。他全心全意地追逐著他的目標，為了追到這個目標，他不僅甘願犧牲自己，這有許多人能做到，也不憚於犧牲別人。他有著世俗所不能理解的理想。

史崔克蘭是個可惡的人，但我還是認為他很偉大。

8 提齊安諾．維伽略（Tiziano Vecelli，1488~1576），又名提香（Titian），義大利文藝復興後期威尼斯畫派的代表畫家。

9 提香一共畫過兩幅名為〈下葬〉（Entombment）的作品，一幅作於一五二〇年，現藏巴黎羅浮宮；一幅受西班牙國王費利佩二世委託，作於一五五九年，現藏馬德里普拉多博物館。

10 底比斯（Thebes），古希臘城市名，距地中海約八百公里，在尼羅河東岸，今埃及盧克索（Luxor）境內。

44

畫家的藝術觀點是很重要的，所以寫到這裡，我理應講述我所知的史崔克蘭對偉大的前輩藝術家的看法。可惜我值得寫的東西不多。史崔克蘭並不健談，他缺乏那種把想法用巧妙的話表達出來、給聽者留下深刻印象的本事。他說話沒有風趣。如果說我對其談話風格的再現算得上成功的話，那麼讀者可以看出來，他的幽默其實就是出口傷人。他反駁起別人來不留情面。他的直言不諱有時反而讓人覺得好笑，但這種形式的幽默只有偶爾為之才有效果，如果經常使用，也就不那麼好笑了。

史崔克蘭應該說不是非常聰明的人，他在繪畫上的觀點完全流於庸俗。我從來沒聽他提起過風格和他大抵類似的畫家，比如說塞尚[1]或者梵谷[2]；我懷疑他根本就沒看過他們的作品。他對印象派畫家也不是特別感興趣。他覺得他們的技巧很出色，但我想他可能認為那些人對人物神態的拿捏非常平庸。斯特羅夫曾經長篇大論地宣講莫內有多麼優秀，當時他卻說：「我更喜歡溫德哈爾特[3]。」但我猜他這麼說是故意想惹斯特羅夫生氣，如果他確實有這個想法，那麼他如願以償了。

讓我感到很失望的是，我不曾聽見他對古代那些大師口出狂言。既然他的性格如此怪異，如果再表現得目中無人的話，那我覺得他的形象會更加完整。我很想讓他對前輩畫家發表若干奇談怪論，但我不得不大跌眼鏡地承認，他就像普通人那樣，對他們的評價特別高。我相信他不知道艾爾·格列柯。對維拉斯凱茲他很欽佩，但也不無微詞。他喜歡夏丹，林布蘭[4]則讓他入迷。他曾描述林布蘭給他留下的印象，但所用的語言太過粗俗，我在這裡就不複述了。誰也想不到唯一讓他感興趣的畫家竟然是老布勒哲爾[5]。我當時對這名畫家很不瞭解，史崔克蘭又沒有解釋自己想法的能力。我記得他對老布勒哲爾的評價，因為那句話說了簡直等於白說。

「他還行吧，」史崔克蘭說，「我敢打賭他肯定覺得畫畫跟下地獄差不多。」

---

1 塞尚（Paul Cézanne，1839~1906），法國印象派和後印象派畫家，代表作有〈玩紙牌的人〉（Les joueurs de carte）等。

2 梵谷（Vincent Willem van Gogh，1853~1890），荷蘭後印象派畫家，其代表作〈星空〉（De sterrennacht）、〈向日葵〉（Zonnebloemen）等已經躋身當今世界最著名畫作之列。

3 溫德哈爾特（Franz Xaver Winterhalter，1805~1873），德國畫家，以替歐洲皇室貴族畫肖像馳名，其作品很不受當時的評論家喜愛。

4 林布蘭（Rembrandt Harmenszoon van Rijn，1606~1669），荷蘭畫家，通常認為他是荷蘭歷史上最重要的畫家，也是歐洲最頂尖的藝術家。

5 老布勒哲爾（Pieter Brueghel the Elder，1525~1569），荷蘭畫家，以風景畫和描繪農民生活場景著稱。

後來我到維也納去，看到了幾幅老布勒哲爾的作品，我想我終於明白他為何能夠引起史崔克蘭的注意了。他也是個用自己獨特的眼光來看世界的人。我當時做了大量的筆記，準備寫點關於他的文章，但後來我把筆記弄丟了，現在只剩下一種感覺。在他看來，他的同類似乎都是奇形怪狀的生物，他因為他們長得荒誕而憤怒。他認為生活是很荒唐的，充滿了滑稽可笑和齷齪下流的事情，是如假包換的笑料，然而他笑的時候卻又感到很悲傷。老布勒哲爾給我留下的印象是，他試圖用某種方式來表達一些情感，可是那些情感只有通過其他方式才能得以表達；史崔克蘭大概是隱隱約約地意識到這一點，所以才會對他青睞有加。也許他們兩人試圖用繪畫表現的觀念，其實更適合用文學來傳達。

史崔克蘭這時肯定已經接近四十七歲了。

45

我曾說過，若非機緣巧合去了大溪地，我無疑是不會寫這本書的。那個地方是查爾斯．史崔克蘭浪跡天涯多年之後的歸宿，也正是在那裡，他畫出了許多後來讓他名聞遐邇的扛鼎之作。我想沒有哪個藝術家能夠徹底地實現他念茲在茲的夢想，史崔克蘭深受技巧不足之苦，和其他畫家相比，他表達心目中的理想境界的能力也許更加差勁；但在大溪地，周圍的環境對他而言是很有助益的，他在這個環境中找到了各種啟發靈感的必要條件，至少他後期的作品揭示了他畢生追求的境界。它們讓人想起了某些新奇的東西。彷彿在這個遙遠的國度，他長久以來東飄西蕩、尋找歸宿的靈性終於能夠道成肉身。如果用世俗的話來說，那就是他在這裡找到了他的自我。

按理說，抵達這個蠻荒的海島應該立刻重新點燃我對史崔克蘭的興趣，但我要完成的工作很耗費心神，導致我無暇顧及其他不相干的事情，所以在待了好幾天之後，我才想起來他和這個地方的聯繫。畢竟我和他分別已經十五年，而他與世長辭也有九年了。現在我覺得當初到了大溪地之後，無論手頭的事情有多麼緊要，我都應該先置之不理，但實際上我卻忙了整整一個星期還沒辦法從繁冗的工作中脫身。我記得我在島上的第一個早晨醒得很早，當我走到酒店的露臺時，根本沒有人來搭理我。我走到廚房去看看，但門是鎖著的，門外的長凳上有個當地的男孩正在睡覺。看來我的早餐沒有那麼快準備好，所以我漫步走到水邊。許多中國人已經在他們的商鋪裡忙碌著。天空依然是黎明的白色，死寂的氛圍籠罩著潟湖。十英里外是茉莉亞島[1]，它森嚴地聳立在海面上，像是耶穌在最後的晚餐時所用的聖盤，看上去特別神祕。

我簡直不敢相信自己的眼睛。從威靈頓啟航之後，每天都是異乎尋常的日子。威靈頓乾淨而整潔，很有英國風情，它讓你想起英國南部的港口城市。起初三天海上風浪大作。烏雲在天空中相互追逐。然後風停了，海面變得安靜而澄藍。太平洋比其他海洋更加荒涼，它看上去更為浩茫，最平淡無奇的航行也會叫人激動不已。空氣中瀰漫著醉人的芬芳，讓你充滿了美好的期待。對凡塵中人而言，再沒有比前往大溪地更像接近金色夢幻天堂的旅程了。首先進入視野的是怪石嶙峋的茉莉亞島，它是大溪地的姐妹島，神祕地從煙濤微茫的海面上冉冉升起，彷彿是魔法棒變出來的海市蜃樓。它沿岸地形犬牙交錯，堪稱太平洋的蒙塞拉特島[2]，你也許會覺得那裡有些波利尼西亞武士，正在用各種稀奇古怪的儀式守衛著不能為凡俗之人所知的祕密。漸行漸近間，這座海島掀去了面紗，露出了美麗的容顏，讓你能夠更清楚地欣賞幾個俊秀的峰頭。可是當你乘坐的輪船經過它旁邊時，它依然是那麼神祕陰森，令人望而生畏，周圍盡是穿空的亂石，看上去冷冰冰的，儼然有拒人千里之貌。那些珊瑚礁宛如錯綜複雜的迷宮，假如你穿過某個缺口試圖靠近它，它很可能會倏忽從你的視線裡消失，出現在你眼前的，依然是碧波萬頃的太平洋。

大溪地是個巍峨的綠色島嶼，島上有許多蔥郁的線條，大概是安靜的峽谷吧。那些幽深的溝壑散發出神祕的氣息，谷底有著潺湲的冰冷溪流，你會覺得在那些林蔭茂密的地方，人們依然按照古老的方式過著古老的生活。想到這裡，你難免會有點悲傷和恐懼。但這種印象是轉瞬即逝的，它只會讓你更加珍惜此刻的美好。那就像大家興高采烈地對著小丑的表演哈哈大笑，儘管他的臉上掛著微笑，儘管他的言語十分滑稽，你卻在他眼裡看到了悲傷，因為觀眾的笑聲越是響亮，他就越覺得自己很孤單。因為大溪地是微笑而友好的，它就像某個風華絕代的女人，慷慨大方地賣弄著她的魅力和姿色，而最讓人神魂顛倒的，則莫過於帕皮提的港口。停泊在碼頭的帆船排列得整整齊齊，沿海邊散開的小城潔白而雅致，還有許多鳳凰花，紅紅地佇立於藍天下，彷彿正在竭力炫耀著它們的顏色。它們是那麼明豔逼人，簡直叫你喘不過氣來。而蜂擁在碼頭迎接蒸汽輪船的人群又是那麼愉快和輕鬆，他們吵吵嚷嚷、歡呼雀躍、手舞足蹈。許多棕色的面孔在湧動。你會感覺到各種顏色在明淨的藍空下不停地流動。搬卸行李也好，海關檢查也好，所有事情

1 茉莉亞島（Murea，或拼作 Moorea）是個小島，在大溪地島西北方向十一公里處，也屬向風群島。

2 蒙塞拉特島（Montserrat）是一座巍峨的火山島，屬於加勒比海的背風島，是英國海外屬地。

都是在活潑熱鬧的氛圍中完成的，而且似乎每個人都在朝你微笑。天氣非常炎熱。各種絢麗的色彩讓你感到目眩神迷。

46

我到大溪地不久，便遇見了尼科爾斯船長。那天早晨，我在酒店露臺吃早餐，他走過來跟我搭訕。他聽說我對查爾斯．史崔克蘭很感興趣，所以想來跟我聊聊這個人。大溪地的島民對流言蜚語的熱愛並不亞於英國鄉村的農民，我先前問過一兩個人有沒有史崔克蘭的話，看來消息很快就傳開了。我問這位陌生人是否用過早餐。

「吃過啦，我很早就喝過咖啡了，」他回答說，「但我不介意再喝點威士忌。」

我招呼了中國侍者。

「你不會覺得現在喝酒太早了吧？」船長問。

「你得由你和你的肝商量之後才能決定。」我回答說。

「其實我是提倡禁酒的。」他說著給自己倒了大半杯加拿大會所威士忌[1]。

1　加拿大會所（Canadian Club），是一款加拿大的調合威士忌，最先由 Hiram Walker 生產。Walker 的蒸餾廠於一八五八年於美國底特律建立。由於他的酒是來自加拿大，會所特意將他的酒標上「加拿大」，和其他同場售賣的威士忌以茲識別。於一八九〇年他索性將其會所威士忌正名為 Canadian Club，此名字之後沿用至今。

他笑的時候露出滿口烏黑的爛牙。他是個非常乾癟的漢子，身材偏矮，灰白的頭髮剪得很短，上唇有蓬亂的灰白鬍碴。他有好幾天沒刮過鬍子。他的臉龐有很深的皺紋，常年的日曬讓它變得棕黑；他兩隻眼睛很小，是藍色的，看上去非常靈動。它們賊溜溜地轉得很快，連我最細微的動作都不肯放過，一看就是那種奸詐的老流氓。但當時他對我很是熱情友好。他穿著破舊的卡其色服，雙手髒得應該好好洗一洗。

「我跟史崔克蘭很熟，」他說，這時他靠在椅背上，點燃了我遞給他的雪茄，「他能到這個島上來，正是我幫的忙。」

「你在哪裡遇到他的？」我問。

「馬賽。」

「你當時在那邊做什麼呢？」

他不好意思地笑了。

「唉，我想大概是在沙灘上流浪吧。[2]」

從我這位朋友的外表來看，他現在也很落魄，我準備跟他交個朋友。要跟這些到南太平洋闖蕩的白人相處，你需要付出小小的代價，但他們總不會讓你吃虧的。他們很容易接近，聊起天來也很熱情。他們很少擺架子，只要請喝幾杯酒，他們就會把你當知心好友。你無須大費周章也能和他們混熟，如果他們高談闊論時你肯洗耳恭聽，那麼他們對你不僅會推心置腹，而且還會感激不盡。他們把閒談當作人生一大樂事，可以借此證明他們的修養有多麼出色。總而言之，他們的談話還算有趣。這些人見識雖然有限，但想像力卻十分豐富。他們算不上安分守己的良民，但對法律還是相當尊重的，尤其是在法律有強大後盾的時候。和這些人打撲克牌是很容易輸的，但他們的精明會給這種世界上最好玩的遊戲增添幾分特別的樂趣。我在離開大溪地之前已經跟尼科爾斯船長混得很熟，說起來在這段交情中我佔了很大的便宜。雖然我請他抽了許多雪茄，喝了不少威士忌（他總是拒絕喝雞尾酒，因為他其實是提倡禁酒的），雖然他曾經帶著施恩於人的氣派向我借過幾塊錢，而且後來也沒有還，但我還是認為這些是不能與他提供給我的樂趣等量齊觀的。他是我的債主。如果我嚴格圍繞主題來寫作，只用三言兩語就把他給打發了，我的良心會覺得對不起他的。

我不知道尼科爾斯船長為什麼要離開英國。這個話題他向來諱莫如深，對他這種人你也不能直截了當地提出這個問題。反正聽他的口氣，似乎是蒙受過什麼不白之冤，他無疑把自己視為貪

2 在十九世紀末、二十世紀初，許多歐洲人因為貧困或者犯罪，在自己國家待不下去以後，就會到各個港口城市尋找前往南太平洋殖民地的機會。英文裡面有個單詞專門指這些人，叫做 beachcomber。

贓枉法的犧牲品。我猜想他大概是犯了詐騙或者暴力的罪行，他曾經抨擊祖國的政府機構真他媽的死板，我滿懷同情地附和他的看法。但令人高興的是，他在祖國遭遇的倒楣事並沒有損害到他狂熱的愛國之心。他經常說英國是全世界最好的國家，帶著很強的優越感，完全瞧不起美國人、殖民地居民、拉丁人[3]、荷蘭人與卡納卡人[4]。

但我覺得他的生活並不幸福。他的腸胃不好，嘴裡經常嚼著有助消化的胃藥錠；每天早晨他的胃口都很差，但僅有這種病痛的話，他也不至於如此頹廢消沉。他對生活還有比這個更大的不滿。八年前他有欠考慮地結了婚。仁慈的上帝指定世間某些男子必須過著單身的生活，但他們有些人由於自身的原因，或者由於他們無法抗拒的外部因素，竟然違背了這種旨意。世上再也沒有比這種結了婚的單身漢更值得同情的人。尼科爾斯船長就是這種人。我見過他的妻子。她當年大概二十八歲吧，但她是那種別人猜不出年紀的女人；因為她二十歲時並沒有顯得更年輕，等到四十歲也不會顯得更蒼老。她給我留下的印象是特別緊繃嚴肅。她那張嘴唇單薄的臉總是繃得很緊，她的皮膚緊緊地包著骨頭，她的笑容僵硬，她的頭髮、她的衣服都很緊貼，她雖然穿著白色粗棉布服裝，但因為總是哭喪著臉，看上去活像穿著黑色的孝服。我想像不出尼科爾斯船長為什麼要娶她，娶了她之後又為什麼不把她甩掉。也許他經常試圖這麼做，而讓他悲哀的是竟然每次都徒勞無功。無論他走得有多遠，無論他藏得有多深，我敢肯定尼科爾斯太太都會像命運般如影隨形、像人心般冷酷無情地立刻跟到他身邊。尼科爾斯是無法擺脫她的，就像前因擺脫不了後果。

流氓和藝術家也許還有點像紳士，是不屬於任何階級的。販夫走卒的粗俗鄙陋不會讓他暗生嫌惡，皇親國戚的繁文縟禮也不會讓他如履薄冰。但尼科爾斯太太出身的階層卻很清楚，就是近年來變得頗有聲勢的中下階層[5]。她的父親實際上是個員警。我相信他是個非常厲害的角色。我不知道是什麼讓她死纏著船長，但我想那不會是愛情。我從來沒聽見她講話，不過她在私下很囉嗦也說不定。反正尼科爾斯船長怕她怕得要死。當他和我坐在酒店露臺上聊天時，尼科爾斯有時候會發現她正從外面的馬路走過來。她也不喊尼科爾斯，根本沒有任何跡象表明她注意到尼科爾斯的存在，只是不動聲色地走來走去。然後船長會很奇怪地感到渾身不舒服，他會看看手錶，然後歎口氣。

「好啦，我要走啦。」他說。

---

3 拉丁人（Dago），指義大利人或者西班牙人的後裔。

4 卡納卡人（Kanaka），指波里尼西亞原住民。

5 中下階層（the lower-middle class），包括商店銷售員、工廠職員、辦公室職員、低級公務員、員警等。在十九世紀末、二十世紀初，隨著貴族勢力的衰落和工業資本主義的興起，屬於中下等階層的就業崗位越來越多；工會的廣泛設立又提高了他們的階級意識，他們開始尋求在政治上有所作為，最直接的表現就是英國工黨在一九〇〇年成立。所以毛姆說中下層階級「近年來變得頗有聲勢」。

這個時候俏皮話和威士忌都留他不住。然而他是個能夠毫無懼色地面對海上風暴或颱風的人，只要身邊有把左輪，他就敢於挑戰十幾個赤手空拳的黑人。尼科爾斯太太有時會派她的女兒到酒店來，那是個七歲的小姑娘，臉色很蒼白，總是顯得很不高興。

「媽媽找你。」她尖著嗓子說。

「好啊，乖孩子。」尼科爾斯船長說。

他立刻站起來，帶著他的女兒沿著馬路走回家。我想這是個很有意思的例子，讓我們看見精神是可以戰勝物質的，所以我這段節外生枝的敘述至少還算有點教育意義。

47

我已經試圖理順尼科爾斯船長對我說的幾件關於史崔克蘭的軼事，下面將會儘量清楚連貫地把它們寫下來。他們是在冬天快結束時認識的，就是我在巴黎和史崔克蘭永別後的那個冬天。中間幾個月他是怎麼度過的我並不知情，但他肯定過得很潦倒，因為尼科爾斯船長最初和他相遇是在夜間收容所。當時馬賽發生了罷工，史崔克蘭已經窮途末路，顯然連餬口的錢都賺不到了。

夜間收容所是座很大的石頭建築，乞丐和流浪漢只要能夠提供齊全的證件，並說服管事的修道士相信他們是有工作的人，便能在那裡暫住一個星期。尼科爾斯船長注意到史崔克蘭，是因為他的身材和長相在等待收容所開門的人群中顯得很獨特；他們神情委靡地等待著，有些焦躁地走來走去，有些懶散地靠著牆壁，也有些百無聊賴地把腿伸進水溝裡坐在路緣石上。在他們魚貫走進登記室時，尼科爾斯船長聽到修道士跟史崔克蘭說英語。但他並沒有機會跟史崔克蘭搭訕，因為就在他進入公共活動室的時候，有個修道士走進來，腋下夾著巨大的《聖經》，登上活動室末端的講臺，開始長篇大論地宣講經文。那些淒慘的流浪漢只能忍著，因為這是他們寄宿的代價。他和史崔克蘭被分配在不同的房間，翌日清晨五點鐘，有個體格壯實的修道士把他叫醒，等到他鋪好床洗過臉，史崔克蘭已經不知所終。尼科爾斯船長冒著寒風在街頭流連了個把鐘頭，然後走到了維克多．耶魯廣場，那是許多水手慣常聚會的地方。他又看見了史崔克蘭，正倚著一尊雕像的底座在打盹。他走過去把他踢醒。

「跟我去吃早餐吧，老兄。」他說。

「去死吧你。」史崔克蘭回答說。

我聽出來這正是我朋友的口頭禪，於是開始覺得尼科爾斯船長說的話比較可信。

「你沒錢了吧？」船長問。

「沒你個頭。」史崔克蘭回答。

「跟我走吧，我帶你去吃早飯。」

猶豫片刻之後，史崔克蘭掙扎著站起來。他們走到發放麵包的救濟站，餓肚子的人在那裡可以領到一塊麵包，但必須當場吃掉，因為不許把麵包帶走；然後他們又走到施捨肉湯的地方，每天十一點和四點，你可以在那裡領到一碗又稀又鹹的肉湯，但頂多只能領取七天。這兩個地方隔得很遠，所以只有飢腸轆轆的人才願意跑兩趟。他們就這樣吃了早餐，查爾斯．史崔克蘭和尼科爾斯船長也就這樣交上了朋友。

他們在馬賽度過了差不多四個月相依為命的日子。他們過著平淡至極的日子，既沒有意料之外的驚喜，也沒有激動人心的奇事，因為他們整天都在忙著賺錢，以便能夠找到過夜的住所和充飢的食物。但我真希望在這裡我能提供幾幅美麗而生動的圖畫，把尼科爾斯船長那栩栩如生的描述呈現出來。他們在那個港口城市經歷的社會底層生活完全可以寫成一本引人入勝的圖書，他們遇到的各色人等也提供了足夠研究者編撰整本無賴大辭典的材料。可惜我只能用寥寥數筆將其帶過。反正我覺得他們的生活是緊張粗野、狂放激烈、多姿多彩和充滿活力的。這讓我認識的馬賽，那個熱鬧而陽光、酒店非常舒適、餐廳坐滿富人的馬賽，變得黯然失色和不足為奇。我妒忌那些親眼見到尼科爾斯船長描述的那種生活的人。

夜間收容所的大門向他們關上之後，史崔克蘭和尼科爾斯船長只好倚仗於惡棍比爾。這個人是黑白混血兒，長得魁梧雄壯，拳頭也很厲害。他開了家旅館，專門給失業的水手包吃包住，還給他們找工作。他們在他的地方住了一個月，和十來個瑞典人、黑人和巴西人睡在兩個空房間的地板上，誰住哪個房間都由比爾安排。每天早晨他們跟著他去維克多·耶魯廣場，想要雇用水手的船長通常都到那裡去招人。他娶了個美國女人，又肥又邋遢，天知道美國人怎麼會淪落到這種地步，寄宿者每天輪流幫她做家務。尼科爾斯船長覺得史崔克蘭很懂得交易，因為他以不用做這種雜事，作為交換，他給惡棍比爾畫了一幅肖像。惡棍比爾不但花錢買了畫布、顏料和筆刷，還塞給史崔克蘭一磅走私的菸草作為酬勞。據我所知，這幅畫可能還掛在若列特碼頭附近某座破房子的客廳裡，我想現在已經值一千五百英鎊。史崔克蘭的想法是先坐船到紐西蘭或者澳洲，然後再想辦法前往薩摩亞[1]或者大溪地。我不知道他怎麼會想起來要去南太平洋，不過我記得他早就夢牽魂縈地嚮往著那邊的海島，那種鬱鬱蔥蔥、陽光普照、周圍的海水比北半球海洋更藍的海島。我想他願意跟尼科爾斯船長廝混，大概是因為後者很熟悉那片區域，正是尼科爾斯船長讓他相信他到大溪地會更加舒服。

「你知道的，大溪地是法國屬地，」他向我解釋說，「法國人沒有那麼死板。」

我想我明白他的意思。

史崔克蘭沒有證件，但這對惡棍比爾來說無所謂，他只要有錢賺就可以（他替水手找到工作之後會收取第一個月的薪水作為介紹費），當時恰好有個英國籍鍋爐工死在他的旅館裡，他就把那人的證件給了史崔克蘭。但尼科爾斯船長和史崔克蘭都想朝東去，而能夠提供崗位的輪船恰好都是向西航行的。史崔克蘭兩次拒絕了開往美國的不定期貨船，還拒絕了一艘前往紐卡斯爾[2]的煤船。惡棍比爾對這種頑固失去了耐心，因為這只會造成他的損失，最後他也懶得費口舌，乾脆把史崔克蘭和尼科爾斯船長趕走了。於是他們再次流落街頭。

惡棍比爾那裡的飯菜並不豐盛，每次吃完了肚子還是像吃之前那麼餓，但有好幾天他們很懷念那裡的伙食。他們真正地嘗到了飢餓的滋味。施捨肉湯的地方和夜間收容所已經對他們關起了大門，他們賴以果腹的只有麵包救濟站發放的小片麵包。他們睡覺的地方也很隨便，有時候睡在火車站岔道上的空車廂裡，有時候睡在倉庫後面的貨車裡。但天氣特別冷，往往是迷迷糊糊地睡上一兩個小時之後，他們又得回到街頭來回踱步，以便暖和身體。讓他們最難以忍受的是沒有煙抽，尼科爾斯船長的菸癮尤其重，他經常到酒吧雲集的地方，專門去撿那些前一晚在那閒逛的人扔掉的未抽完的香菸或者雪茄。

「再差的菸我都抽過。」他補充說，很豁達地聳了聳肩膀，同時從我遞給他的菸盒中抽起了兩根雪茄，一根放到嘴裡，一根塞進口袋。

他們時不時能賺到一點錢。偶爾會有郵輪進港，由於已經跟碼頭監工混得很熟，尼科爾斯船長能夠得到兩個裝卸貨物的名額。如果來的是英國的輪船，他們就會悄悄溜進前艙，到船員餐廳去大快朵頤。但如果遇到高級船員就倒楣了，他們會被趕走，走到跳板時說不定還會因為走得太慢而被踢上一腳。

「只要能填飽肚子，屁股挨一腳也沒關係，」尼科爾斯船長說，「我自己從來不為這種事生

---

1 薩摩亞（Samoa）是南太平洋中部的一個群島，跨度超過三千公里，目前分為兩部分，西邊的群島是薩摩亞獨立國，東邊的群島是美屬薩摩亞。

2 紐卡斯爾是英國城市，全稱為泰恩河畔紐卡斯爾（Newcastle upon Tyne），歷史上曾是重要的煤炭產地。

氣。高階船員畢竟要維護紀律。」

我彷彿身臨其境地看見尼科爾斯船長頭下腳上，飛快地順著狹窄的跳板滑下來，後面是一個來不及抬腳的、怒氣沖沖的船員；而他真不愧是英國人，居然還臉帶笑容，非常高興英國商船的紀律是如此之嚴明。

魚市經常有零工可打。他們也把無數箱堆在碼頭的廉價進口柳橙搬上貨車，每人賺了一法郎。有一天他們撞上了大運：某個旅館老闆弄到了合約，需要找人去粉刷一艘從馬達加斯加繞過好望角[3]開來的貨船；他們有好幾天站在船外懸掛著的木板上，給鏽跡斑斑的船殼刷上油漆。這樁差事倒是很適合喜歡自我解嘲的史崔克蘭。我問尼科爾斯船長，他在這些艱難困苦的日子裡心情怎麼樣。

「從來沒聽他抱怨過，」船長回答說，「他偶爾會有點悶悶不樂，但就算我們整天沒有東西吃，就算我們連到中國人那裡過夜的錢都出不起，他還是活蹦亂跳得像隻蟋蟀。」

我對此並不感到意外。史崔克蘭就是那種超然物外的人，就算在境遇最悲慘的時候也是如此，但這究竟是由於靈魂的沉靜，還是性格的矛盾，那就很難分清了。

「中國佬的廁所」是當時那些準備到南太平洋闖蕩的白人給布特希街一家劣質旅館所起的名字，其老闆是個獨眼的中國人，給六個生丁[4]你就可以睡在床鋪上，三個生丁可以睡地板。他們在這裡結交了許多同樣走投無路的人，每當他們身無分文，而夜裡又特別冷，他們就會找白天偶然賺到些許錢的人借點寄宿的費用。他們並不小氣，這些流浪漢，只要身上有錢，他們會毫不猶豫地跟其他人分享。他們來自全世界各個國家，但這並不妨礙他們相親相愛，因為他們覺得大家都是自由民，同屬於想像中的天堂之國。

「但我覺得史崔克蘭發起脾氣來可不是好惹的，」尼科爾斯船長回憶說，「有一天我們在廣場碰到了惡棍比爾，他向查爾斯討回他給的證件。」

「有種你就過來拿。」查爾斯說。

「他是個強壯的傢伙，惡棍比爾，但他被查爾斯的氣勢給鎮住了，不敢上前動手，所以開始不停地咒罵。他用各種難聽的話罵查爾斯，惡棍比爾罵人要多難聽有多難聽。查爾斯也不回嘴，任他罵了片刻，然後向前走了幾步，他只說了一句：『去你媽的，你這頭臭豬。』他這句話倒沒什麼，但他的架勢很嚇人。惡棍比爾立刻閉嘴，你能看出來他心裡很害怕，他趕緊轉身就走，好

3 好望角（Cape of Good Hope）在南非開普敦，非洲大陸的西南端。一八六九年以後，從印度洋前往地中海的貨輪通常取道蘇伊士運河，只有少數因為經營狀況不理想、不捨得支付運河費的，才寧可多航行七千公里也要走好望角航線。

4 生丁是法國貨幣單位，一法郎等於一百生丁。

像剛剛想起有個約會似的。」

按照尼科爾斯船長的敘述，史崔克蘭罵的不是我寫下的那句話，但是因為我想把這本書寫得老少咸宜，所以我覺得最好還是用大家都能接受的說法來代替他的原話比較好，儘管這樣犧牲了真相。

惡棍比爾可不是那種受了普通水手的羞辱之後甘願忍氣吞聲的人。他的權勢是建立在威望之上的，前後有兩個住在他的旅館的水手告訴他們，他發誓要把史崔克蘭幹掉。

有天晚上，尼科爾斯船長和史崔克蘭到酒吧雲集的布特希街[5]去喝酒。布特希街是條狹窄的街道，兩旁都是單層的房子，每座房子只有一個房間，它們就像擁擠市集的攤位或者馬戲團的獸籠。每家每戶門口都有個女人。有些懶洋洋地靠著門框，自顧自地哼著小曲，或者用嘶啞的嗓音招呼路過的人，有些則無精打采地讀書看報。她們是法國人、義大利人、西班牙人、日本人和黑人，有些很胖，有些很瘦。雖然她們臉上的脂粉抹得很厚，眉毛畫得很粗，嘴唇也塗得很紅，但你還是能看到歲月的痕跡和放蕩的傷疤。有些穿著黑色的內衣和肉色的長襪，有些留著染成黃色的鬈髮，穿著短裙，打扮成小女孩的樣子。房門是敞開的，你可以看見裡面鋪了紅磚，擺著很大的木床，松木桌上擺著敞口水壺和臉盆。在這條街上來往的是九流三教的人——在遊輪上當船員的印度阿三，從瑞典三桅船上岸的金髮北歐人，在軍艦上當兵的日本人，英國的水手，西班牙人，來自法國戰艦的英俊小伙子，還有在美國的貨船上幹活的黑人。白天這裡只是個骯髒污穢的地方，但入夜之後，那些破房子透射出來的昏暗燈光讓這條沒有路燈的街道變得忽隱忽現，別具一種邪惡的美麗。荒淫的氣息充斥於空氣裡，讓人感到窒息和害怕；然而這種讓你過目難忘和感到不安的景象裡卻有某種神祕的東西。這裡有某種不知為何物的原始力量，讓你既感到噁心不已，然而又被深深地吸引著。文明世界所有的斯文體面在這裡已經消失殆盡，你感覺到人們不得不直面陰暗的現實。四處瀰漫著既緊張又悲哀的氣氛。[6]

史崔克蘭和尼科爾斯坐在某家酒吧裡，裡面有臺自動鋼琴演奏著喧鬧的舞曲。酒吧裡人滿為患，這邊有六七個喝得醉醺醺、大聲說話的水手，那邊是一群士兵；而在房間的正中央，是擠在一起跳舞的男男女女。幾個臉龐黧黑的大鬍子水手用粗硬的大手把他們的舞伴緊緊地擁在懷裡。那些女人只穿著內衣褲。時不時有兩個水手站起來相互摟著跳舞。喧譁聲震耳欲聾。人們放聲高歌，吵吵嚷嚷，開懷大笑，後來有個男的深深地吻著坐在他懷裡的女孩，幾個英國水手連聲怪

---

5 布特希街（Rue Bouterie）是馬賽著名的紅燈區，根據歷史文獻，在一八八二年，這條路光是在政府正式註冊的妓院就有十五家。

6 毛姆對紅燈區的誘惑和邪惡有切身的體會。一八九二年，他在倫敦聖托馬斯醫院進修，因為恥於尚未和異性發生過性關係，於是花一英鎊找了個妓女，結果不幸感染了淋病。

叫，讓酒吧裡變得更加吵雜。空氣裡滿是被那些男人沉重的皮靴踢起的灰塵，還有灰色的煙霧。裡面感覺非常熱。吧台後面有個女人坐著給她的孩子餵奶。服務生是個身材矮小的年輕人，扁平的臉上長滿了雀斑，他用托盤端著許多杯啤酒，來回不停地忙碌著。

不久之後，惡棍比爾在兩個高大黑人的陪伴下走了進來，誰都看得出來他已經喝得爛醉。他是來找麻煩的。腳步虛浮的他猛地撞上一張坐著三個士兵的桌子，把一杯啤酒打翻了。雙方激烈地爭吵起來，這時酒吧的老闆挺身而出，命令惡棍比爾滾蛋。他是個剽悍的大個子，向來不允許顧客在他的酒吧鬧事，惡棍比爾遲疑著。他可不敢惹那個老闆，因為那人有員警撐腰，所以他咒罵幾句，轉身就要走。突然間他看見了史崔克蘭。他走到史崔克蘭面前。他沒有說話。他咳出滿口濃痰，吐在史崔克蘭臉上。史崔克蘭抄起酒杯向他砸過去。跳舞的人突然停了下來。酒吧突然間寂靜無聲，但是看到惡棍比爾兇猛地向史崔克蘭撲過去，每個人心裡的打架欲望都被激起了，隨即展開了混戰。許多桌子被掀翻，玻璃杯在地上摔得粉碎。酒吧裡亂成一團。那些女人驚恐地衝出門外或者躲到吧台後面。路人從街上探頭進來看。你能聽見咒罵聲、打鬥聲和喊叫聲；房間中央有十幾個人正在使盡渾身力氣地相互扭打。頃刻間許多員警衝了進來，每個人都爭先恐後地奪門而出。等到酒吧多少清靜下來之後，惡棍比爾正不省人事地躺在地上，腦袋上有道很大的傷口。尼科爾斯船長拖著手臂不停流血、渾身衣服被撕爛的史崔克蘭衝進大街。他自己的鼻子被人打了一拳，鼻血流得滿臉都是。

「我覺得你最好趕在惡棍比爾出院之前離開馬賽。」他對史崔克蘭說，那時他們已經回到「中國佬的廁所」，正在清理傷口。

「這比鬥雞好玩多啦。」史崔克蘭說。

我彷彿看見他那種譏諷的笑容。

尼科爾斯船長很著急。他知道惡棍比爾是個睚眥必報的小人。史崔克蘭已經兩次羞辱了那個黑白混血兒，那人在頭腦清醒的時候是不好對付的。他會臥薪嘗膽，他不會立刻動手，但等到某天晚上，史崔克蘭的後背將會挨上一刀，兩三天後就會有一具無名流浪漢的屍體從港口污穢的海水中被打撈上來。尼科爾斯翌日早晨去了惡棍比爾家打聽消息。他仍然住在醫院裡，但他那個已經去過醫院的妻子說，他狠狠地發誓出院後一定要殺了史崔克蘭。

一個星期過去了。

「就像我經常說的，」尼科爾斯船長回憶說，「你要打人就得下狠手。這樣你才有時間可以考慮接下來怎麼辦。」

然後史崔克蘭碰上好運。有艘開往澳洲的輪船派人到水手之家招聘鍋爐工，原來那個鍋爐工因為神經錯亂，在經過直布羅陀海峽時投海自盡了。

「你趕快到碼頭去，」船長對史崔克蘭說，「趕快去把合約簽了，別忘了帶上你的證件。」

史崔克蘭馬上就出發了，後來船長再也沒有見到他。那艘船只在馬賽港停泊六個小時，那天傍晚，尼科爾斯船長望著從輪船煙囪嫋嫋升起的煙霧，目送它在冬天的海面上朝著東方破浪而去。

我儘量把這段故事寫得清楚，因為我覺得這些聽來的軼事，和我親眼所見的史崔克蘭從事股票交易時在艾胥利花園[7]所過的生活，形成了鮮明而有趣的對比。但我很清楚尼科爾斯船長是個信口開河的吹牛大王，他跟我說的這些話也可能一句都不是真的。就算得知他其實和史崔克蘭素昧平生，而他對馬賽的瞭解都是從雜誌上看來的，我也不會感到吃驚。

7 艾胥利花園（Ashley Gardens）位於倫敦威斯敏斯特安布羅斯登街（Ambrosden Avenue），一八九二年落成，是倫敦最早一批豪華公寓。目前該花園四臥室的公寓售價約兩百四十萬英鎊。

48

我本來打算寫到這裡就收筆。我最早的想法是，先描寫史崔克蘭在大溪地最後幾年的遭遇，以及他慘死的情狀，然後再回頭來敘述我所知的他早年的生活。我準備這麼寫，倒不是因為我想故弄玄虛，而是因為我想讓史崔克蘭懷著種種我並不瞭解的夢想，帶著孤獨的靈魂，奔向那早已令他魂夢縈繞的陌生群島。我喜歡這種義無反顧的形象：在四十七歲的年紀，當絕大多數同齡人早已過著安逸舒適的日子，他卻毅然去尋找新的世界。我彷彿看到他迎著凜冽的北風，在白浪翻飛的茫茫大海上，極目眺望漸漸消失、再也無緣重見的法國海岸線；我覺得他的行為有著慷慨激烈的風采，而他的靈魂有著勇往直前的氣概。我想讓這本書在這裡結束，是為了給讀者留下希望。這似乎強化了人類不屈不撓的崇高精神。但我做不到。不知道怎麼回事，我就是寫不下去，經過幾番嘗試，我只好放棄了這種寫法，我開始老老實實地採用尋常的筆法，將我所瞭解的史崔克蘭的生活平鋪直敘地全盤托出。

我對其生活的瞭解是片段式的。如果把我比喻成生物學家的話，那就是我手上只有一根骨頭，卻不僅試圖還原某種滅絕已久的動物的形貌，還想要摸清它的習性。史崔克蘭根本沒有給那些在大溪地和他有過接觸的人留下特別的印象。對他們來說，他無非是個流落異鄉的白人，手頭總是很拮据，僅有的特殊之處在於他畫了許多在他們看來很荒誕的畫作；直到他魂歸地府之後好幾年，巴黎和柏林的畫廊派出許多經紀人，紛紛前來搜羅他有可能仍散落在這座島嶼上的遺作，他們才意識到原來這裡曾經生活過某位重要的大人物。這時他們才想起來，當年花點小錢就能買到的畫如今已是價值連城，他們簡直不能原諒自己竟然白白放過這種發大財的機會。島上有個猶太商人叫科恩，他手上有幅史崔克蘭的畫，這幅畫的來路有點特別。他是個矮小的法國人，有著和藹的眼睛和可親的笑容，兼作商人和水手，經常大膽地開著自家的快艇往來波莫土群島和馬克薩斯群島，運去當地需要的商品，載回椰子乾、貝殼和珍珠。我去找他，是因為聽說他有顆很大的黑珍珠要賣，而且價格很低，在發現我還是買不起之後，我跟他聊起了史崔克蘭。他和史崔克蘭很熟。

「你知道嗎，我對他很有好感，因為他是個畫家，」他告訴我，「我們島上畫家並不多，我當時很替他感到惋惜，因為他畫得太糟糕了。他的第一份工作是我給他的。我在半島那邊有個莊園，我想請個白人工頭。如果沒有白人監工，本地的土人是不會替你做事情的。我對他說：『你有大量的時間可以畫畫，還能賺點小錢。』我知道他很潦倒，但還是給他開了很高的薪水。」

「我想他應該不是一個非常稱職的工頭吧。」我笑著說。

「我對他很寬容。我總是很同情藝術家。我們這種人天生就是這樣，你知道的。但他只待了幾個月。等到賺夠錢買顏料和畫布，他就離開我了。那時候他已經迷上了這個地方，他想要住到深山老林裡去。但我後來還是經常見到他。他每隔幾個月就會來帕皮提小住幾天，他會找人弄點錢，然後又消失了。有一次他來找我，問我借兩百法郎。他看上去好像有一個星期沒吃過東西，我不忍心拒絕他。當然，我本來就沒指望他會還錢。哎呀，誰知道一年後他又來找我，帶來了一幅畫。他並沒有提到他欠我的錢，而是說：『畫裡面是你的莊園，這是我為你畫的。』我看了那幅畫。我不知道該怎麼說，但是當然啦，我還是感謝了他，等他走了以後，我把畫拿給我妻子看。」

「他畫得怎麼樣？」我問。

「別問我。我摸不著它的頭緒。我這輩子從來沒見過那種東西。『我們該怎麼處理它？』我問我妻子。『我們不能把它掛起來，』她說，『會讓人家看笑話的。』所以她把畫拿到閣樓去，丟在各種雜七雜八的東西裡面，因為我妻子從來不捨得把東西扔掉。那是她的天性。後來你猜怎麼了？就在戰爭快開始的時候，我哥哥從巴黎寫信來，信裡說：『你認不認識一個住在大溪地的英國畫家？他好像是個天才，他的畫價格特別高。你試試看能不能取得幾幅，然後寄給我。這能賺不少錢。』所以我對我妻子說：『史崔克蘭給我的那幅畫呢？有沒有可能還在閣樓裡？』『肯定在啊，』她回答說，『因為你也知道的，我從來不把東西扔掉。這是我的天性。』我們爬上閣樓，那裡堆滿了我們住進這座房子三十年來積累的垃圾，那幅畫就在裡面。我又看了看它，然後說：『我們在半島的莊園裡的工頭，跟我借過兩百法郎的那個人，竟然是個天才，這誰能想得到啊？你在這幅畫中看出什麼了嗎？』『沒有，』她說，『他把我們的莊園畫得走樣了，我從來沒見過椰子樹有藍色的樹葉，但巴黎有很多瘋子，說不定你哥哥能把它賣出兩百法郎的價錢，那就正好抵掉史崔克蘭欠你的債。』然後，我們就把它包起來，給我哥寄過去。最後我收到他的來信。你猜他是怎麼說的？『我收到你的畫，』他說，『坦白說，我開始以為你是在跟我開玩笑。你讓我出郵費，把這幅畫白送給我，我都未必願意。然後有個紳士來找我談收購，我有點不敢把畫拿給他看。當他說那是傑作，向我開出三萬法郎的價錢時，你能想像我有多吃驚嗎？我敢說他願意出更高的價錢，但老實講，當時我嚇得傻掉了，我還沒反應過來就答應把畫賣給他。』」

然後科恩先生說了一番讓人肅然起敬的話。

「我真希望可憐的史崔克蘭還活著。我想知道，當我把賣畫得到的兩萬九千八百法郎還給他時，他會說些什麼。」

49

我住在鮮花旅店裡，老闆娘強森太太跟我說過她痛失良機的悲慘往事。史崔克蘭去世後，有些遺物被拿到帕皮提市場拍賣，她親自去了拍賣會，因為那輛卡車裡有個美國火爐是她想要的。她花了二十七法郎把它買下來。

「那裡有十來幅畫，」她告訴我說，「但沒有畫框，誰也不想買。有些賣到十法郎，但大部分只賣六、七法郎。你想想看啊，當時我要是把它們買下來，現在我就發大財啦。」

但緹亞蕾．強森無論如何是不會發財的。她管不住錢。她母親是當地土著，父親是在大溪地定居的英國船長。我認識她時，她是個五十歲的胖女人，長相顯得比年齡更老。她個子很高，又非常胖，若非臉上總是笑臉迎人，讓人覺得特別友善，那副樣子肯定是很嚇人的。她的手臂粗壯得像羊腿，乳房像兩顆巨大的捲心菜，她的寬臉滿是橫肉，你看到了會覺得粗俗不堪，她的下巴則是層層疊疊的。我不知道她到底有幾重下巴。它們很壯觀地落到她那寬廣的胸脯上。她通常穿著紅色的長袖高領連衣裙，從早到晚都戴著大草帽。但是在她把頭髮披下來時，她經常這麼做，因為她感到很自豪，你能看到它很長，是黑色的鬈髮，她的眼睛依然很年輕和靈動。她的笑聲是我聽過最有感染力的，她先是在喉嚨裡呵呵地笑，然後笑得越來越大聲，最後笑得整個肥大的身體不停地抖動。她最愛三樣東西——笑話、美酒和俊男。認識她真是我的榮幸。

她是島上最好的廚師，非常熱愛美食。從早到晚你能看見她坐在廚房一張低矮的椅子上，身邊圍繞著一個中國廚師和兩三個本地女孩。她不停地發號施令，跟每個人聊天，也會品嘗在她指揮下做出來的各色美味佳餚。有時候為了對朋友表示重視，她會親自下廚烹調飯菜。她非常熱情好客，只要鮮花旅店有東西吃，島上誰也不用餓肚子。她從來不因為客人掏不出房費而將他們趕走。曾經有個人陷入了絕境，她居然讓那人免費住了好幾個月。後來開洗衣店的中國人拒絕替那人白洗衣服，她就把那人的衣服和自己的混起來送過去洗。她不能眼睜睜看著那可憐的傢伙穿著髒襯衣到處跑，她說，由於那人是個男的，而男人必須抽菸，所以她每天還給他一法郎去買香菸。她對那人很客氣，和對待其他每週都付清房費的客人沒有兩樣。

年紀和肥胖使她失去了戀愛的本領，但她對年輕人的戀情很有興趣。她認為男歡女愛是人的天性，而且總是樂於用她自己豐富的經驗來加以說明。

「我還沒滿十五歲的時候，我父親就發現我有個情人，」她說，「他是紅嘴鸚號的三副。是個帥哥。」

她輕輕歎了口氣。大家都說女人想起初戀情人時總是很動情，但緹亞蕾．強森太太可能並不總是想著他。

「我的父親是個理智的人。」

「當時他怎麼做？」我問。

「他把我打得半死，然後逼我嫁給了強森船長。我無所謂。當然，他年紀很大，但他也長得很帥。」

緹亞蕾——她父親給她起了那種芬芳的白色花朵的名字，他們會告訴你，只要聞過它的花香，無論你走了多遠，最終還是要回到大溪地來——緹亞蕾對史崔克蘭記得很清楚。

「他以前偶爾會到這邊來，我經常看見他在帕皮提散步。我覺得他很可憐，他那麼瘦，又總是缺錢用。每當聽說他到市區來，我總是會派個男孩去找他，把他帶來跟我吃頓晚飯。我給他找過一兩份工作，但他做什麼都沒長性。沒隔幾天他就想回到山林裡去，可能早上起來就看不見他人了。」

史崔克蘭來到大溪地，大概是在離開馬賽六個月後。他來時搭乘的是一艘從奧克蘭開往舊金山的遠洋輪船。到這裡的時候身上帶著一盒顏料、一個畫架和十來張畫布。他口袋裡有幾英鎊的錢，因為他曾在澳洲打過短工，他在郊區某個本地人家裡租了個房間。我想他到大溪地時應該有回家的感覺。緹亞蕾告訴我，史崔克蘭曾經對她說過這番話：

「那時我正在擦甲板，突然間，有個傢伙對我說：『快看，就是那裡。』我抬起頭，看到了這座海島的輪廓。我立刻知道這就是我畢生在尋找的地方。後來船越開越近，我好像認識這個地方。有時候，當我在這裡散步時，我覺得一切都很熟悉。我敢發誓我以前在這裡生活過。」

「這地方有時候就是這樣把人迷住的，」緹亞蕾說，「我見過不少人，他們本來打算趁乘坐的輪船在裝貨時來這裡玩幾個小時，但後來就不走了。我還認識有些人，他們被派到這裡來任職一年，他們詛咒這個地方，臨走的時候發毒誓說寧可上吊也不會再回來；但六個月後，你會看到他們又上岸了，他們會告訴你，在別的地方他們活不下去。」

50

我總覺得有些人沒有出生在正確的地方。偶然的命運將他們丟到特定的環境裡，但他們總是對某個不知在何處的家鄉念念不忘。他們是生身之地的過客，從孩提時代就熟悉的林蔭小徑，或者曾在其中玩耍過的熱鬧街道，都無非是人生路上的驛站。他們始終把親友視如陌路，對生平僅見的環境毫無感情。也許正是這種疏離感推動他們遠走高飛，去尋找某種永恆的東西，某片能讓他們眷戀的土地。也許正是某種藏得很深的尋根意識，敦促這些天涯遊子重返他們的祖先在湮遠的太初便已離開的故地。有時候，人會偶然造訪某個地方，卻神祕地感到這裡就是他的歸宿。這裡就是他朝思暮想的故鄉，儘管周邊的環境他從未見過，儘管當地的居民他素未謀面，他卻願意安頓下來，彷彿這些都是他生來便已熟知的。在這裡他的心終於不再躁動。

我給緹亞蕾講了個故事，主角是我在聖托馬斯醫院[1]認識的。他是個猶太人，叫做亞伯拉

1 聖托馬斯醫院（St Thomas' Hospital）是倫敦市中心一家大型的教學醫院，創辦於一一〇〇年左右。一八九二年至一八九七年，毛姆在該院進修。

罕，當時是個頭髮金黃、特別壯實的年輕人，生性很靦腆，也非常謙虛，但他的才華很出眾。他考取了醫院的獎學金，讀書五年期間拿遍了所有能拿的獎勵。他同時被委任為內科醫生和外科醫生。他的出色是大家公認的。最後他被選進了醫院的管理層，前途一片光明。按照常理來說，他肯定會上升到他這個職業的頂端。名譽和財富正在等著他。在履新之前，他想去度假，由於手頭並不寬裕，他以外科醫生的身份登上了一艘開往地中海東岸的不定期貨輪。這艘貨輪通常不配備大夫，但聖托馬斯醫院有個年長的外科醫生認識這條航線的經理，經理賣了個人情，特准亞伯拉罕上船。

幾個星期後，醫院管理層收到他的辭呈，他放棄了那個令人覬覦的職位。醫院的同事感到極其震驚，各種憑空猜測的謠言紛紛傳開。每當有人做了不合常理的事情，他的熟人就會替他設想出最離奇的動機。但醫院早就有人對亞伯拉罕的位子虎視眈眈，所以亞伯拉罕也就被遺忘了。人們再也沒有聽到他的消息。他消失了。

大概十年後的某個早晨，我乘坐的輪船即將停靠在亞歷山大港，在上岸之前，我和其他旅客依照要求排隊接受醫生的檢查。那醫生長得很壯，穿著破舊的衣服，當他摘掉帽子之後，我發現他的頭髮差不多全掉光了。我覺得我以前見過他。突然間我想起來了。

「亞伯拉罕。」我說。

他轉頭看著我，滿臉迷惑，然後他認出我，緊緊地抓著我的手。互道驚喜後，聽說我要在亞歷山大港過夜，他邀請我到英國俱樂部和他共進晚餐。那晚再次見面時，我說我完全沒想到居然會在那裡碰見他。他的職位非常低微，看他的樣子也有點寒酸。然後他跟我說起了他的故事。當初啟程到地中海度假時，他其實是準備回到倫敦，去聖托馬斯醫院履任的。那天早晨，貨輪在亞歷山大港靠岸，他在甲板上觀察這座城市，在陽光下白花花的，還有碼頭上的人群，他看到了穿著襤褸長袍的本地人，蘇丹來的黑人，吵吵嚷嚷、成群結隊的希臘人和義大利人，戴著紅色菲斯帽的、神情肅穆的土耳其人，燦爛的陽光和藍色的天穹，他產生了某種感觸。他無法描述這種感受。就像是一聲驚雷，他說，但隨即又推翻了這個說法，改口說是一種天啟。似乎有什麼東西觸動了他的心靈，於是他突然覺得非常快樂，有一種無拘無束的美妙感受。他覺得他回到家鄉了，不用一分鐘就決定他將會在亞歷山大港度過他的餘生。他離開那艘船沒遇到什麼困難，不到二十四個小時，他已經帶著所有的行李，出現在海岸上。

「船長肯定覺得你瘋掉了。」我笑著說。

「我不在乎任何人的看法。其實做出決定的不是我，而是我內心某種更為強大的力量。當時我環顧四周，想著要找家希臘人開的小旅館住下來，我感覺我知道哪裡能找著。說了你也許不信，我是直接走過去的，當我看見那個旅館的時候，我立刻就認出它來了。」

「你以前來過亞歷山大港嗎？」

「沒有，我從來沒有離開英國。」

他很快就進入了當地的海關部門，隨後一直在那裡上班。

「你從來沒後悔過嗎？」

「沒有，完全沒有。我賺的錢只夠過日子，不過我很滿足。我別無所求，只想在這裡住到老死。我的生活很美好。」

我翌日就離開了亞歷山大港，也忘了亞伯拉罕的事情，直到不久之前才又想起來。當時我去另外一個當醫生的老朋友家吃晚飯，他叫阿列克．卡邁克爾，因為短期休假回到英國。我偶然在馬路上撞見他，並向他道賀，由於在戰爭[2]中的傑出表現，他剛剛被皇室授予了爵士的頭銜。我們都說要找個晚上好好敘敘舊，當我答應到他家吃晚飯時，他說他不會再請其他人，以便我們能夠促膝長談。他在安妮皇后街[3]有座漂亮的老房子，他是個很講格調的人，把房子佈置得很讓人稱羨。在餐廳的牆壁上我看到一幅秀麗的貝洛托[4]，還有兩幅讓我很妒忌的佐芬尼[5]。在他的妻子——是個很高的美女，穿著金色的衣服——起身告退之後，我笑著說他現在的生活條件，跟我們以前在醫院當學生時真是不可同日而語。當時我們到威斯敏斯特橋大街某家破落的義大利餐廳吃頓晚飯都會覺得太過奢侈。阿列克．卡邁克爾如今是六家醫院的管理人員，我想他每年的收入有一萬英鎊[6]，而這次受封為爵士也只是他飛黃騰達的起點，他將來肯定還會得到更多的榮譽。

「我過得挺好，」他說，「但說來奇怪，我能過上這種生活，還是因為那次運氣好。」

「你這話是什麼意思呢？」

「嗯，你記得亞伯拉罕嗎？本來大有前途的人是他。當學生的時候，他各方面都比我優秀。他拿了許多我想拿又拿不到的獎勵和獎學金。我總是爭不過他。如果他繼續努力，我今天的地位肯定是他的。那傢伙做外科手術是個天才。誰也比不上他。在他被提拔為聖托馬斯的住院專科醫生之後，我完全沒有指望進入醫院的管理層。我頂多只能成為開業醫生，開業醫生獲得晉升的機會有多大你是知道的。但亞伯拉罕卻辭職了，我得到他的職位。那給了我機會。」

「確實是這樣的。」

「這純粹是運氣。我覺得亞伯拉罕這人有點古怪。可憐的傢伙，他整個人徹底廢掉了。他在

2 本書中提到的戰爭，皆指第一次世界大戰。
3 安妮皇后街（Queen Anne Street）位於倫敦繁華的馬里波恩區（Marylebone），歷來是富人的居住地。
4 貝納多·貝洛托（Bernardo Bellotto，1721~1780），義大利風景畫家。
5 約翰·佐芬尼（Johann Zoffany，1733~1810），德國新古典主義畫家，一七六〇年移居英國，後來成為英國王室的宮廷畫家。
6 毛姆一八九二年到倫敦聖托馬斯醫院進修時，在市中心租了一間兩個臥室的公寓，租金是每週一英鎊。

亞歷山大港的醫院找了份可憐的工作——好像是當檢疫員還是什麼。我聽說他娶了個醜陋的希臘老女人，生了六七個邋遢骯髒的小孩。實際上，我覺得人光有腦子是不夠的。更重要的是性格，亞伯拉罕沒有性格。」

亞伯拉罕沒有性格？我想只有非常有性格的人，才會在發現別的生活方式更有意義之後，只經過半個小時的考慮，就毅然拋棄原本蒸蒸日上的事業。而事後從來不懊悔突然踏出這一步，這更需要性格才行吧。但我什麼也沒說，阿列克．卡邁克爾繼續發表他的感慨：

「當然，如果我假裝為亞伯拉罕感到惋惜，那未免也太矯情了。畢竟這件事對我有很大的幫助。」他使勁地抽著手上那根花冠牌雪茄[7]，志得意滿地噴出幾個煙圈。

「但如果這跟我個人沒有關係的話，我會為他浪費自己的才華而感到遺憾的。一個人竟然如此糟踐自己，這實在是很讓人痛心疾首的。」

我很想知道亞伯拉罕是否真的把自己的人生搞得一團糟。難道做自己最想做的事，生活在讓你感到舒服的環境裡，讓你的內心得到安寧是糟踐自己嗎？難道成為年入上萬英鎊的外科醫生、娶得如花美眷就算是成功嗎？我想這取決於你如何看待生活的意義，取決於你認為你應該對社會做出什麼貢獻，應該對自己有什麼要求。但我再次閉上了嘴巴，因為我有什麼資格和一位勛爵爭論呢？

7 花冠牌雪茄（La Corona）是古巴一種從一八四五年開始生產的高檔雪茄，一九七八年停產。

51

緹亞蕾在聽完我這個故事以後，稱讚了我的老成持重；接著有幾分鐘我們專心幹活，誰也沒說話，因為我們正在剝豌豆。然後，因為總是密切關注著廚房裡的動靜，她發現那個中國廚師做了某件讓她非常不滿的事情。她轉過身去，朝廚師破口大罵。那中國人也不是吃素的，於是他們唇槍舌劍地吵了起來。他們說的是當地的土話，我只能聽懂五六個單詞，他們吵得很厲害，彷彿世界末日即將來臨，但很快又重歸於好，緹亞蕾給那廚師遞了根香菸。他們舒舒服服地吞雲吐霧起來。

「你知道嗎，他的老婆還是我給他找的呢。」緹亞蕾突然說，笑容爬滿了她那張巨大的臉龐。

「廚師的老婆嗎？」

「不是，史崔克蘭的。」

「但他已經有老婆了啊。」

「他也是這麼說的，但我跟他說，你老婆在英國，英國又在地球的另一邊。」

「那倒是。」我回答說。

「每隔兩三個月，當他想要顏料、香菸或者錢的時候，他就到帕皮提來，像流浪狗那樣到處亂走。我很可憐他。當時我這裡有個幫忙收拾房間的女孩，叫做愛塔，是我的遠房親戚，她父親和母親全死了，所以我讓她來我這裡生活。史崔克蘭經常來這裡吃頓便飯，或者跟哪個服務生下棋。我發現史崔克蘭來的時候，愛塔總是偷偷地看他，我就問愛塔是不是喜歡他。她說她非常喜歡史崔克蘭。這些女孩你也知道的，她們總是希望跟白人走。」

「她是本地人嗎？」我問。

「是的，她身上沒有半滴白人的血。所以，跟她談過之後，我派人去把史崔克蘭找過來，我對他說：『史崔克蘭，你應該成家立業啦。男人到了你這個年紀，不應該再跟碼頭那邊的姑娘鬼混了。她們不是什麼好東西，你跟她們來往沒有好結果的。你這麼窮，每份工作又頂多只肯做一兩個月。現在沒有人願意再請你。你說你可以永遠生活在山林裡，去跟本地的土著混日子，他們確實也很喜歡你，因為你是個白人，但這不是白人應該過的日子。所以，聽我說，史崔克蘭。』」

緹亞蕾說話的時候總是英語和法語混著用，因為她兩種語言都說得很流利。她說話說得像唱歌，很是悅耳動聽，讓人覺得如果小鳥會說英語，肯定也是這種腔調。

「『所以，你跟愛塔結婚怎麼樣？她是個好姑娘，她才十七歲。她從來不像有些女孩那麼放蕩——是的，她也跟某個船長或者船員好過，但從來不碰本地人。她很潔身自愛，你知道的。瓦胡號的乘務長上次來的時候跟我說，他在群島沒見過比愛塔更好的女孩。她也應該成家啦，再說那些船長啊，船員啊，也只能是偶然玩玩的。我從來不把幫我做事情的女孩留很久。她在塔拉瓦奧[1]有塊地，在你來之前不久才分到的，以現在椰子乾的行情，你可以過上很舒服的日子。那裡有座房子，你有大量的時間可以用來畫畫。你覺得怎麼樣？』」

緹亞蕾說到這裡停下來喘口氣。

「就在那時，他跟我說起他在英國有個老婆。『可憐的史崔克蘭，』我對他說，『大家都在什麼地方有個老婆；這正是他們這個島上的普遍原因。愛塔是個通情達理的姑娘，她也不指望舉辦什麼盛大的婚禮。她是個新教徒，你知道的，他們在這方面不像天主教徒那麼死板。』

「然後他說：『但愛塔是怎麼想的呢？』『她正好對你很有意思，』我說，『如果你願意，她也願意。要我叫她來嗎？』他像平常那樣很滑稽地傻笑了幾聲，我叫愛塔過來。她知道我在談什麼事情，那個小騷貨，我早就發現她躲在角落裡豎起耳朵聽，假裝熨著一條她已經替我洗好的褲子。她走過來了。她不停地笑，但我能看出來她有點害羞，史崔克蘭盯著她看，沒有說話。」

「她長得漂亮嗎？」我問。

「不錯的。但你肯定見過那些上面有她的畫啊。史崔克蘭給她畫了很多幅畫，有些在腰間圍著帕麗歐[2]，有些是渾身赤裸的。是的，她是很漂亮的。她懂得做飯。我親自教她的。我看到史崔克蘭正在考慮，所以我對他說：『我給她的薪水向來很高，她都存起來啦，她認識那些船長和大副偶爾也會給她一些錢。她已經存了幾百法郎。』

「他摸了摸那把紅色的大鬍子，笑了起來。『好啊，愛塔，』他說，『你想要我做你的丈夫嗎？』她什麼也沒說，只顧呵呵地傻笑。『我不是跟你說過嗎，親愛的史崔克蘭，這姑娘對你很有意思，』我說。『我會打你的。』他看著愛塔說。『你要是不打我，我怎麼知道你愛我呢？』愛塔回答。」

說到這裡，緹亞蕾偏離了這個故事，回憶起她自己的往事來。

「我第一個丈夫，強森船長，就經常拿鞭子抽我。他是個男子漢。他長得很英俊，身高有一百九十公分，在他喝醉的時候，誰也攔不住他。我每隔幾天就會被打得青一塊紫一塊。唉，他死的時候我哭得很厲害。我真是傷心欲絕。但直到嫁給喬治．瑞尼以後，我才知道我的損失有多大。你永遠認不清男人的真面目，除非你跟他一起生活過。從來沒有一個男人像喬治．瑞尼那樣欺騙過我。他是個好人，為人也很正直。他差不多有強森船長那麼高，體格看上去足夠強壯。但

1 塔拉瓦奧（Taravao），現稱阿法阿希提（Afaahiti），位於大溪地大島和大溪地小島的交界處。

2 帕麗歐（pareo），一種色彩豔麗的長布條，用來裹住身體，是科克群島和大溪地島原住民的民族服飾。

這些都是表面現象。他從來不動手打我。他清心寡欲得像個傳教士。每當有船在這個島靠岸，我就跟那些高級船員做愛，喬治·瑞尼居然從來沒發現。最後我實在是受不了他，我跟他離了婚。像那樣的丈夫有什麼用呢？有些男人對待女人的方式真是太可怕了。」

我安慰了緹亞蕾，很有同情心地附和她，說男人都是騙子，然後請她繼續講述史崔克蘭的故事。

「『這樣吧，』我對他說，『反正這件事也不著急。你可以慢慢考慮。愛塔在附樓有個很好的房間。你先跟她同居一個月，看看你是否喜歡她。你可以在這裡吃飯。一個月後，如果你決定要跟她結婚，那你就帶她走，去她那塊地上安家。』」

「他同意了我的說法。愛塔繼續幫忙打掃房間，我給他飯吃，因為這是我說過的。我教愛塔學會做幾道我知道他喜歡吃的菜。他畫畫的時間不多。他就到山裡走走，在河裡洗澡。他坐在碼頭望著潟湖，到了黃昏他就去沙灘上眺望茉莉亞島。他經常到珊瑚礁上釣魚。他喜歡到港口閒逛，和當地的土著閒聊。他是個友善而安靜的傢伙。每天夜裡，吃過晚飯後，他會到附樓去陪愛塔。我看得出來他很想回到山林裡去，那個月結束後，我問他準備怎麼辦。他說如果愛塔願意走，他願意跟愛塔走。所以我給他們辦了喜酒。飯菜是我親自下廚做的。我給他們做了豌豆湯、葡式龍蝦、咖喱海鮮和椰子肉沙拉——你還沒吃過我做的椰子沙拉，對吧？在你離開之前，我肯定做給你吃——然後我給他們做了霜淇淋。我們喝了很多香檳，接著又喝利口酒。哎呀，我早就決定要把喜酒辦得高高興興。喝過酒後我們到客廳裡跳舞。當時我還沒有這麼胖，我總是喜歡跳舞。」

鮮花旅店的客廳是個小房間，有臺立式鋼琴[3]，幾件紅木傢俱覆蓋著印花絨布，整整齊齊地貼著牆壁擺放。幾張圓桌子上有些相簿，牆上掛著緹亞蕾和她的首任丈夫強森船長的大幅合影。儘管緹亞蕾已經又老又胖，我們有時還是會把布魯塞爾地毯[4]捲好，請幾個女服務生和緹亞蕾的一兩個朋友來跳舞，不過現在伴奏的是留聲機播放的啞樂曲。走廊的空氣裡瀰漫著緹亞蕾花濃郁的芬芳，頭頂是在清淨無雲的夜空中閃爍的南十字星。

緹亞蕾因為回憶起多年前的歡樂往事而笑得很開心。

「我們又跳又鬧，凌晨三點才結束，等到上床睡覺時，我想大家都不是很清醒了。我跟他們說過，他們可以乘坐我的輕便馬車過去，到馬車不能前進的地方再下車，因為在那之後，他們還

3 立式鋼琴（cottage piano）是一種小型的鋼琴，最早出現於十九世紀。當年中下階層的居住環境並不寬敞，手頭也不寬裕，有些廠家瞄準了他們的需求，製造出這種既不占地方又相對便宜的鋼琴。

4 布魯塞爾地毯（Brussels Carpet）是一種廉價的機器紡織的印花地毯，因其生產技術起源於布魯塞爾而得名，並不一定是在布魯塞爾生產的。

要走很長的路。愛塔那塊地就在山坳裡。他們黎明就出發，我安排送他們去的那個男孩直到第二天才回來。

「是的，史崔克蘭就這樣結婚了。」

52

我認為之後三年是史崔克蘭生命中最快樂的時光。愛塔的房子離環島公路大概八公里，要到那裡去，你必須經過一條蜿蜒的小徑，兩旁是茂密的熱帶樹林。那是座單層的木頭房子，沒有刷油漆，有兩個小房間；外面還有間小木屋，是做廚房用的。房子裡四壁蕭然，只有他們用來睡覺的床墊，還有張搖椅，擺在走廊上。房子旁邊長著幾棵香蕉樹，它們偌大的葉子有些殘破，就像某個落難女王破爛的華服。房子後面有棵會結酪梨的樹，周圍則種滿了椰子樹，這是這片土地的主要經濟來源。愛塔的父親先前在他這塊產業種植了許多變葉木，它們長得密密麻麻，五顏六色的，看上去既歡樂又絢爛；它們像火焰般圍繞著這片土地。房子前面有株芒果樹，屋前空地的邊緣有兩棵並排生長的鳳凰樹，它們盛放著和金黃的椰果爭奇鬥豔的火紅花朵。

史崔克蘭就依靠這片土地的產出維生，很少到帕皮提去。不遠處有條溪流，這是他洗澡的地方，偶爾會有成群的魚順著水流往下游。然後許多土著會拿起長矛聚集到溪邊，大叫大嚷地把那些爭先恐後地向大海逃去的東西叉起來。史崔克蘭有時候會到珊瑚礁去，用竹籃帶回來許多五顏六色的小魚或者一隻龍蝦，愛塔會用椰子油煎炸那些小魚；她有時也會把隨地亂爬的陸地蟹做成美味的菜肴。山上有許多野生的橘子樹，愛塔時不時會跟兩三個村裡的婦女上山去，摘回來很多這種甜美多汁的綠色水果。然後到了椰子成熟的季節，她的許多堂表親（就像所有的土著，愛塔的親戚多不勝數）會爬到樹上，把巨大的熟椰子扔下來。他們把椰子剖開，放到太陽底下曬乾。然後他們會把果肉挖出來，放進麻袋裡，由幾個女人帶到潟湖邊去賣給村裡的批發商，他們則會用大米、香皂、肉罐頭和少量的錢來交換。鄰近的村落有時會過節，當地的村民會殺一頭豬。然後他們就會去，放開肚皮大吃一頓，再跳跳舞，唱唱歌。

但那座房子離村落很遠，大溪地人又特別懶。他們喜歡旅遊，也喜歡閒聊，但就是不願意走路，經常有好幾個星期都沒人到史崔克蘭和愛塔家做客。他平時就是畫畫和讀書，到了夜裡，當天黑之後，他們就坐在走廊抽菸和看看夜色。後來愛塔生了孩子，有個老太婆過來幫忙帶孩子，就住下來不走了。那老太婆的孫女也過來住，然後有個年輕人出現了——誰也不清楚他是從哪裡冒出來的，是哪家的孩子——但他隨遇而安地留了下來，於是他們就這麼多人在一起生活。

53

「你看，那個就是布魯諾船長，」緹亞蕾說，那天我正在理順她跟我說的關於史崔克蘭的事，「他和史崔克蘭很熟悉；他去過他家的。」

我看到那是個中年法國人，一把黑色的大鬍子已經有點花白，面容被陽光曬得黝黑，有兩隻目光炯炯的大眼睛。他穿著一套整潔的帆布衣服。其實我吃午飯時已經注意到他，阿林，就是那個中國服務生，跟我說他是當天從波莫土乘船過來的。緹亞蕾介紹我跟他認識，他把他的名片遞給我，那張很大的紙片上印著「荷內．布魯諾」，下面的文字是「長壽號船長」。當時我們坐在廚房外的小曬臺上，緹亞蕾正在給酒店的某個女服務生剪裁衣服。他在我們身邊坐下來。

「是的，我跟史崔克蘭很熟，」他說，「我非常喜歡下棋，他又總是到處找人陪他玩。我常來大溪地做生意，每年三四次，如果他碰巧也在帕皮提，他會到這裡來，然後我們就會玩幾盤。後來他結婚了」——布魯諾船長笑著聳了聳肩膀——「總算結婚了，在和緹亞蕾介紹的那個姑娘到山裡生活時，他讓我有空去看看他。那天喝喜酒我也是賓客。」

他看著緹亞蕾，他們兩個人都笑了起來。

「自那以後，他不經常到帕皮提來，大概一年後，我湊巧必須到他住的那塊去，我忘了到底是為了什麼事情去的，當我把事情辦好，我對自己說：『欸，我為什麼不去看看可憐的史崔克蘭呢？』我向一兩個土著打聽他的情況，我發現原來他家離我當時在的地方不超過五公里。所以我就去了。我永遠忘不了那次去做客的情形。我生活的地方是個環礁，一個離水面不高的海島，它是一圈環繞著潟湖的陸地；它很美，海水很藍，天空也很藍，有五彩繽紛的潟湖，還有搖曳多姿的椰子樹；但史崔克蘭住的那個地方美得像伊甸園。唉，我真希望我能讓你明白那個地方有多迷人，那是個遠離塵世喧囂的世外桃源，頭頂是萬里晴空，周圍則綠樹成蔭。那是個萬紫千紅的世界。那裡的空氣芬芳又涼爽，是言語無法描繪的天堂。他就生活在這樣的地方，全然不問世事，也已被世人遺忘。我想在歐洲人的眼裡，它可能破敗得讓他們吃驚。那座房子搖搖欲墜，邋遢污穢。走廊上躺著三四個土著。你知道的，土著喜歡湊一塊。那裡有個年輕人仰面平躺著，抽著香菸，他全身只圍著一條帕瑞歐。」

帕瑞歐就是很長的棉布條，紅色或者藍色的，印著白色的圖案。它用於圍在腰間，下垂到膝蓋處。

「有個女孩大概十五歲吧，正在把香蘭葉編成帽子；有個老太婆蹲在地上抽著菸斗。然後我看見了愛塔。她正在給新生的嬰兒餵奶；另外還有個孩子，赤裸著身體，渾身髒兮兮的，在她腳邊玩耍。看見我的時候，她大聲喊史崔克蘭，史崔克蘭就從屋裡走出來了。他也是只繫著帕瑞歐。他那副樣子非常奇特，紅色的鬍鬚，亂蓬蓬的頭髮，還有毛茸茸的胸膛。他的雙腳長滿了老繭和傷疤，所以我知道他總是赤腳走路。他簡直比土著人還土。他似乎很高興見到我，吩咐愛塔殺了隻雞晚飯吃。他帶我走進屋裡，讓我看看我來之前他正在畫的作品。房間的角落是床鋪，中間有個畫架，上面是一張畫布。因為覺得他很可憐，我買了他幾幅畫，花的錢不多，我也幫他把其他一些畫作賣給我在巴黎的朋友。雖然我是出於同情才買下的，但朝夕相處讓我對那些畫產生了感情。實際上，我發現它們有一種奇特的美。大家都覺得我瘋了，但事實證明我是對的。我是群島上最早賞識他的人。」

他幸災樂禍地對著緹亞蕾笑，於是緹亞蕾懊悔莫及地再次跟我們說起她的故事，她在史崔克蘭的遺物拍賣會上忽略了那些畫，只是用二十七法郎買了那個美國火爐。

「那些畫你還留著嗎？」我問。

「留著啊，我要留到我女兒出嫁，然後再把它們賣掉，換錢給她置辦嫁妝。」

然後他繼續說起那次去拜訪史崔克蘭的事情。

「我永遠不會忘記和他共同度過的那個夜晚。我本來打算待個把小時就走，但他執意要留我過夜。我有點猶豫，因為坦白說，我不是很喜歡他準備讓我睡的那張床墊；但我聳了聳肩膀。以前我在波莫土群島蓋我自己的房子時，我有好幾個星期睡在比那張床墊硬得多的床板上，而且還是在室外，就在野生的灌木叢底下；至於那些會咬人的小蟲子，我的皮很厚，不怕牠們咬。

「我們趁愛塔做晚飯的時間到小溪去洗澡，吃過飯後我們坐在走廊上。我們抽著菸，聊著天。那個年輕人有台手風琴，他彈奏了幾首十來年前流行的舞曲。在熱帶的夜晚，在遠離現代文明數千英里的地方，那些舞曲聽上去很奇怪。我問史崔克蘭成天和那些土著混在一起煩不煩。不煩，他說；他喜歡模特兒就在眼前。隔了不久，幾個土著大聲打著哈欠睡覺去了，只剩下史崔克蘭和我兩個人。我無法向你描述當晚有多麼的靜悄悄。我家在波莫土群島，那邊夜晚從來不會如此萬籟俱寂。各種動物會在海灘上發出沙沙的聲響，那些貝殼類的小玩意到處亂爬，永遠不知道停下來，還有陸蟹吵鬧的窸窣聲。潟湖時不時會傳來魚跳的聲音，有時候棕色的鯊魚會把各種其他魚趕得沒命逃竄，弄出很響的濺水聲。除此之外，像時間那樣永無止境的，是海浪撲打礁石的沉悶轟隆聲。但史崔克蘭那裡完全沒有聲音，空氣中充滿了白花在夜晚散發的香氣。那個夜晚是如此的美好，乃至你的靈魂似乎再也忍受不了身體的束縛。你覺得你的靈魂就要脫離軀體，飄蕩在虛無的空中，而死神的面目是那麼的可親，就像你的知交好友。」

緹亞蕾歎了口氣。

「哎，我真希望再回到十五歲那年。」

然後她看見有隻貓試圖偷吃廚房桌子上的小蝦，於是發出連珠炮的咒罵聲，身手敏捷地抓起一本書扔過去，準確地砸中那隻倉皇逃跑的小貓的尾巴。

「我問他和愛塔的生活是否幸福。『她不來煩我，』他說，『她替我做飯，照顧她的孩子。我說什麼她就做什麼。她滿足了我對女人的全部要求。』『你從來不後悔離開歐洲嗎？難道你有時候不會懷念倫敦或者巴黎的街燈，懷念親戚朋友之類的？還有戲院和報紙，公車從石子路上開過的轟隆聲？』他沉默了很久。然後他說：『我會在這裡住到我死。』『但你不覺得無聊或者寂寞嗎？』我問。他呵呵地笑了起來。『我親愛的朋友，』他說，『你顯然不知道當藝術家是怎麼回事。』」

布魯諾船長望著我，臉上帶著微笑，他那雙友善的黑眼睛閃爍著奕奕的神采。

「他小看我了，因為我也知道懷著夢想是怎麼回事。我也有我的憧憬。從某種意義上來說，我也算是藝術家。」

我們大家都沉默了片刻，然後緹亞蕾從她的大口袋裡掏出幾根香菸。她給我們每人發了一根，我們三個人就抽起菸來。最後她說：

「既然這位先生對史崔克蘭很感興趣，你為什麼不帶他去拜訪庫特拉醫生？庫特拉醫生可以跟他說說史崔克蘭生病和死亡的情況。」

「我願意效勞。」船長看著我說。

我感謝了他，他看了看手錶。

「現在六點多。如果現在就走，我們應該能在他家裡找到他。」

我二話不說趕緊站起來，我們走上了通往醫生家的路。他住在城外，但鮮花旅店就在城區邊緣，所以我們很快就走到了鄉下。寬闊的馬路邊是繁茂的胡椒樹，兩旁有許多莊園，種著椰子樹或者香草。海盜鳥[1]在棕櫚樹上發出淒厲的叫聲。我們路過一座石橋，下面是條狹窄的小河；我們停下來幾分鐘，看幾個土著男孩在河裡洗澡。他們相互追逐，不停地叫著、笑著，他們棕色的身體濕漉漉的，在斜暉下閃閃發光。

1 海盜鳥（Fregatidae），又稱軍艦鳥，屬鵜形目軍艦鳥科，共五種。

54

我們一邊走著，我不由思考著大溪地的環境，最近聽到的許多關於史崔克蘭的軼事促使我注意到這個問題。這個海島和他的家鄉不同，他在這裡不僅沒有激起別人的嫌惡，反倒讓人心生同情；他的奇行怪癖也得到了包涵。對這裡的人來說，無論是歐洲人還是本地人，他確實是個怪物，但他們見慣了各種各樣的怪人，對他也就不以為奇；這個世界本來就有很多古怪的人，他們做著古怪的事情；也許他們知道，人並不能成為他想做的自己，而只能成為他不得不做的自己。在英國和法國，他是圓孔裡的方塞子，但這裡各種形狀的孔都有，無論什麼樣的塞子都能各得其所。我並不認為他到這裡就變得沒那麼粗魯、自私或野蠻，但這裡的環境更加寬容。假如他生來就在這種環境中度日，他可能也就不會顯得那麼惡劣了。他在這裡得到了他未曾指望他的同胞會給出的東西——同情。

我把這番想法告訴了布魯諾船長，我說我感到有點驚奇，他沉默了很久都沒有回答。

「其實我同情他倒也並不奇怪，而是很自然的，」他最後說，「因為雖然我們兩個可能都沒有意識到，但我們追求的是相同的東西。」

「像你和史崔克蘭這樣兩個完全不同的人，到底有什麼共同的追求呢？」我笑著問。

「美。」

「真是崇高啊。」我有點不以為然地說。

「你知道嗎，人要是被愛情迷住了心竅，就會對世上其他事物充耳不聞，視若無睹。他們將會變得身不由己，就像古代那些被綁在帆船上的非洲黑奴。擄獲了史崔克蘭的激情差不多就像愛情那麼專橫。」

「真奇怪，你居然會這麼說！」我回答說，「因為我早在很久以前就覺得他是被魔鬼附身了。」

「擄獲史崔克蘭的激情是一種創造美的激情。這種激情讓他不得安寧，不停地催促著他。他是個永遠在路上的朝聖者，晝夜思慕著某個神聖的地方，而他體內的魔鬼是那麼的冷酷無情。有些人非常渴求真理，為了得到它，他們不惜徹底毀掉自己的生活。史崔克蘭也是這樣的，只不過他追求的不是真理，而是美。對他我只能深深地感到同情。」

「你這種說法也很奇怪。有個人曾經被史崔克蘭深深地傷害過，但那人也說覺得他很可憐。」我沉默了片刻，「我總是無法理解他的性格，我很想知道你是否已經找到解釋。你是怎麼想到這個道理的？」

他望著我，臉上帶著微笑。

「我不是跟你說過嗎，從某種意義上來講，我也是個藝術家。我自己內心也有那種激勵著他的欲望。但他表達那種欲望的方式是繪畫，而我的則是生活。」

然後布魯諾船長跟我說了他的故事，我必須把它寫下來，因為就算只是作為類比，它也加深了我對史崔克蘭的理解。另外我覺得這個故事本身也很感人。

布魯諾船長來自法國的布列塔尼半島，曾經在法國海軍服役。結婚後他就離開了部隊，到坎佩爾[1]安了家，準備靠著小片祖傳的地產，安安穩穩地度完餘生；由於替他理財的人犯了大錯，他突然變成了窮光蛋，他和他的妻子都不願意在原先很受尊重的地方過著揭不開鍋的日子。他在海軍的時候曾到過南太平洋，他決定到那裡去闖蕩。他在帕皮提住了幾個月，規劃未來的同時也吸取經驗；然後他利用在法國跟朋友借的款項，買下了波莫土的一個小島。那是個環礁島，中間是很深的湖，從來沒人住過，島上只有各種灌木叢和野生的芭樂。他帶著英勇無畏的妻子和幾個土著踏上了那個海島，動手蓋起房子，又把灌木叢清理掉，因為他準備種椰子樹。那是二十年前的事情，荒島如今已變成花園。

「剛開始日子過得很辛苦，也很焦慮，我們賣命地工作，就只有我們兩個。我每天黎明就起

---

1 坎佩爾（Quimper）是法國西部城市，布列塔尼大區菲尼斯特雷省省會。

床，砍伐灌木，種植椰子樹，修建房屋，到晚上我累得實在不行，躺在床上睡得像塊木頭，直到天亮才會醒。我妻子也像我這樣辛勤地勞動。然後我們生了孩子，先是個兒子，後來又多了個女兒。我妻子和我盡心盡力地培養他們。我們有台從法國運過來的鋼琴，她教兩個孩子彈琴和說英語，我教他們拉丁文和數學，我們一起讀歷史書。他們會划船。他們游泳的本領像土著那麼高明。那片土地上沒有他們不瞭解的東西。我們的椰子樹長勢很好，珊瑚礁上有很多貝殼。我這次來大溪地是為了買艘帆船。有了船我可以打撈很多貝殼，應該能把買船的錢賺回來，這誰知道呢？也許我能撈到珍珠。那裡本來是個荒島，我已經變出了不少價值。我也變出了美。噢，當看到那些高大健康的椰子樹，想到每一棵都是我親手所種，你不知道我的心情是多麼地激動。」

「我想問你那個你問過史崔克蘭的問題。你後悔離開法國和你在布列塔尼祖傳的老宅嗎？」

「總有一天，等到我的女兒嫁了丈夫，我的兒子娶了老婆，有能力取代我打理那個海島，我們會回去的，在我出生的那座老房子安度晚年。」

「到時你會覺得你這輩子過得很幸福的。」我說。

「那當然，島上的生活很平淡，幾乎與世隔絕——你想想看啊，我需要四天才能來到大溪地——但我們在那裡過得很幸福。世上很少有人能夠實現自己的理想。我們的生活樸素而單純。我們沒有野心，就算有點驕傲，也是因為想起了自己雙手創造的勞動成果。怨恨和我們無緣，妒忌也是。親愛的先生啊，俗話說，勞動是光榮的，人們常說這是句空話，但對我來說，這句話蘊含著很重要的意義。我確實是個幸福的人。」

「你配得上這種幸福的生活。」我笑著說。

「我可不敢這麼說。我總覺得我配不上我的妻子，她是完美的朋友、完美的伴侶、完美的愛人和完美的母親。」

我悠然神往地想像著布魯諾船長言下暗示的那種生活。

「能過上這樣的生活，取得如此的成功，你們倆顯然都有著強大的意志和堅毅的性格。」

「也許吧；但要是沒有另外一個因素，我們什麼事也做不成。」

「那是什麼？」

他停下腳步，很有戲劇色彩地伸出了雙手。

「對上帝的信仰。如果沒有信仰，我們早就在人生的道路上迷失了。」

這時我們已經來到庫特拉醫生的家。

55

庫特拉先生是個蒼老的法國人，身材很高大，而且特別胖。他的身體就像個巨大的鴨蛋，那雙明亮而和藹的藍色眼睛時不時會怡然自得地看著自己便便的大腹。他有著紅潤的膚色和花白的頭髮。他是個讓人見了立刻產生好感的人。他在客廳裡接待了我們，他的房子很有法國地方城市的情調，所以客廳裡幾件波里尼西亞古董反而顯得有點刺眼。他熱情地用雙手──他的手特別大──握住我的手，親切地看著我，不過從他的眼神能看出來這個人非常精明。在和布魯諾船長握手時，他彬彬有禮地問候了對方的夫人和孩子。起初幾分鐘，我們寒暄了幾句，談起島上的八卦，展望椰子肉和香草的收成，然後進入了我此次來訪的主題。

我不會原封不動地把庫特拉醫生對我說的話記錄下來，而是會用我自己的語言來轉述，因為他講話時那種聲色並茂的神態並不是我所能傳達的。他的嗓音低沉而有磁性，和他魁梧的身材很相稱，頗有唱戲的腔調。他開口讓人想起那句俗話，說得比唱得好，而且確實也比大多數唱段動聽。

原來事情是這樣的，那天庫特拉醫生去塔拉瓦奧，給某個老年女酋長看病，他活龍活現地描繪了那個肥胖的老太婆，如何躺在巨大的床上，不停地抽著香菸，身邊圍繞著許多黑皮膚的侍從。診斷過女酋長之後，他被帶到另外的房間吃飯，大概是生魚片、炸香蕉和雞肉之類的，反正是土著的家常便飯。吃飯時，他看到有個淚水漣漣的女孩被趕出門外。他原本也沒多想，但在他走出去坐上馬車準備回家的時候，他又看見那個女孩，站在不遠的地方；女孩滿臉悲戚地望著他，淚水不停地流過她的臉頰。他問別人那女孩怎麼回事，那人說女孩是從山上來請他去給某個白人看病的。他們已經對她說過醫生很忙，沒有空去。他把女孩叫過來，親自問她到底想怎麼樣。女孩說是愛塔派她來的，愛塔以前在鮮花旅店做事情，紅毛生病了。她把一張皺巴巴的報紙塞到醫生手裡，醫生打開一看，裡面是張一百法郎的鈔票。

「誰是紅毛？」他問那些旁觀的人。

有人告訴他，紅毛是大家給英國人起的外號，那人是個畫家，和愛塔住在七公里外的山谷裡。他聽出來那就是史崔克蘭。但要過去只能靠步行。他是不可能去的，所以他們才把女孩趕走。

「坦白說，」醫生看著我說，「當時我很猶豫。我並不想在崎嶇的小路上來回走十四公里，而且要是去了，我就沒辦法在當天晚上趕回帕皮提。除此之外，我對史崔克蘭也沒什麼好感。他是個懶散無用的流氓，寧願娶個土著女人當老婆，也不願像我們其他人這樣自食其力。上帝啊，我怎麼知道有一天全世界都認為他是個天才呢？我問女孩，他是不是病得很重，不能下山來找我看病。我問她覺得史崔克蘭的情況怎麼樣。她不肯回答。我追問她，口氣可能有點急，但她只是低頭看著地面，開始哭了起來。我無可奈何地聳了聳肩膀；畢竟我是醫生，也許是應該去的，所以我心情很差地跟在她後面走了。」

他到的時候心情肯定也好不到哪裡去，因為他滿身大汗，又渴得要死。愛塔正在等著他來，沿路跑了不遠來迎接他。

「在我給任何人看病之前，請弄點東西給我喝，否則我就渴死了，」他大聲地說，「看在上帝的份上，給我弄個椰子吧。」

愛塔喊了一聲，有個男孩跑了出來。他迅速地爬上椰子樹，很快扔下來一個熟椰子。愛塔在椰子上挖了個洞，醫生痛痛快快地喝了一大口。然後他替自己包了根香菸，這才感覺心情好起來了。

「所以，紅毛在哪裡？」他問。

「他在屋子裡，在畫畫。我沒跟他說你要來。進去看看他吧。」

「但他到底哪裡不舒服？既然還能夠畫畫，他應該可以到塔拉瓦奧去，免得我要走這麼多路。我想他的時間不比我的值錢吧。」

愛塔沒有說話，而是跟著男孩向屋子走去。帶他上來的女孩這時坐在走廊裡，那裡躺著個老太婆，後背貼著牆壁，正在捲當地人抽的香菸。愛塔指了指房門。醫生覺得他們表現得很奇怪，有點煩躁地走進去，看到史崔克蘭正在清理他的調色板。畫架上有幅畫。史崔克蘭身上只穿著帕麗歐，背對門口站著，但他聽到腳步聲時轉過身來。他生氣地瞪了醫生一眼。看到醫生他很意外，他討厭被人打擾。但醫生倒抽了一口冷氣，整個人都定住了，睜大了眼睛盯著史崔克蘭。他完全沒想到是這種情況。他嚇壞了。

「你怎麼沒敲門就進來了，」史崔克蘭說，「你找我有什麼事？」

醫生終於回過神來，但費了好大勁才能開口說話。他的惱怒全消失了，他感到——對，是的，我不否認——他感到無限的同情。

「我是庫特拉醫生。我在山下的塔拉瓦奧給女酋長看病，愛塔派人去找我來看看你。」

「她真是個該死的白癡。我最近身上有些地方會發痛，也有點發燒，但這不是大病，會好起來的。下次有人去帕皮提，我準備托他買點奎寧[1]。」

「你自己照照鏡子。」史崔克蘭瞟了他一眼，笑了笑，走到牆上那面裝在小木框裡的廉價鏡子

1 奎寧（Quinine，俗稱瘧疾藥），茜草科植物金雞納樹及其同屬植物的樹皮中的主要生物鹼，早年用於解熱及防治各種瘧疾，但癒後容易復發。副作用不少，主要為耳鳴、重聽、頭昏、噁心、嘔吐等。

前。

「然後呢？」

「你沒看到你的臉出現了奇怪的變化嗎？你沒看出來你的五官正在變厚，看上去——我應該怎麼說呢？——書上說這個叫做獅子臉。可憐的朋友，難道必須我說你才知道你已經得了很嚴重的病嗎？」

「我？」

「如果你仔細看看鏡子裡的自己，你會看到典型的痲瘋症狀[2]。」

「你是在開玩笑吧。」史崔克蘭說。

「我也希望我是在開玩笑。」

「你是想說我得了痲瘋病嗎？」

「很不幸，這毫無疑問就是痲瘋病。」庫特拉醫生曾經宣判過許多人死刑，每次這麼做的時候他心裡總是感到很恐懼。想到自己將不久於人世，又看到醫生身心健康、還能再活很多年，病人心裡難免會惱恨交攻；他總是能感覺到絕症病人的這種情緒。史崔克蘭默默地看著他。他那張已經被這種可怕疾病扭曲的臉沒有任何表情。

「他們知道嗎？」他最後說，指著走廊上的幾個人，他們這時大反常態，極其安靜地坐在走廊上。

「土著很清楚這些病症，」醫生說，「他們不敢告訴你而已。」史崔克蘭走到門口，他朝外面看。他的臉肯定顯得很可怕，因為突然間他們痛不欲生地號啕大哭起來。他們放聲痛哭，涕泗滂沱。史崔克蘭沒有說話。他靜靜地看了他們片刻，然後回到屋子裡。

「你覺得我還能活多久？」

「誰知道啊？有時候這種病能持續二十年。其實早點了斷反而更好。」

史崔克蘭走到畫架之前，心有所屬地看著上面那幅畫。

「你走了很長的路來。帶來重要的消息的人應該得到回報。把這幅畫拿去吧。現在它對你來說沒有意義，但也許有一天你會很高興你擁有它。」

庫特拉醫生謝絕了，他說他這趟出診不需要報酬；先前他已經把那張一百法郎的鈔票還給了愛塔，但史崔克蘭執意要他收下那幅畫。然後他們一起走到外面的走廊上。幾個土著仍然哭得很厲害。

2 痲瘋病是一種由痲瘋桿菌引起的慢性傳染病，主要症狀是皮膚，尤其是臉部皮膚出現大量斑疹，在二十世紀四十年代抗生素發明以前，是無法治癒的絕症。

「別哭了，女人。擦乾你的眼淚，」史崔克蘭對愛塔說，「這沒什麼大不了的。我很快就會離開你。」

「他們不會把你帶走吧？」她哭著說。

當時島上沒有嚴格的隔離制度，痲瘋病人如果願意的話，是可以自己離開的。「我準備到山上去。」史崔克蘭說。

這時愛塔站起來，面對著他。

「別人要走就讓他們走，但我不會離開你。你是我的男人，我是你的女人。如果你離開我，我立刻就吊死在屋後那棵樹上。我向上帝發誓。」

她說這番話的口氣非常堅決。她不再是溫順、軟弱的土著女孩，而是變成了堅毅的女人。她發生了非凡的變化。

「你為什麼要陪著我呢？你可以回到帕皮提，你很快會找到另一個白人。老太婆可以照顧你的孩子，緹亞蕾也會很高興你回去的。」

「你是我的男人，我是你的女人。你去哪裡，我也去哪裡。」

那瞬間，史崔克蘭的鐵石心腸被打動了，兩滴眼淚從他的兩隻眼睛湧出來，慢慢地流下他的臉頰。然後他臉上泛起了慣常那種譏諷的笑容。

「女人真是奇怪的動物，」他對庫特拉說，「你可以把她們當成狗，你可以打她們打到雙手痠麻，她們還是會愛著你。」他聳了聳肩膀。

「當然，基督教最荒謬的幻覺之一就是認為女人也有靈魂。」

「你在跟醫生說什麼？」愛塔狐疑地問，「你不會走吧？」

「只要你高興，我就留下來，可憐的孩子。」

愛塔猛然跪倒在他身前，伸手抱住他的兩條腿，不斷地親吻著它們。史崔克蘭看著醫生，臉上帶著微笑。

「到最後她們還是把你抓住了，你無可奈何地落到她們手裡。無論是白種人還是棕色人，她們都是這副德性。」

庫特拉醫生覺得對這種如此可怕的疾病表示同情是很荒唐可笑的，所以他沒多說話就告辭了。史崔克蘭讓塔尼，就是那男孩，送他到村裡。庫特拉醫生沉默了片刻，然後他對我說：

「我不喜歡他，我跟你說過我對他沒有好感，但在返回塔拉瓦奧的路上，我情不自禁地對他那種自我克制的勇氣感到由衷的欽佩，那種勇氣讓他能夠忍受也許是人類最可怕的疾病。在塔尼和我分開時，我跟他說我會送些藥過去，也許會有些幫助；但我覺得史崔克蘭願意服用那些藥的可能性很小，而那些藥能生效的可能就更小了。我讓男孩跟愛塔說，只要她派人去找我，無論什麼時候我都會來。生活是很艱難的，造化有時候會以折磨自己的孩子為樂趣。我懷著沉重的心情驅車回到了我在帕皮提舒適的家。」

我們很長時間沒有人講話。

「但愛塔沒有派人來找我，」最後醫生繼續說下去，「我湊巧很久沒有到島上那個地方去。我沒有史崔克蘭的消息。有一兩次我聽說愛塔到帕皮提購買畫畫用的東西，但我沒有碰到過她。兩年多過去了，我再次去了塔拉瓦奧，當時還是去給那個老邁的女酋長看病。我問他們是否聽說過史崔克蘭的近況。這時到處都知道他得了痲瘋病。最初是塔尼，那個男孩，離開了他們的房子，不久之後，老太婆和她的孫女也走了。那裡只剩下史崔克蘭、愛塔和他們兩個孩子。沒有人敢接近他們的莊園，因為你也知道的，土著非常害怕那種病；從前他們發現痲瘋病人就會將其殺死；但當村裡的男孩到山上玩的時候，他們偶爾會看見那個白人，留著紅色的大鬍子，在漫無目的地亂走。他們會嚇得拔腿就跑。有時候，愛塔會在半夜到村裡去，把批發商叫醒，跟他買各種日常生活必需品。她知道那些土著也很厭惡她，就像他們很厭惡史崔克蘭那樣。有幾個女人曾經斗膽走近莊園，比往常走得更近，看到她在小溪裡洗衣服，她們朝她扔石頭。後來村裡的人讓批發商轉告愛塔，如果她再到小溪裡洗衣服，那些人就會衝上來燒掉她的房子。」

「畜生。」我說。

「別這麼講，親愛的先生，人心都是相同的。恐懼讓他們變得殘忍……我決定去探望史崔克蘭，當我給女酋長看完病後，我請她派個男孩給我帶路。但沒有人願意陪我去，我只好自己找路了。」

當庫特拉醫生走到莊園的時候，他感到非常不安。儘管他走得很熱，但還是打了個冷顫。空氣裡瀰漫著的敵意讓他猶豫不前，他覺得有某些無形的力量擋住了他的路。似乎有些無形之手正在拉著他後退。現在沒有人肯來採摘椰子，它們掉在地上爛掉了。到處是荒蕪的景象。灌木叢正在入侵莊園，彷彿原始森林很快就要重新奪回這片人們費了許多勞動才從它手裡搶走的土地。他覺得這裡是痛苦的地盤。向屋子走過去時，周圍異常的寂靜讓他感到很吃驚，剛開始他還以為這裡已經沒人住了。然後他看見了愛塔。她蹲在那間當廚房用的小木屋裡，正在看著鍋裡煮的東西。她身旁有個小男孩正在靜靜地玩著泥巴。她看到醫生時沒有笑。

「我是來看史崔克蘭的。」他說。

「我去告訴他。」

她向屋子走去，登上了幾級通往走廊的臺階，然後走進去。庫特拉醫生跟在她後面，但聽從了她的手勢，站在門口等著。愛塔打開門時，他嗅到一股難聞的甜香味，那是痲瘋病人周圍特有的令人作嘔的氣息。醫生聽見愛塔講話了，然後又聽見史崔克蘭在回答，但認不出他的聲音來。

他的聲音變得沙啞而模糊。庫特拉醫生揚了揚眉毛。他判斷病菌已經感染了聲帶。然後愛塔走出來了。

「他不願意見你。你走吧。」

庫特拉醫生執意要進去，但她不肯讓路。庫特拉醫生聳了聳肩膀，思考片刻之後，轉身就走了。愛塔走在他身邊。他覺得愛塔也想早點擺脫他。

「完全不需要我幫忙嗎？」他問。

「你可以給他送些顏料來，」她說，「別的他也不想要。」

「他還能畫畫嗎？」

「他正在屋子裡的牆壁上畫畫。」

「這種生活對你來說太可怕了，可憐的孩子。」

這時她終於笑了，她的眼睛裡有一種超越人性的愛。庫特拉醫生感到很驚奇。他有點敬畏。

他不知道該說些什麼。

「他是我的男人。」她說。

「你不是還有個孩子嗎？」他問，「上次來我看到你有兩個孩子。」

「是的，他死了。我們把他埋在芒果樹下。」

愛塔送了他一小段路，然後說她必須回去了。庫特拉醫生猜測她不敢走太遠，是怕萬一碰到村裡的人。他又跟愛塔說，如果需要他幫忙，只要派人送個口信，他立刻就會過來。

56

又兩年過去了，也許是三年，因為在大溪地，時間總是無聲無息地流逝，人們很難對它進行計算；但庫特拉醫生到底還是獲悉了史崔克蘭病危的消息。愛塔先前攔住了前往帕皮提的馬車，哀求開車的人立刻趕到醫生家裡去。但醫生當時出診去了，等他接到消息時已是傍晚時分。那時候天太晚了，不可能出發，所以他等到翌日天亮就立刻動身。他來到了塔拉瓦奧，最後一次踏上那七公里山路，跋涉地走向愛塔家。小路上雜草蔓生，顯然已經多年沒人走過。要找到那條路可不是容易的事。有時候他不得不在小溪裡蹚水前進，有時候又不得不穿過濃密多刺的荊棘叢；他屢次被迫爬到岩石上，以便避開頭頂的樹枝上懸掛著的蜂窩。沿途悄無聲息。

最後他終於如釋重負地看到了那座沒有刷過油漆的小木屋，那時已經破落不堪，東歪西倒；但這裡同樣安靜得叫人難以忍受。他向前走去，有個小男孩在陽光下無憂無慮地玩耍，看到他走近，飛快地逃得不見蹤影：對他來說，陌生人就是敵人。庫特拉醫生感覺那孩子正躲在樹後偷偷地觀察著他。房門沒有鎖。他喊了幾聲，但沒有人回答。他走上前去。他敲敲門，但還是沒有人回答。他推開門走了進去。撲面而來的氣息讓他噁心得想吐。他用手帕捂住鼻子，硬著頭皮朝裡走。屋裡光線很昏暗，剛從陽光下走進來的他一時間什麼也看不見。然後他嚇了一跳。他搞不清自己身在何方。他似乎突然進入了某個魔幻的世界。他依稀認得那是大片的原始森林，許多赤身裸體的人在樹叢間走動。然後他發現原來那是牆上的畫。

「上帝啊，我不是被太陽曬暈了吧。」他喃喃地說。

一陣輕微的動靜引起了他的注意，他看到愛塔正躺在地上，默默無語地抽泣著。

「愛塔，」他喊著，「愛塔。」

愛塔沒有反應。惡臭讓他再次差點暈倒，他點了根方頭雪茄。他的眼睛慢慢習慣了黑暗，這時他望著四面的畫壁，心裡洋溢著難以言喻的激動。他並不瞭解繪畫，但這些畫有某種東西深深地觸動了他的心靈。四面牆壁從地面到天花板全都覆蓋著奇怪而複雜的畫面。文字無法形容那幅畫作的美妙和神奇。它讓醫生屏住了呼吸，讓他心裡充滿了一種他既無法理解也無從分析的感受。他感到無比敬畏和歡樂，人若是有幸目睹天地初分的景象，大概也會懷著這種心情吧。那幅畫是令人悸動的，是性感而熱烈的；然而也散發著某種恐怖的意味，某種讓他感到害怕的氣息。唯有潛入人性深處，並已發現許多美麗又可怕的祕密的畫家，才能畫出這樣的作品。唯有已經見識過不能為凡人所知的神聖景象的畫家，才能畫出這樣的作品。畫中的意象是原始而可怕的，是非人的。這幅畫讓他隱約聯想起傳說中的黑魔法。它既美不勝收，又低俗下流。

「我的上帝啊，這是天才啊。」

他不由自主地脫口說出這句話。

然後他的目光落到了屋角的床墊上，他走了過去，看到了一具可怕而殘缺、令人望而生畏的軀體，那就是史崔克蘭。他已經死了。庫特拉醫生鼓起勇氣，俯身去查看這具恐怖的遺骸。然後他嚇得魂不附體，心裡感到極其害怕，因為他突然感到背後有人。原來是愛塔。他並沒有聽見愛塔站起來。愛塔站在他身邊，也望著他正在看的身體。

「天哪，我都要精神錯亂啦，」他說，「你差點把我嚇死了。」他再次看著可憐的、已經全無生氣的死者，然後嚇得連連倒退。

「但他瞎了。」

「是的，他的眼睛瞎了差不多有一年。」

57

就在這時，先前出門做客的庫特拉太太回家了，打斷了我們的談話；她像全速前進的帆船，風風火火地衝了進來；她是個很威武的女人，身材高大壯實，胸脯特別豐滿，也很肥胖，偏偏要穿著把整個人勒得緊緊的束身衣服。她長著突出的鷹鉤鼻和三重下巴。她的腰板挺得筆直。她絕不屈服於熱帶讓人渾身無力的悶濕天氣，反而顯得精神抖擻，行動敏捷，這完全不是生活在炎熱氣候裡的人應有的面貌。她顯然是個話很多的人，進門後就夾敘夾議、嘰嘰喳喳地說個不停。她讓我們剛才的談話顯得非常遙遠而不真實。

不久後，庫特拉醫生轉頭望著我。

「我的診室裡還掛著史崔克蘭給我的那幅畫，」他說，「你想去看看嗎？」

「好啊。」

我們站起來，他帶著我走到環繞著他這座房子的走廊上。我們停下來，看著花園裡繽紛絢麗的各種鮮花。

「在很長一段時間裡，我總是忍不住回想起史崔克蘭在他的牆壁上畫滿的那幅異乎尋常的作品。」他回憶著說。

我也正在思考著那幅畫。我覺得史崔克蘭似乎終於徹底地將他內心的感受表達出來了。他深知那幾年將是他最後的機會，於是默默地工作著，我想他對生活的全部理解，他發現的全部祕密，肯定都已呈現在那幅畫裡。也許他終於找到了內心的安寧。糾纏他的魔鬼終於被驅走，完成那幅他用了畢生的痛苦去準備的作品之後，他那孤獨而痛苦的靈魂終於得到了安息。他願意接受死亡，因為他已經實現了他的目標。

「那幅畫的主題是什麼？」我問。

「我不是很清楚。它很奇怪，很有想像力。它描繪的大概是渾沌初開的景象，伊甸園啦，亞當和夏娃啦，反正就是這些吧；它歌頌了人類的身體之美，包括男人和女人；它頌揚了大自然，那崇高而冷漠、美麗而殘忍的大自然。它讓你敬畏地體會到空間的無垠和時間的無限。因為他畫的那些樹是我日常見慣的，比如說椰子樹、榕樹、鳳凰樹、牛油果樹，所以我能看出來他畫得跟現實有所不同，他筆下那些樹似乎蘊含著某種我眼看就能碰到卻永遠抓不住的靈氣和奧妙。顏色是我熟悉的那些顏色，然而它們又不一樣。它們有著獨特的重要意義。畫裡還有許多裸體的男男女女。他們看著像凡人，然而又很有仙氣。他們似乎充滿了塵俗的氣息，同時又顯得特別神聖。你在那些赤裸的人身上看到了原始的本能，你感到很害怕，因為你看到了你自己。」

庫特拉醫生聳了聳肩膀，露出了微笑。

「讓你見笑啦。我是個物質主義者，我長得又粗又胖——很像法斯塔夫爵士[1]，對吧？——詩情畫意並不適合我。我簡直是在丟人現眼。但我從來沒見過讓我印象如此深刻的畫作。不對，其實我走進羅馬的西斯汀禮拜堂[2]時也有這種感覺。我當時也是肅然起敬，覺得那個在天花板上畫畫的人真是偉大。那真是天才傑作，磅礡的氣勢壓得人喘不過氣來。我感到自己非常渺小。但是對米開朗基羅的偉大，你是有心理準備的。我完全沒有想到在那個土著的木屋裡，在遠離現代文明的地方，在塔拉瓦奧的山丘上，我竟然會看到那些畫，所以才會感到特別震撼。而且米開朗基羅是理智而健康的。他那些偉大的作品非常肅穆，但史崔克蘭的畫儘管很美麗，卻有某種擾亂心神的東西。我不知道那是什麼。反正它讓我覺得很不安。它給我的感覺就好像你坐在某個房間裡，明知道隔壁是個空房間，但不知道為什麼，就是隱隱不安地覺得那邊有人在。你會責備你自己，你知道這只是你在疑神疑鬼——可是，可是……片刻之後，你忍不住感到特別驚慌，你被無形的恐懼之手緊緊地抓住了，絲毫沒有反抗之力。是的，坦白說，當我聽說這些奇怪的傑作被毀掉之

1 法斯塔夫爵士（Falstaff）是莎士比亞的劇作《亨利四世》中一個矮胖的滑稽角色。

2 西斯汀禮拜堂（Sistine Chapel）位於梵蒂岡宗座宮殿內，緊鄰聖伯多祿大殿，以米開朗基羅所繪《創世紀》穹頂畫及壁畫《最後的審判》而聞名。

後，我其實並不是很惋惜。」

「你說什麼？被毀掉了？」我驚叫著說。

「是啊，你不知道嗎？」

「我哪裡知道啊？實際上我從來沒有聽說過這幅作品，但我剛才還以為它已經落到了某個私人收藏者手上。直到今天，史崔克蘭的畫還沒有完整的編目。」

「眼睛瞎了之後，他就整天坐在那兩個他已經畫好畫的房間裡，用喪失視力的眼睛看著他的作品，他看到的東西也許比他以前幾十年看到的都要多。愛塔跟我說過，他從來不抱怨自己的命運，他從來沒有失去勇氣。在臨死的時候，他的精神依然安詳而寧靜。但他逼愛塔答應在埋葬他以後——我跟你說過嗎？他的墳是我親手挖的，因為沒有土著願意接近那座被病毒感染的房子，我們埋葬了他，愛塔和我，用三條帕瑞歐把他縫起來，埋在那棵芒果樹下——他逼愛塔承諾她會放火把房子燒掉，親眼看著房子燒得乾乾淨淨，一塊木板也不留，然後才能離開。」

我沉默了很久，因為我正在思考。然後我說：「看來他的性格到死都沒有變。」

「你能理解嗎？實話告訴你，當時我覺得我有責任勸阻她。」

「儘管你說過那些畫讓你很害怕？」

「是的，因為我知道那是天才的作品，我不認為我們有權利讓它從這個世界上消失。但愛塔不肯聽我的勸。她要履行她的諾言。我不忍心留在那裡看著這種野蠻的行徑，但後來我聽說她確實把房子燒掉了。她在乾燥的地板和露兜樹葉編成的床墊上倒了許多煤油，然後點了火。沒隔多久整座房子就被燒光了，只剩下幾塊冒著熱氣的焦炭，那幅偉大的傑作也就這樣消失了。

「我想史崔克蘭知道那是幅大師級的作品。他已經達到了他夢想的境界。他的生活已經完滿。他創造了一個世界，看到那個世界的美好。然後，他既驕傲又輕蔑地摧毀了它。」

「但我肯定要讓你看看我那幅畫。」庫特拉醫生邊走邊說。「愛塔和那個孩子後來怎麼樣了？」

「他們去了馬克薩斯群島。她在那邊有親戚。我聽說那孩子在卡梅隆航運公司當水手。大家都說他長得特別像他的父親。」當我們沿著走廊來到診室的門口，醫生站住了，他微笑起來。

「那是幅水果靜物畫。你可能會覺得它掛在醫生的診室裡不是很合適，但我妻子不肯讓它掛在客廳裡。她說那幅畫太淫蕩了。」

「那怎麼可能！」我驚叫著說。我們走進診室，我的目光立刻落在那幅畫上。我端詳了很長時間。

它畫的是一堆芒果、香蕉和柳橙，還有我不知名的水果；乍看之下它顯得十分純潔。如果放到後印象派的畫展上，無心的觀眾可能會覺得它是很優秀的作品，但並沒有非常好地體現了這個流派的風格；但也許過後這幅畫會經常進入他的回憶，他會感到很奇怪。我相信他自此再也不能將它忘記。

那些水果的顏色非常奇怪，言語無法描述它們是多麼令人心動神搖。畫面上有暗藍色，像精心雕琢的青金石碗般黯淡，然而又有明亮的光澤，暗示著神祕生命的悸動；畫面上有紫色，像腐臭的生肉般觸目驚心，然而又散發著強烈的性意味，讓人模糊地聯想到赫利奧加巴盧斯[3]統治下的羅馬帝國；畫面上有紅色，像冬青樹的漿果般濃烈——讓人想起英國的耶誕節，漫天飛舞的雪花，輕鬆愉快的氣氛，以及歡天喜地的兒童——然而又魔法般地漸漸柔和下來，最後變成鴿子胸脯的白色，溫柔得讓人心魂俱醉；畫面上有深黃色，然而在這片異常的熱烈中又混雜著綠色，如春天般芬芳、山澗清流般純淨的綠色。誰能說清是哪種痛楚的想像力創造了這些果實呢？它們屬於赫斯珀里得斯[4]在波里尼西亞的花園。奇怪的是，它們顯得非常鮮活，彷彿早在萬物尚未定型的洪荒年代，它們就已被創造出來。它們無不是上乘之選。它們散發著濃郁的熱帶風情。它們本身似乎有著憂鬱的情感。它們是魔果，品嘗它們不啻打開大門，門後潛藏著的，可能是只有上帝知道的靈魂祕密，或者奇幻的神祕宮殿。那些悲傷的水果蘊含著殊難逆料的危險，人要是吃了它們，可能會變成野獸，也可能會變成神仙。所有健康而正常的人，所有珍重美好的情誼和淳樸的歡樂的人，都會避之若浼地躲開它們；然而它們又有著令人戰慄的吸引力，就像分辨善惡樹上的智慧果[5]，因為能夠造成各種未知的後果而變得可怕。

最後我轉身離開。我覺得史崔克蘭將他的祕密帶進了墳墓。

「嘿，雷內，我的朋友，」外面傳來庫特拉太太歡快的喊聲，「你們怎麼去那麼久？開胃酒準備好啦。你問那位先生是否願意喝點金雞納杜博內酒[6]。」

「非常願意，夫人。」我說著走到外面的走廊上。那幅畫的魔咒被打破了。

---

3 赫利奧加巴盧斯（Heliogabalus），又稱埃拉加巴路斯（Elagabalus），羅馬帝國塞維魯王朝皇帝，二一八年至二二二年在位，以窮奢極欲、荒淫無度著稱。

4 赫斯珀里得斯（Hesperides）是希臘神話裡一群負責看守天后赫拉的金蘋果園的仙女。

5 分辨善惡樹是《聖經》裡一棵由上帝栽種在伊甸園裡的樹，其果實稱智慧果。夏娃和亞當受蛇誘惑，吃了這棵樹的果實，惹怒了上帝，從而被貶入凡間。

6 金雞納杜博內酒（Dubonnet）或簡稱杜博內酒，為一種開胃酒。由於這種酒裡面加了奎寧，也就是金雞納霜，因此稱金雞納杜博內酒。法國駐非洲海外軍團深受瘧疾之苦，但由於治療瘧疾的奎寧味道太糟糕，許多法國軍人拒絕服用。法國政府因而舉辦了一次競賽，希望能夠找到一種讓他們願意服用奎寧的方法。該國化學家約瑟・杜博內用奎寧和葡萄酒調製了一種開胃甜酒，並用自己的姓氏為其命名。這種酒因為獨特的味道而廣受歡迎。

58

轉眼到了我要離開大溪地的日子。依照島上慷慨大方的風俗，那些和我有過接觸的人給我送來了各種各樣的禮物，比如說椰子樹葉編成的籃子，露兜樹葉織就的床墊，還有扇子；緹亞蕾給了我三顆小珍珠，還有三罐她用那雙胖手親自做的芭樂果醬。當那艘從威靈頓開往舊金山、中途在大溪地暫停二十四小時的郵輪鳴笛提醒乘客趕緊登船時，緹亞蕾把我摟到她那巨大的胸脯上，我感覺好像沉入了波濤洶湧的大海，她那猩紅的嘴唇吻上了我的嘴唇。她的雙眼泛著淚花。輪船緩緩地離開湖，蜿蜒地在眾多珊瑚礁之間的航道穿行，最終向著遠海駛去，這時我的心裡感到很悲傷。和風依然吹拂來島上的芬芳。但大溪地已經離得很遙遠，我知道我應該再也不會見到它。我生命中的一章已經結束，我覺得自己離不可避免的死亡更加近了。

經過一個多月的航行，我回到了倫敦。在安排好各種極需處理的事務之後，我想到史崔克蘭太太也許願意聽我講述她丈夫最後幾年的情況，於是給她寫了信。我很久沒見過她了，上次見她還是在戰爭以前。我只好到黃頁簿上去找她的地址。她和我約好了時間，我去拜訪她如今住的地方，那是座很整潔的小房子，在坎普頓山[1]。她那時已接近花甲之年，但顯得很年輕，看上去好像還沒到五十歲。她的臉龐很消瘦，皺紋不多，有著她那種年紀特有的優雅，讓你覺得她年輕時肯定是個大美女，但其實她年輕時也算不上很美。她的頭髮尚未完全灰白，梳得漂漂亮亮的，她身上的黑色連衣裙也很時髦。我記得我曾聽說史崔克蘭太太的姐姐，也就是麥克安德魯太太，在丈夫亡故後又活了幾年，然後給她留下了一筆錢；根據這座房子的形狀和給我開門那女傭乾淨俐落的樣子，我判斷那筆遺產應該足夠這位寡婦過上小康的生活。

我被請進了客廳，然後發現史崔克蘭太太已經有客人在座；得知他的身份之後，我猜想女主人和我約好這個時間，應該不是無意的。那位客人叫做凡．布契．泰勒，是美國人；史崔克蘭太太向我介紹他的詳細情況，同時略帶歉意地向他露出迷人的微笑。

「你知道的，我們英國人實在是無知得可怕。我不得不對他做點解釋，請你千萬要原諒我。」然後她轉頭看著我。「凡．布契．泰勒先生是美國傑出的評論家。如果你還沒有拜讀過他的大作，那麼你的見識未免也太有限了，你必須立刻補上這個知識盲點。他正在寫有關親愛的查爾斯的書，他來這裡問我能不能幫他的忙。」

1 坎普頓山（Capdem Hill），倫敦西邊的一個高地區，是倫敦市中心的高尚住宅區，位於肯辛頓公園和荷蘭公園之間。

凡・布契・泰勒先生非常瘦削，有個光禿禿的大頭，看上去皮包骨的樣子，然而油光發亮；在龐大的腦殼下方，他那張皺紋很深的黃臉顯得特別小。他話不多，禮貌得有點過頭。他說話有新英國地區的口音，言談舉止十分僵硬，毫無血性，我很奇怪他為什麼要費事來研究查爾斯・史崔克蘭。剛才提到她丈夫的名字時，史崔克蘭太太的口氣很親昵，這讓我覺得有點好笑；我趁他們兩個人傾談的時候，觀察了我們所在的這個房間。莫里斯風格的地毯已經消失，樸素的印花布窗簾換掉了，曾經裝飾著她在艾胥利花園那套公寓的阿倫德爾[2]裝飾畫也不見了；客廳裡充滿了光怪陸離的色彩，我很懷疑她是否知道，把房子弄得五彩斑斕這種裝飾風尚，其實源自南太平洋島嶼上某個可憐畫家的夢想。她親自告訴了我答案。

「你的窗簾真漂亮啊。」凡・布契・泰勒先生說。

「你喜歡它們嗎？」她笑著說，「這是巴克斯特[3]風格，你知道的。」

然而牆上卻掛著幾幅史崔克蘭的代表作的彩色複製品，那是柏林某個出版社旗下的企業印製的。

「你在看我的畫啊，」她說，同時順著我的目光看過去，「當然，真跡我是搞不到啦，但擁有這些也是莫大的安慰了。出版社親自給我寄的。它們給我帶來了很大的安慰。」

「和這些畫生活在一起肯定很有樂趣。」凡・布契・泰勒先生說。

「是啊，它們非常有裝飾性。」

「那是我最堅定的信念之一，」凡．布契．泰勒先生說，「偉大的藝術總是具有裝飾性質的。」

這兩個人的目光所及那幅畫是個裸體的婦女，正在給嬰兒餵奶，旁邊有個少女跪在地上，手裡拿著鮮花，遞給另一個孩子。有個滿臉皺紋、瘦骨嶙峋的老太婆正在看著他們。這是史崔克蘭心目中的神聖家庭。我猜想畫中的人物所處的環境正是他在塔拉瓦奧山上的家，那婦女和嬰兒是愛塔和他的長子。我很想知道史崔克蘭太太是否對這些事實有所瞭解。

談話繼續進行，我很佩服凡．布契．泰勒先生的明智，他巧妙地避開了所有會引起尷尬的敏感話題；我也很佩服史崔克蘭太太的圓滑，她說的句句都是真話，卻又讓人覺得她和她丈夫向來琴瑟和諧。最後凡．布契．泰勒先生站起來告辭。他握著女主人的手，說了幾句非常動聽但未免有點矯情的謝辭，然後就走了。

「我希望他沒有讓你覺得煩，」在他出門之後，史崔克蘭太太說，「當然，這種情況有時候也

---

2 阿倫德爾（Arundel Society）由著名思想家、文藝評論家約翰．羅斯金（John Ruskin，1819～1900）等人在一八四八年發起，其宗旨是通過大批量複製歷史上的名畫，讓更多人認識到歐洲藝術的偉大。該協會在一八九七年解散以前，總共印製了一百九十九種畫作。

3 巴克斯特（Leon Bakst，1866～1924），俄國畫家和服裝設計師。

挺討厭的，但我覺得我應該把史崔克蘭的情況告訴大家。作為天才的妻子，是要承擔一定責任的。」

她用那雙美麗的眼睛看著我，她的目光依然坦誠而親切，就像二十多年前那樣。我懷疑她是不是一直在耍我。

「你的生意早就不做了吧？」我說。

「是啊，」她輕快地說，「我做那門生意，其實純粹出於興趣啦，我兩個孩子說服我把打字所賣掉。他們生怕我太操勞了。」

我發現史崔克蘭太太已經忘記她曾做過自食其力那麼不光彩的事情。就像所有良家婦女，她由衷地認為真正體面的女人應該靠別人來養活。

「他們現在也來了，」她說，「我想他們會願意聽你講講他們父親的事。你記得羅伯特的，對吧？我很高興能夠告訴你，他已經獲得了十字勳章[4]的提名。」

她走到門口，招呼他們進來。先進門的是個很高的年輕人，穿著卡其色衣服，圍著牧師領，長得英俊又魁梧，但他的眼神依然像我在他小時候看到的那樣率真。後面跟著他的妹妹。她的年紀肯定跟她母親和我初識時相仿，她長得很像她母親。她也是讓人覺得她小時候肯定很漂亮，但其實又沒有那麼漂亮。

「我想你肯定認不出他們了吧，」史崔克蘭太太驕傲地帶著微笑說，「我女兒現在是羅納森太太。她丈夫是炮兵部隊的少校。」

「你知道嗎，他原本是個真正的士兵，」羅納森太太得意地說，「所以他現在才當上少校。」

我記得很久以前我曾設想過她將會嫁給某個軍人。看來這是上天注定的。她很有軍人妻子的派頭。她溫文有禮，待人也很友好，但她完全掩飾不住那種認為她就是和別人不同的優越感。羅伯特顯得很輕鬆。

「說起來很巧，你來的時候我還在倫敦，」他說，「再過三天我就走了。」

「他特別想回去。」他母親說。

「嗯，不怕坦白對你講，我在前線過得很開心。我交了很多好朋友。這種生活是第一流的。當然，打仗很可怕，還有其他各種不便；但戰爭能鍛鍊人各種優秀的品質，這是毋庸置疑的。」

然後我說了我所瞭解的關於查爾斯．史崔克蘭在大溪地的事情。我認為沒有必要提起愛塔和她的孩子，但其他的我都盡可能翔實地說了。我說到他慘死的情狀為止。有那麼一兩分鐘，我們

4 十字勳章（Military Cross）是英國的三等軍功勳章，專門嘉許「三軍之中任何軍階人員，在陸上與敵軍交戰時表現英勇者」。

所有人都沉默著。然後羅伯特．史崔克蘭劃燃了火柴，點了根香菸。

「上帝的磨轉得很慢，卻磨得很細[5]。」他故作深沉地說。

史崔克蘭太太和羅納森太太低著頭，臉上帶著虔誠的表情，我覺得她們肯定以為這是《聖經》上的話。其實我有點懷疑羅伯特．史崔克蘭是否也有這種錯覺。不知道為什麼，我突然想起了史崔克蘭和愛塔生的孩子。我聽說他是個歡樂活潑的年輕人。我彷彿看見他在帆船上辛勤地勞動，渾身只穿著一條水手短褲；到了夜晚，當帆船順著和風輕快地前進，許多水手聚集在上層甲板上，船長和押運員坐在帆布椅上抽著他們的菸斗，我看見他和別的水手跳起舞來，在咿咿呀呀的手風琴樂曲中，他們瘋狂地舞動著。上方是藍色的天空，閃爍的星辰，周圍是浩茫無際的太平洋。

有句《聖經》上的話[6]來到我嘴邊，但我沒有說出來，因為我知道神職人員認為俗人侵犯他們的領地是有點褻瀆上帝的。我的叔叔亨利做過二十七年惠特斯特布爾[7]的教區牧師，要是遇到這種情況，他往往會說，魔鬼總是隨心所欲地引用《聖經》。他記得從前一個先令就能買到十三隻上等的牡蠣。[8]

5 這句話的意思，與中文的「法網恢恢，疏而不漏」「不是不報，時候未到」約略相當。

6《聖經》〈馬太福音〉第七章第一節：「你們不要論斷人，免得你們被論斷。」

7 惠特斯特布爾（Whitstable）是英國肯特郡小鎮，在倫敦東邊，毛姆的叔叔亨利．毛姆在一八七一年至一八九七年間擔任該鎮的教區牧師。

8 惠特斯特布爾歷史上曾以盛產牡蠣出名，它在維多利亞時代的暱稱是「牡蠣之都」（Oysteropolis），每年輸送往倫敦的牡蠣超過六千萬隻。起初牡蠣價格低廉，四便士能買到十二個，是貧困工人階級補充蛋白質的重要來源。但一八七五年以後，由於產量下降，其價格逐漸上漲，一便士差不多只能買到一個。而在毛姆撰寫這部小說時，牡蠣在倫敦的零售價已經達到四便士一個。

Golden Age 030

月亮與六便士【暢銷百年紀念版】

奠定毛姆文學地位的夢想之書（名家導讀．全譯本）

作　　　者　毛姆
譯　　　者　李繼宏

社　　　長　張瑩瑩
總　編　輯　蔡麗真
編　　　輯　蔡欣育
校　　　對　魏秋綢
行銷企劃　林麗紅

內文排版　中原造像股份有限公司
封面設計　許晉維

出　　　版　野人文化股份有限公司
發　　　行　遠足文化事業股份有限公司（讀書共和國出版集團）
地址：231 新北市新店區民權路 108-2 號 9 樓
電話：（02）2218-1417　傳真：（02）8667-1065
電子信箱：service@bookrep.com.tw
網址：www.bookrep.com.tw
郵撥帳號：19504465 遠足文化事業股份有限公司
客服專線：0800-221-029

法律顧問　華洋法律事務所蘇文生律師
印　　　製　中原造像股份有限公司
初版一刷　2019 年 8 月
初版九刷　2023 年 7 月

歡迎團體訂購，另有優惠價，請洽業務部（02）2218-1417 分機 1124

本書中文譯稿經北京閱享國際文化傳媒有限公司代理，由果麥文化傳媒股份有限公司授權。

國家圖書館出版品預行編目 CIP 資料

月亮與六便士【暢銷百年紀念版】/ 毛姆作 . -- 初版 .
-- 新北市 : 野人文化出版 : 遠足文化發行 , 2019.08
面；　公分

譯自 : The moon and sixpence
ISBN 978-986-384-367-2（精裝）

873.57　　108011652